KB147834

인생詩선

인생詩선

초판 1쇄 발행일 2017년 8월 30일

지은이 손나라
펴낸이 박희연
대표 박창흠

펴낸곳 트로이목마
출판신고 2015년 6월 29일 제315-2015-000044호
주소 서울시 강서구 양천로 344, B동 449호(마곡동, 대방디엠시티 1차)
전화번호 070-8724-0701
팩스번호 02-6005-9488
이메일 trojanhorsebook@gmail.com
페이스북 https://www.facebook.com/trojanhorsebook
네이버포스트 http://post.naver.com/spacy24

(c) 손나라, 저자와 맺은 특약에 따라 검인을 생략합니다.

ISBN 979-11-87440-28-4 (03800)

이 책은 저작권법에 따라 보호받는 저작물이므로 무단전재와 복제를 금지하며, 이 책 내용의 전부 또는 일부를 이용하려면 반드시 저작권자와 트로이목마의 서면동의를 받아야 합니다.
이 도서의 국립중앙도서관 출판시도서목록(CIP)은 e-CIP 홈페이지(http://nl.go.kr/ecip)와 국가자료공동목록시스템(http://nl.go.kr/kolisnet)에서 이용하실 수 있습니다. (CIP제어번호: 2017018446)

* 책값은 뒤표지에 있습니다.
* 잘못된 책은 구입하신 곳에서 바꾸어 드립니다.

오늘도 나는
시인의 언어로
인생을 만난다

인생詩^시선

| 손나라 지음 |

트로이목마
TROJAN HORSE

일러두기

1. 책 속에 등장하는 사람들의 이름은 대부분 가명임을 밝혀둡니다.
2. 이 책에 실린 시詩와 노래가사는 모두 저작권자로부터 이용 허락을 받고 게재했음을 밝힙니다.
(저작권 표기는 책의 맨 뒤에 있습니다.)

그만둔다, 그만둔다 하면서도 어느새 19년째 같은 직장에 다니고 있다.

교사라는 직업은 매력이 있다. 매년 새롭게 바뀌는 아이들의 모습을 보면서 별로 지겹지 않게 19년이라는 세월을 보냈다. 내 수업을 듣고 내 말을 들어주는 아이들의 눈망울이 교사로서 나를 지탱해 준 힘이었다.

이제 학교의 울타리를 넘어서 더 많은 이들에게 나의 이야기를 하려고 한다.

마흔이 넘으면 글을 쓰는 게 꿈이었다. 하루하루 사는 동안에 젊은 날의 꿈이 아련해 졌다. 어느새 새로운 것을 시작하기에 늦었다 싶었다. 잘 할 수 있다는 자신감도 퇴색해 갔다. 그러던 중 우연히 글을 쓸 기회가 왔다. 글을 쓰면서 웃고 울었다. 그러면서 이 글은 나의 과거, 현재, 미래에 대한 이야기가 되었다.

고등학교 교사로 살아가는 이야기, 사춘기 아이를 둔 평범한 주부의 이야기, 국어교사로서 문학에 대한 이야기 등을 썼다. 가족과 직장은 내 삶의 중요한 부분이다. 그러기에 이 책은 가장 중요한 삶의 무대에서 만나는 사람들인 학생과 선생님들, 나의 집안사람들의 이야기가 고스란히 들어 있다. 가공하지 않은, 있는 그대로의 학생들과 교사들의 이야기이며, 평범한 한 주부의 이야기이다. 나의 이야기가 어느 누군가의 공감을 얻게 되길, 그래서, 혹시 비슷한 고민과 생각을 하고 있는 누군가에게 위로로 다가가길 바라는 심정으로 조심스럽게 책을 세상에 내어 놓는다.

국어교사로 문학을 가르치면서 마음 한켠에는 늘 아쉬움이 남았다. 대학 입시를 위해서 가르치는 문학은 언제나 반쪽짜리였다. 아이들에게 오히려 문학을 읽는 즐거움, 사고하는 즐거움을 앗아가는 것은 아닐지 늘 염려스러웠다. 인간의 본능인 언어를 인위적으로 규정화하여 천편일률적이게 가르치며 느낌과 감상의 능력을 말소하는 교육이 아쉬웠다. 삶과 이어지지 못하는 국어 공부, 답을 맞히기 위한 국어 공부가 무슨 소용이 있을까.

문학에는 답이 없다. 무엇을 생각하든 자신이 느낀 것이 답이다. 문학은 한 시대를 치열하게 고민했던 사람들의 솔직한 고백이다. 그 고백의 맥락을 읽어 내고 공감하여 자신만의 프리즘으로 걸러서 내

면화하면 된다.

　문학은 삶이다. 문학을 가르치거나 공부하는 사람들은 자신들의 삶과 문학의 수많은 접합점들을 발견하게 된다. 그래서 나의 이야기를 하고 싶어지고 다른 이들의 이야기를 듣고 싶어진다. 수업시간에 하지 못한 삶에 대한 이야기를 글로 적었다. 이 책은 시인의 목소리로 고백하는 나의 삶이다.

　언어가 사고를 반영한다면 이 시대에 난무하는 말들을 보면서 사람들의 사고가 얼마나 메말라 있는지 염려된다. 인터넷과 스마트폰에 도배된 거칠고 어그러진 말의 잔치 속에서 깊은 산골에서 솟아오르는 영롱한 시인의 목소리가 늘 그리웠다. 정제되고 순화된 고운 속살 같은 말들을 만나고 싶었다. 지금은 시詩가 필요한 시대이다. 거침없이 쏟아 내는 말보다는 속 깊은 침묵이, 깊은 침묵 속에서 만들어진 단어 하나하나의 울림이 절실한 시대이다. 풍요 속에 느끼는 빈곤처럼 너무도 많은 말들 속에서 살지만 우리의 정서와 마음은 늘 비어 있는 이 시대에, 시의 향기가 퍼져나갈 수만 있다면 그래서 맑고 깨끗한 마음들을 회복할 수 있다면 더없이 좋을 것이다.

　글을 쓰면서 마음 속으로 매일 시인을 만나고 시인과 대화를 나누었다. 진실한 대화는 시대를 뛰어넘는다. 시간과 공간의 벽을 허문다. 나와 같은 생각을 하는 시인들을 만나면서 아픔도 눈물도 더 이상 나만의 것이 아니라는 생각을 하였다. 훌륭한 시를 남긴 수많은 시인들께 감사한다.

   아울러 작고 소소하지만, 더 없이 귀하고 사랑스러운 나의 가족들, 학생들, 동료들, 이웃들께 무한히 감사한다.

   미약하지만 이 책을 통해 그들에게 나의 사랑을 전하고 싶다.

차례

들어가는 글   5

제1장 당신을 만나고 싶은 날   13

첫 번째 만난 시   외할머니의 뒤안 툇마루 • 서정주   14

두 번째 만난 시   머슴 대길이 • 고은   23

세 번째 만난 시   여우난골족 • 백석   32

네 번째 만난 시   엄마 걱정 • 기형도   41

다섯 번째 만난 시   춘천은 가을도 봄이지 • 유안진   50

여섯 번째 만난 시   엄마야 누나야 • 김소월   58

일곱 번째 만난 시   별 헤는 밤 • 윤동주   65

제2장 커피 향 그윽한 날 75

여덟 번째 만난 시   너를 기다리는 동안 • 황지우   76

아홉 번째 만난 시   꽃 • 김춘수   85

열 번째 만난 시   장수산1 • 정지용   93

열한 번째 만난 시   저문 강에 삽을 씻고 • 정희성   100

열두 번째 만난 시   땅끝 • 나희덕   107

열세 번째 만난 시   설일(雪日) • 김남조   114

열네 번째 만난 시   상처적 체질 • 류근   125

제3장 가슴 뛰는 날 133

열다섯 번째 만난 시   생의 감각 • 김광섭   134

열여섯 번째 만난 시   소나기 • 이면우   141

열일곱 번째 만난 시   어떤 기쁨 • 고은   149

열여덟 번째 만난 시   참 좋은 말 • 천양희   158

열아홉 번째 만난 시   알 수 없어요 • 한용운   165

스무 번째 만난 시   너에게 묻는다 • 안도현   172

스물한 번째 만난 시   귀천(歸天) • 천상병   181

제4장 눈물 흐르는 날 189

스물두 번째 만난 시   먼 후일 •김소월   190

스물세 번째 만난 시   사평역에서 •곽재구   197

스물네 번째 만난 시   남신의주 유동 박시봉방 •백석   204

스물다섯 번째 만난 시   묵화 •김종삼   212

스물여섯 번째 만난 시   동해바다 •신경림   219

스물일곱 번째 만난 시   산에 언덕에 •신동엽   227

스물여덟 번째 만난 시   슬픔이 기쁨에게 •정호승   235

제5장 문득 달리고 싶은 날   239

스물아홉 번째 만난 시   월훈(月暈) •박용래   240

서른 번째 만난 시   묘비명 •김광규   248

서른한 번째 만난 시   생명의 서(序) •유치환   255

서른두 번째 만난 시   동승 •하종오   262

서른세 번째 만난 시   희미한 옛사랑의 그림자 •김광규   270

서른네 번째 만난 시   숲 •정희성   279

서른다섯 번째 만난 시   사람이 꽃보다 아름다워 •정지원   287

서른여섯 번째 만난 시   산문시1 •신동엽   293

마치는 글   300

그리움의 깊이는 그 사람의 나이를 나타내고, 시간의 마술과도 같다. 시간의 마술에 걸리면 옛 기억들은 포토샵으로 이미지 보정이 된다. 가난하고 아팠던 기억일수록 빛바랜 흑백사진 속의 풍경처럼 멋스럽게 다가온다. 시간의 공작소에서 기억은 언제나 재생산된다. 눈물도, 억울함도, 가난함도 모두 그리움으로 변형된다.

깊은 우물에서 끄집어 올린 과거의 기억 속에는 아직도 시퍼런 날이 서 있을 수 있다. 자칫 손이 찔리고 베여서 피가 스며나오기도 한다. 하지만 그럴수록 그리움은 깊어지고 만나고 싶은 사람들은 늘어난다. 만나고 싶은 사람은 만나야 한다. 하고 싶은 이야기는 풀어 놓아야 한다.

제 1 장

당신을 만나고 싶은 날

외할머니의 뒤안 툇마루

— 서
정
주 —

외할머니네 집 뒤안에는 장판지 두 장만큼 한 먹오딧빛 툇마루가 깔려 있습니다. 이 툇마루는 외할머니의 손때와 그네 딸들의 손때로 날이 날마다 칠해져 온 것이라 하니 내 어머니의 처녀 때의 손때도 꽤나 많이 묻어 있을 것입니다마는. 그러나 그것은 하도나 많이 문질러서 인제는 이미 때가 아니라, 한 개의 거울로 번질번질 닦이어져 어린 내 얼굴을 들이비칩니다.

그래, 나는 어머니한테 꾸지람을 되게 들어 따로 어디 갈 곳이 없이 된 날은, 이 외할머니네 때거울 툇마루를 찾아와, 외할머니가 장독대 옆 뽕나무에서 따다 주는 오디 열매를 약으로 먹어 숨을 바로 합니다. 외할머니의 얼굴과 내 얼굴이 나란히 비치어 있는 이 툇마루에까지는 어머니도 그네 꾸지람을 가지고 올 수 없기 때문입니다.

● 　어린 시절 외할머니의 뒤안 툇마루에 대해 이야기하고 있다. 어머니와 어머니의 형제들, 어머니의 어머니가 부지런히 닦아 내던 툇마루. 얼마나 오랫동안 부지런히 문질렀으면 거울이 되어 반질거리고 있었을까. 빛나던 손때 속에 어린 시인의 둥글고 작은 얼굴이 비치자 아이는 마루를 들여다보며 시간 가는 줄 몰랐다. 어린 시인은 말썽쟁이였을지 모른다. 아니면 힘들게 생계를 이어 가던 어머니에게 칭얼대며 귀찮게 했을지도 모를 일이다. 호되게 혼이 날 때가 꽤 많았나 보다. 그럴 때마다 어린 시인이 어머니 몰래 숨어들던 곳이 외할머니의 툇마루이다. 생활의 장소인 어머니의 공간을 피해서 어린 시인은 시간이 정지한 듯한 외할머니의 공간으로 찾아든다. 마치 그 옛날 시인의 어머니처럼.

　할머니도 예전에는 시인의 어머니처럼 귀찮게 칭얼대는 아이들을 혼냈을 것이다. 하지만 이제는 생활의 공간에서 빠져 늙은 나이테 속에 고요히 틀어 앉은 할머니가 되었다. 깊어진 연륜만큼 어린 손자가 숨어들 공간은 넓고 넓었다. 할머니는 서럽게 울어대는 손자에게 오디 열매를 따 주었다. 너무 울어 딸꾹질까지 하던 숨이 마술처럼 편안해지자 할머니는 손자의 얼굴에 묻은 눈물을 치맛자락으로 닦아 주었다. 언제 그랬냐는 듯이 울음을 뚝 그친 어린 손자는 금방 명랑해졌다. 할머니와 손자는 툇마루에서 뒹굴거리면서 고즈넉한 시간을 보낸다. 할머니가 들려주던 옛날이야기를 들으면서 손자는 낮잠이 든다. 잠든 어린 손자의 배를 쓰다듬으며 미소 짓는 주름투성이의 할머니 얼굴과 그런 할머니와 왠지 닮은 데가 있는 손자의 얼굴을 툇마루는 고스란히 담아내고 있었다. 유년의 오후가 먹오딧빛으로 저물고 있었다.

사촌언니와 갯지렁이를 잡으러 갯벌로 갔다. 어린 나에게 갯벌은 무섭고 큰 세상이었다. 두 여자아이가 갯지렁이를 담을 바구니, 갯벌을 팔 삽을 하나씩 들고 무턱대고 바다를 향해 나갔다. 사촌언니네는 낚시 용품을 파는 가게를 하였다. 사촌언니는 미끼로 쓰는 갯지렁이를 잡을 생각을 했고, 어린 나를 데리고 갯벌로 나갔다. 호기심 많던 나는 사촌언니의 꼬드김에 좋아라고 따라 나섰다. 지렁이를 잡기는 했을까. 삽으로 아무리 뻘을 파도 갯지렁이는 나오지 않는다. 어느새 오후의 시간만 축내고 있었다. 바다가 깜깜해지자 어린 여자애들에게는 너무도 음흉한 갯벌이 속내를 드러냈고, 짐승의 울음소리 같던 바람이 갯벌에 가득 찼다. 나는 울면서 사촌언니에게 떼를 썼다.

"우리 언니한테 데려다 줘, 우리 언니한테 데려다 줘."

사촌언니는 언니의 아늑한 울타리로부터 나를 떼어내어 위험한 곳으로 데리고 온 나쁜 존재였다. 내 언니는 나의 든든한 보호자였고 그곳에만 가면 구원이 있었다. 훗날 어머니는 그때 마침 오토바이 타고 가던 동네 아저씨가 갯벌을 지나가지 않았더라면 큰일 날 뻔했다고 입버릇처럼 말을 했다. 같은 동네에 살던 아저씨는 망망한 갯벌 가운데를 헤매며 울고 있던 여자아이 둘을 발견했다. 밤이 깊어서야 공포와 굶주림에 파김치가 된 우리는 아저씨의 오토바이를 타고 집으로 돌아왔다.

지금도 그때의 기억을 떠올리면 무섭게 울어대던 바람과 파도소리가 떠오른다. 야수처럼 날뛰던 원시의 갯벌이었다. 무시무시한 대자연의 공포 속에서 헤매면서 내가 찾던 구원의 불빛은 다름 아닌 언니였다. '우리 언니한테 데려다 줘.'라고 울면서 마구마구 사촌언니에게 떼를 쓴 나. 어린 나에게 언니는 확실한 보호자였다. 언니한테로만 가면 구원이 있을 것 같았다.

부지런한 언니는 날마다 마루를 닦았다. 목수가 짠 육중한 장이 마루에 있었는데, 언니는 그 장을 매일 반질반질 닦았다. 닦은 후 반질거리는 윤기가 마음에 든다 했다. 끙끙거리고 닦았다. 어린애가 가지기에는 참 별난 취미였다. 나와 같은 어린애이긴 했지만 나는 철딱서니가 없었고, 나에 비한다면 언니는 매사에 어른스러웠다. 언니가 장을 닦으며 청소를 하는 동안 나는 새로운 놀이거리를 끊임없이 찾았다. 언니 흉내를 내서 걸레를 들고 나도 장을 닦다가 이내 시들해진다. 묵직한 나무 장롱은 언니의 손때가 묻어 언제나 반질반질 빛났고, 언니는 그것을 보며 늘 뿌듯해했다. 장을 닦는 언니 옆에서 심심해진 나는 장 안에 있는 책을 읽었다. 역사책, 세계문학책, 위인전, 성경인물책 등 학구열 높았던 아버지가 우리를 위해 사다 놓은 책들이 장롱 안에 참 많았다. 장을 닦는 언니를 기다리며 나는 보물단지처럼 하나씩 책을 빼 읽었다. 어느새 청소를 끝낸 언니도 내 옆에서 책을 읽는다. 언니는 역사책과 세계문학 전집을 좋아했고, 나는 위인전, 동화책, 성경인물전을 좋아했다. 언니는 119 대원이 되어 위급한 사람들을 구하는 일을 하고 싶다 했다. 나는 위인전의 주인공이 되고 싶었다.

장사를 하느라 바쁜 어머니는 밥 때가 되면 부엌으로 왔고, 언니는 밥을 차리는 어머니를 도왔다. 어머니는 시간이 없을 때면 언니더러 대신 밥을 차려 먹게 했고, 언니는 나와 동생에게 어미 새처럼 밥을 차려주었다. 작은 두 손을 걷어붙이고 야무지게 설거지를 했다. 그릇을 반질반질 닦고 가지런히 포개어 놓고 나면 언제나 '휴~' 하고 어른처럼 한숨을 쉬었다. 아이답지 않게 손끝이 야물었다. 나는 언니가 두 살 위라는 걸 잘 잊어버렸다. 언니는 어머니였고, 할머니였고, 공기처럼 이불처럼 나를 포근히 감싸 안는 넉넉한 존재였다.

옥상에 올라서면 지붕들 저편으로 우뚝 솟은 산이 보였다. 나다니엘 호손의 《큰 바위 얼굴》을 읽고 난 뒤, 나는 제일 높은 산봉우리가 '큰 바위 얼굴'을 닮았다고 생각했다. 큰 바위 얼굴을 보면서 자란 소설 속 주인공 어니스트를 생각했다. 큰 바위 얼굴과 같은 훌륭한 사람이 나타나기를 바라며 산봉우리를 바라보던 어니스트처럼 나도 꿈을 꾸면서 큰 바위 얼굴 모양의 산봉우리를 바라보았고, 그럴 때마다 마음속에 시원한 바람이 불곤 했다. 산들거리는 바람 사이로 흰 빨래가 정겹게 흔들거렸고, 빨래 사이를 뛰어다니며 올려다본 하늘은 눈부시도록 시린 빛깔이다.

옥상으로 올라가는 계단에는 옆집 무화과 나뭇가지가 뻗어 있었다. 계단 난간에 기대어 손을 잘 뻗으면 딸 수 있었던 무화과 열매.

언니는 아슬아슬하게 난간에 기대어 무화과를 따 주었다. 물컹하고 달달한 열매는 어린 나의 입맛에는 별로였나 보다. 잘 익어 벌어진 열매를 몇 번 따 먹고는 그 뒤로 별로 관심을 가지지 않았다. 옥상으로 가는 계단에서는 옆집 마루와 뜰도 보였다. 옆집 아줌마는 점심 무렵이면 마루에서 밀가루를 펴서 칼국수를 만들곤 했다. 우리 집에서는 칼국수 대신 언니가 밀가루 반죽을 뚝뚝 떼어서 수제비를 해 주었다. 밀가루 반죽을 뗄 때는 언니 옆에서 동생과 나는 밀가루 놀이를 했다. 해가 저물 때면 나랑 같이 놀다가도 언니는 어김없이 빨래를 걷기 시작했다. 옥상에서 더 놀고 싶었던 나는 언니가 빨래 걷을 때 빨래 뒤에서 숨바꼭질을 하면서 언니의 손놀림을 방해했다.

어린 나에게 언니는 손자에게 오디 열매를 따 주던 시 속의 할머니 같은 존재였는지 모른다. 옥상에서 쳐다보던 큰 바위 얼굴 같던 산봉우리와 하얀 빨래가 널려 있던 옥상, 반질거리던 장이 놓인 방은 어린 나에게 '외할머니의 툇마루'였는지 모를 일이다. 어머니와 할머니의 손때가 묻어서 반질거리던 시 속 공간인 툇마루는 언니가 매일 닦던 장과 닮았다. 어린 시인이 그랬던 것처럼 언니와 함께 있는 순간에는 어머니의 꾸지람은 따라오지 않았다. 늘 화를 내던 아버지도 고함소리로 들려오지 않았다. 호기심과 동심만이 낭낭하던 곳이었다.

아버지와 어머니는 언제나 틈이 없이 바쁘기만 했고, 어린 내가 잘못하면 어김없이 참을성 없는 꾸지람이 돌아왔다. 여유가 없는 부모님의 공간은 숨가쁘게 흘러가던 생계의 공간이었고, 반면에 시간이 정지된 듯한 내 유년의 공간에는 언니와 나, 동생이 있었다. 부모님의 공간과 우리들의 공간은 언제나 분리되어 있었다. 어머니, 아버지가 없는 공간에서 언니는 어린 나의 보호자이자 놀이 선생님이었다. 뒹굴거리며 책을 읽을 때에도, 청소를 할 때에도, 옥상에서 오후 내놀아도 언니가 있어서 언제나 든든했다.

고등학교 시절 동생과 나, 언니는 잠시동안 셋이서 자취를 한 적이 있다. 그때에도 언니는 우리가 자는 방의 연탄불을 지폈고, 우리에게 밥을 해 주었다. 언니가 해 주던 소시지 볶음과 김치볶음밥을 나는 제일 좋아했다. 언니는 어린 시절 이후 나와 동생이 꽤 자란 뒤에도 언제나 어머니를 대신해서 우리에게 밥을 차려주던 존재였다.

그 뒤 언니는 서울로 시집갔다. 언니가 서울로 취직해서 집을 떠나갈 때 내 마음에는 구멍이 생겼다. 언니가 시집을 간 뒤, 그 구멍은 메울 수 없을 만큼 커졌다. 언니가 필요 없을 만큼 나도 꽤 자랐지만, 그래도 언니가 간 서울은 내겐 너무 먼 곳이었다. 어머니는 언니 결혼식에서 돌아온 날 저녁에 서럽게 울었다. 나도 그 옛날 무섭게 바람 불던 갯벌 한가운데 버려진 느낌이었다.

'우리 언니한테 데려다 줘.' 하고 아무한테나 마구 생떼를 부리고 싶었다.

20년 넘은 아파트는 요즘 새로 지은 아파트와 달리 주차장이 충분치 않아 퇴근길이 조금만 늦어도 차 댈 곳을 찾느라 주차장을 두어 바퀴 돌아야 한다. 겨우 찾은 공간에 간신히 들이 넣는 차처럼 아파트 대문 속으로 나도 간신히 나의 육체를 들이 넣는다. 밥하기가 귀찮아서 배달음식을 시켜 먹는다. 문득 사서 먹는 밥을 먹으며 어린 시절 언니가 해 주던 소시지 볶음과 김치볶음밥을 기억한다. 내 아이들은 먼 훗날, 나와 같이 먹는 배달음식과 사 먹는 식당 음식을 추억이랍시고 기억할지도 모를 일이다.

학원 갔다 집에 들어서자마자 아이는 방문을 꽝 닫는다. 닫힌 방문처럼 아이와 나는 단절된다. 제 방에 찾아 들어 침대에 뒹굴거리며 핸드폰 보느라 시간 가는 줄 모르는 아이. 핸드폰 안에서 누굴 만나고 있는 걸까 궁금해진다. 내 잔소리가 들리지 않는 이유는 이어폰을 끼고 있기 때문이다. 내 아이에게 이어폰은 나의 꾸지람이 파고들 수 없게 하는 차단막일까. 어릴 적 내가 그랬듯이 아이는 어머니의 꾸지람이 들어올 수 없는 공간으로 숨어들고 있는 걸까. 그런데 아이의 이어폰과 핸드폰 속에는 대체 누가 있을까.

아파트의 이중창 너머 보이는 불빛들을 바라보면서 저 불빛들이 품고 있는 피로와 권태로움을 짐작한다. 아파트 창문마다 새어나오는 불빛은 그 속에 살고 있는 사람들의 마음과 같다. 긴 하루 끝에서 절뚝거리는 마음들은 어느 곳에 파고들어서 위안을 얻고 있을까. 수도 없이 깜박거리는 불빛들을 안쓰럽게 바라보면서 어린 시절의 언니를 생각한다. 곱슬머리에 주근깨 가득한 얼굴을 떠올린다. 아파트의 저 수많은 불빛들 속에서 아이들은 핸드폰 앞에나 컴퓨터 앞에 앉아 있을 테고, 어른들은 TV 앞에 앉아서 답답한 하루를 끝낼 시간을 기다리고 있겠지. 누군가에게는 삭막한 오늘이 또 추억으로 남을지 모

를 일이다. 미래 속에 놓일 오늘에 대한 기억은 어떤 색깔이며, 그 속
에는 따뜻한 누구가 있을까.

오늘은 오랜만에 옛날 어머니보다 더 나이든 언니한테 전화를 하
고 싶어진다.

머슴 대길이

—
고
은
—

새터 관전이네 머슴 대길이는

상머슴으로

누룩도야지 한 마리 번쩍 들어

도야지 우리에 넘겼지요

밥때 늦어도 투덜댈 줄 통 모르고

이른 아침 동네길 이슬도 털고 잘도 치워 훤히 가르마 났지요

낮보다 어둠에 빛나는 먹눈이었지요

머슴방 등잔불 아래

나는 대길이 아저씨한테 가갸거겨 배웠지요

그리하여 장화홍련전을 주룩주룩 비 오듯 읽었지요

어린아이 세상에 눈떴지요

일제 36년 지나간 뒤 가갸거겨 아는 놈은 나밖에 없었지요

대길이 아저씨더러는

주인도 동네 어른도 함부로 대하지 않았지요

살구꽃 핀 마을 뒷산에 올라가서

홑적삼 큰아기 따위에는 눈요기도 안 하고

지게 막대기 뉘어 놓고 먼 데 바다를 바라보았지요

나도 따라 바라보았지요

우르르르 달려가는 바다 울음소리 들었지요

찬 겨울 눈 더미 가운데서도

덜렁 겨드랑이에 바람 잘도 드나들었지요

그가 말했지요

사람이 너무 호강하면 저밖에 모른단다

남하고 사는 세상인데

대길이 아저씨

그는 나에게 불빛이었지요

자다 깨어도 그대로 켜져서 밤새우는 불빛이었지요

●   화자는 어린 시절 동네에 살았던 머슴 대길이를 기억한다. 힘

세고 일도 잘하여 상머슴이었던 대길이. 일제 강점기였지만 대길이는 남몰래 어린 나에게 한글을 가르쳐 주었다. 천박한 머슴이었지만 여자나 홀낏거리는 남들 다 하는 행동을 하지 않았다.

먼 바다를 바라보며 대길이는 꿈을 꾸었다. 한 겨울에 겨드랑이에 바람이 훌렁훌렁 잘도 드나들 정도로 가난한 옷을 입고 있었지만, 그럼에도 불구하고 자기보다 남을 생각하였다.

"사람이 너무 호강하면 저밖에 모른단다. 남하고 사는 세상인데."

대길이의 말을 들으며 어린 시인은 넓은 꿈을 꾸었다.

나의 할아버지. 공교롭게도 나의 생일은 할아버지의 기일과 같은 날이다. 할아버지가 돌아가신다고 집안식구들이 다 모여서 임종을 지켜보고 있던 순간에 나를 임신하고 있었던 어머니는 진통을 느껴서 혼자 산파를 불러 애를 낳았다 한다. 한 번도 보지 못한 할아버지지만 어머니로부터 할아버지의 죽음과 나의 출생의 동시성을 수없이 들었고, 그래서 할아버지의 디엔에이가 내 속에 이어지고 있는 것이 아닐까 하는 생각도 했다.

할아버지는 우리 시市에서 최초로 시민이 투표해서 뽑은, 말하자면 최초의 민간 민선 시의원이셨다. 머리가 비상하여 천재라고 불렸던 할아버지는 평소에 신문에 공고된 나라의 예산을 하나하나 계산하여 잘못된 부분을 다 짚어낼 정도로 치밀하고 영리한 분이셨다. 서예의 대가였으며 청렴하고 대쪽 같은 성격, 호탕한 기질로 모든 이들의 존경을 받던 분이셨다고 한다.

나는 할아버지에 대한 이야기를 아버지로부터 들은 적은 한 번도 없다. 이 모든 할아버지에 대한 단편적인 이야기는 어머니로부터 들은 것이다. 아버지로부터 들었다면 훨씬 더 정확하고 포괄적으로 할아버지의 모습을 알 수 있었을 텐데 말이다. 아버지와 할아버지의 부자 관계는 어땠을까. 잘은 몰라도 아버지의 내성적이고 날카로운 성격과 할아버지의 호탕한 기질은 잘 섞이기 어려웠을 것이고, 시의원이었던 할아버지가 야당활동을 하면서 사상적 의심을 받아 쫓겨 다녀야만 할 때, 서울에서 공부하던 아버지가 생계를 유지하기 위해서 고향으로 내려와야 했던 사연으로 미루어 본다면, 할아버지와 아버지의 관계는 상처가 많은 부자지간이지 않았을까 싶다. 어쨌거나 나는 아버지에게서 어머니가 언제나 말하던 '대인'이셨던 할아버지에 대해 들은 적이 없다.

결국 할아버지는 자신의 천재성을 채 펼쳐 볼 기회를 가지지 못한 채 술에 의존해서 생활하다 급성간암으로 50대 초반에 갑자기 쓰러져 돌아가셨다. 어머니는 "네 아버지는 할아버지의 반도 못 따라간다. 할아버지가 살아계셨다면 우리 집이 이렇게 되지는 않았을 텐데……." 이런 말씀을 시도 때도 없이 읊조리셨다. 어머니를 며느리 중에서 가장 예뻐했던 할아버지는 다른 사람들에게는 더없이 엄한 존재였지만, 어머니한테만큼은 무척 너그럽고 사려 깊은 분이셨다 한다. 어머니에게 큰소리 한번 내신 적 없고, 맛있는 음식, 용돈을 남겼다가 수시로 어머니를 챙겨주셨다 한다. 할머니나 작은어머니들은 할아버지를 무서워했지만, 어머니한테는 한없이 자상한 분이었다 그랬다.

나는 할아버지에 대한 이야기를 들으면서 집안 이야기와 나의 집안사람이 정치와 관계가 있다는 사실을 어렴풋이 느꼈다. 할아버지가 시의원으로 야당활동만 안 했어도, 아니면 작은할아버지처럼 시의 고위 공무원 생활을 하여서 큰 여관을 할 정도로 돈을 모았어도 우리 집의 형편을 달라졌을 테다. 시에서 '가난하지만 선비정신을 지닌 대쪽 같은 가문'으로 정평이 나는 대신, 돈이 많은 유지有志로 시에서 자리 잡을 수 있지 않았을까. 할아버지는 시대 속에서 자신의 신념을 추구했지만 덕분에 아버지의 학업은 좌절되었다. 서울에서 대학 입시를 준비하던 아버지는 시골에 내려온 이후에 증조할머니가 하던 방앗간을 이어받아 가족을 먹여 살려야 하는 신세가 되어야 했다. 한 사람의 역사적 행보가 나머지 가족에게는 꿈의 좌절과 생계의 고충으로 남겨졌다. 어쩌면 아버지는 이 부분에서 할아버지를 용서하지 못했을지 모른다.

일본할아버지란 분이 계셨었다. 쭉 옆집에 혼자 사셨는데, 일본에서 할머니가 오시자 할머니와 같이 살았다. 돌아가실 때가 되자 일본할아버지는 일본으로 가셨고, 그 뒤 유해가 되어 고국에 돌아와서 고국의 산천에 묻히셨다. 일본할머니는 내 유년 시절 기억의 한 부분에 큼직하게 자리 잡을 정도로 꽤 오래 동네에서 사셨다. 다른 할머니들과 달리 일본할머니는 포근한 앙고라 베레모를 언제나 비스듬히 쓰고 동그란 안경테에 지팡이를 짚은, 동화 속에 나오는 외국 할머니

같은 인상이었다. 할머니 집은 우리 집 옆에 있었는데, 작은 골목을 들어가면 햇빛 가득한 마당이 나오고 작지만 정갈하고 멋있는 한옥 집에서 일본할머니는 살았다. 언니와 나, 동생은 그 집에 가서 많이 놀았는데, 그럴 때마다 할머니는 맛있는 일본 과자와 오븐에서 손수 만든 빵과 간식을 주곤 했다. 일본할머니 집에는 늘 여유로움과 따사로움이 가득했다.

일본할머니도 할아버지처럼 돌아가실 즈음에 일본 아들네에 가셨고, 좀 있다가 유해가 되어 고국으로 돌아왔다. 할머니는 할아버지 옆의 양지 바른 언덕에 묻히셨다. 두 분이 일본에 있는 아들들을 떠나 한국에서 여생을 보내신 이유는 고향에 대한 절절한 그리움 때문이었다 한다. 일본할아버지의 아들 삼형제는 거적때기 하나로 일본에 밀항하여 자수성가한 사업가들이다. 고향에 대한 그리움에 한 맺힌 부모님이 말년에 고향에 사실 수 있도록 고향에 작은 집을 장만했고, 믿을 만한 친척인 우리 어머니, 아버지에게 할머니 내외를 보살피도록 부탁을 한 것이었다.

일본할아버지 내외가 돌아가신 뒤로 일본할아버지의 아들, '작은 일본할아버지'가 일 년에 한두 번 우리 집을 찾아오셨다. 그때마다 우리는 무척 신났는데, 작은일본할아버지가 올 때마다 일본 과자를 한아름 우리에게 안겨줬기 때문이었다. 작은일본할아버지는 일본할머니가 해 주던 장어국이 먹고 싶다 했다. 내 어머니가 끓여주는 장어국을 드시면서 "이 맛이야." 하면서 즐거워하셨다. 작은일본할아버지는 한국에 올 때마다 부모님이 묻힌 산소에 갔다. 고향 바다가 내려다보이는 언덕에서 하루 종일 앉아 있다 가셨다 한다. 일본 여자와 결혼하여 일본 사위를 얻어 반 일본사람이 된 분이셨는데, 일본에서 아주 큰 초밥집으로 대성한 재력가였지만 고향과 부모님에 대한 그리움은 날로 깊어졌다 했다. 건강이 안 좋아져서 더 이상 한국에 나오지 못하자 작은일본할아버지는 아버지와 편지를 주고받으며 고향에 대한 그리움을 대신 달랬다고 한다.

나는 이웃에 사셨던 일본할아버지네를 보면서 일제 강점기라는 역사가 우리 집과 무관치 않다는 점을 어렴풋이 느낄 수 있었다. 좋은 고등학교에 다니던 삼형제가 밀항했던 이유도 학생운동 하다가 일본 경찰에 쫓겼기 때문이다. 눈물 흘리며 떠나야 했던 그리운 고국에 남해바다와 우리 집이 있었다.

할아버지의 기질을 물려받았을까. 여당 일색인 경상도에서 평생 야당 편을 들었던 아버지는 고모와 동네사람들과 끊임없이 정치적 논쟁을 했다. 학생 신분으로 일본 경찰의 눈을 피해 밀항하던 세 일본할아버지들. 야당활동 하다 쫓겨 다닌 끝에 화병에 걸려 일찌감치 돌아가신 할아버지. 방앗간 일 하면서도 상놈들 천지라고 천박한 세상을 개탄하던 옹고집쟁이 아버지. 나는 내 가족들의 모습에서 '대길이'의 모습을 만난다.

이 시대는 너무 작은 사람들이 많다. 남이야 어찌됐건 간에 제 것만 움켜쥐려 하는 사람들 속에서 대길이와 대길이를 닮은 우리 아버지, 할아버지들의 큼직한 모습이 그리워진다.

경수는 돈을 벌기 위해 의대에 가겠다고 했다. 학교에서는 은근, 수시모집으로 의대에 가는 것보다 수시에서 떨어지고 서울대에 가기를 바란다. 수능시험을 치른 다음 날 3학년실에서 나오는 경수. 큰 덩치에 어울리지 않게 울 것 같은 표정으로 "시험 잘 쳤으면 내가 이러고 있겠어요?"라며 대들 듯한 대답을 하여서 나를 놀라게 했다. 학년실에서 서울대 가라는 말을 들은 모양이었다. 서울대를 보내야 하는 학교. 의대를 가서 돈을 벌어야겠다는 학생. 선택은 서울대와 의대만 있는 걸까? 경수가 안쓰럽다.

내 고등학교 시절 학교에서 제일 활발해서 선머슴 같던 아이를 기억한다. 장래희망을 적는 란에 '현모양처'라고 적어서 나를 놀라게 했던 아이. 훗날 어른이 되어 현모양처 되기가 쉽지 않다는 것을 깨달았지만, 고등학교 시절의 꿈 치고는 너무 작고 평범했던 아이를 기억한다.

키르키스스탄. 이름도 생소한 나라에 가서 선교하겠다는 선생님. 지난 학기에 안정된 직장을 굳이 명퇴해서 보수도 없고 안전도 보장이 안 되는 이름도 낯선 외국으로 선교를 간 선생님도 떠오른다.

딸아이가 다니는 거창고등학교의 직업 선택 십계명이다.

1. 월급이 적은 쪽을 선택하라.
2. 내가 원하는 곳이 아닌 나를 원하는 곳을 택하라.
3. 승진의 기회가 거의 없는 곳을 택하라.

4. 모든 조건이 갖춰진 곳은 피하고 처음부터 시작해야 하는 황무지를 택하라.

5. 앞을 다퉈 모여드는 곳은 절대로 가지 마라. 아무도 가지 않는 곳으로 가라.

6. 장래성이 전혀 없다고 생각하는 곳을 가라.

7. 한가운데가 아닌 가장자리로 가라.

8. 사회적 존경성을 전혀 바라볼 수 없는 곳으로 가라.

9. 부모나 아내나 약혼자가 반대하는 곳이면 틀림없다. 의심치 말고 가라.

10. 왕관이 아닌 단두대가 있는 곳으로 가라.

의대에 가겠다던 딸아이는 벌써부터 "역사가 좋은데, 사학과로 갈까?" 한다. 이 시대를 살아가는 학부모로서, 진학지도를 해야 하는 고등학교 교사로서 내 고민이 깊어진다.

여우난골족

—
백
석
—

명절날 나는 엄매 아배를 따라 우리 집 개는 나를 따라 진할머니 진
할아버지가 있는 큰집으로 가면

얼굴에 별 자국이 솜솜 난 말수와 같이 눈도 껌벅거리는 하로에 베
한 필을 짠다는 별 하나 건너 집엔 복숭아나무가 많은 신리(新里) 고
무 고무의 딸 이녀(李女) 작은 이녀(李女)

열여섯에 사십(四十)이 넘은 홀아비의 후처가 된 포족족하니 성이 잘
나는 살빛이 매감탕 같은 입술과 젖꼭지는 더 까만 여수쟁이 마을 가
까이 사는 토산(土山) 고무 고무의 딸 승녀(承女) 아들 승(承)동이

육십 리(六十里)라고 해서 파랗게 뵈이는 산(山)을 넘어 있다는 해변
에서 과부가 된 코끝이 빨간 언제나 흰옷이 정하든 말끝에 설게 눈

물을 짤 때가 많은 큰 골 고무 고무의 딸 홍녀(洪女) 아들 홍(洪)동이 작은 홍(洪)동이

배나무 접을 잘하는 주정을 하면 토방돌을 뽑는 오리치를 잘 놓는 먼섬에 반디젓 담그려 가기를 좋아하는 삼촌 삼촌 엄매 사춘 누이 사춘 동생들

이 그득히들 할머니 할아버지가 있는 안간에들 모여서 방 안에서는 새 옷의 내음새가 나고

또 인절미 송구떡 콩가루차떡의 내음새도 나고 끼때의 두부와 콩나물과 볶은 잔디와 고사리와 도야지비계는 모두 선득선득하니 찬 것들이다

저녁술을 놓은 아이들은 외양간 섶 밭마당에 달린 배나무 동산에서 쥐잡이를 하고 숨굴막질을 하고 꼬리잡이를 하고 가마 타고 시집가는 놀음 말 타고 장가가는 놀음을 하고 이렇게 밤이 어둡도록 북적하니 논다

밤이 깊어 가는 집 안엔 엄매는 엄매들끼리 아르간에서들 웃고 이야기하고 아이들은 아이들끼리 웃간 한 방을 잡고 조아질하고 쌈방이 굴리고 바리깨 돌림하고 호박떼기하고 제비손이구손이하고 이렇게 화디의 사기방등에 심지를 몇 번이나 돋구고 홍게닭이 몇 번이나 울어서 졸음이 오면 아릇목싸움 자리싸움을 하며 히드득거리다 잠이 든다 그래서는 문창에 텅납새의 그림자가 치는 아츰 시누이 동세들이 욱적하니 흥성거리는 부엌으론 샛문 틈으로 장지문 틈으로 무이 징게국을 끓이는 맛있는 내음새가 올라오도록 잔다

● 　백석은 평안도 출신 시인이다. 1930년대 시이지만 현대적인 세련미도 있고, 평안도 방언에서 구수함도 느껴진다. 아이의 눈에 비친 명절날에 대한 회상이다. 곰보인 신리 고모, 홀아비의 후처 토산 고모, 과부 큰골 고모, 주정뱅이 삼촌. 모두 특별히 잘나지도 않고 오히려 한 가지씩 결함을 갖고 있는 친척들이 하나씩 큰집으로 모인다. 어린 화자는 명절날 아침부터 그 다음날 아침까지 벌어진 일을 회상한다. 지역도 시대도 다르지만 명절날 큰집에 모인 일가친척들의 모습이 옆에 있는 듯 생생하고, 왁자하던 분위기가 고스란히 전해져 온다. 가난하지만 따뜻하고 풍요롭던 시절이다.

　어릴 적 우리 집을 떠올려 본다. 고모네와 우리 집은 마당을 사이에 두고 마주보고 있었다. 고모 집은 양옥집이고 우리 집은 마루가 있는 한옥이다. 여름에 고모 집에서 거실 창문을 열면 우리 집 마루와 마주 보였다. 보통 고모 집 문은 꼭 닫혀 있었는데, 가끔씩 열어놓은 문들 사이로 누워 있는 고모부의 모습이 보이곤 했다.

　우리집은 큰집이었는데, 명절 때면 큰숙모, 작은숙모는 새벽부터 우리집에 왔다. 친척들이 고만고만하게 한 동네에서 모여 살았기 때문에 명절이라 해도 먼 데서 찾아오는 식구는 없었다. 큰숙모는 훌쩍하니 키가 컸고 마른 편이다. 갈라지는 목소리가 무척 컸는데 신경질이 많은 편이다. 작은숙모는 우리에게 언제나 다정다감했다. 딸이 없어서 늘 투덜댔는데, 우리집에 딸이 둘이 있으니 나더러 자기 딸 되자고 늘 말했다. 실제로 작은집에 가서 며칠 자고 오라고 어머니가 나를 작은집에 보내기도 했는데, 따뜻한 작은숙모와 호탕한 삼촌, 개구쟁이 두 조카동생들은 무척 좋긴 했지만, '우리 집에서 살자.'라는 말을 들을 때마다 기겁을 해서 집에 쫓아오곤 했다.

　그 시절 어른들은 나를 놀리는 걸 즐겼나 보다. 숙모들, 동네 아줌마들이 모여서 나더러 '다리 밑에서 주워 왔다.'고 놀렸다. 다리 밑에서 기다리고 있으면 나를 버린 아버지와 어머니를 만날 수 있을 거라 했다. 어린 나는 좀 의심스럽기는 했지만, 어느 날 짐 보따리를 챙겨 들고 진짜로 다리 밑에 가서 나를 찾아서 헤매고 있을 어머니, 아버지를 기다렸다. 어떤 심정이었는지 잘은 기억나지 않지만 저녁이 거의 끝날 때쯤 누군가 다리 밑에 있는 나를 발견하고 집으로 데리고 온 기억이 난다. 어머니한테 혼이 난 것 같은데 진짜 어머니를 찾으러 가라고 할 때는 언제고 말대로 한 것 뿐인데, 집에 돌아온 나를 나무라던 가짜 어머니로 의심되는 어머니를 참 이해할 수가 없었다.

　명절 아침이면 갖가지 음식 냄새가 자고 있는 나를 깨웠다. 부추에 방아를 넣고 홍합을 다져서 만든 장떡. 포를 떠서 도톰하게 밀가루를 발라 계란 옷을 입힌 명태전. 꼬치에 파, 소고기, 당근, 버섯을 가지런히 꽂아서 구워낸 산적. 조개, 오징어 등을 총총 썰어서 두부 넣고 뽀득하니 끓여내던 보딴국. 시금치나물, 미역나물, 고사리나물, 도라지나물, 데친 톳에 두부를 넣은 톳나물, 비빔밥을 좋아하는 식구들을 위해 어머니는 늘 넉넉히 나물을 만드셨다. 우리가 제일 좋아한 음식은 닭조림이었다. 생강 냄새가 올라오는 짭조름하고 달싹하게 간장으로 조린 닭조림은 아이들이 앞다투어 손에 쥐던 음식이다. 꾸덕꾸덕 바른 볕에 몇날 며칠을 말려서 간이 잘 배게 한 돔과 우럭. 살짝 쪄서 먹으면 부드럽고 짭조름한 맛이 났다. 문어를 통째로 엿과 간장을 넣어서 조리면 동그라니 예쁜 모양이 되고 윤이 나는 게 꽤 먹음 직했다. 껍질을 벗겨 하얀 오징어 몸통에도 바둑판 모양의 칼집을 내어서 동그랗게 조렸다. 시원한 단술. 모락모락 김이 나던 시루떡. 갖가지 과일들. 단옷날 아침이면 마른 김과 오색밥도 먹을 만했다.

달그락거리는 그릇 소리. 까르르 웃는 소리. 지지대는 전 부치는 소리.

갖가지 음식 냄새와 함께 간지럽게 들려오던 그 소리들로부터 언제나 명절 아침은 풍성하게 시작됐다.

우리 형제들은 늘 친척 아이들과 모여서 놀았다. 고모집의 수정이 언니, 재성이 오빠, 큰삼촌네의 은지, 은미, 해영이, 작은삼촌집 동현이, 광현이, 언니, 나, 성현이는 늘 어울려서 놀았다. 우리 집에서 놀기도 했고, 고모 집에서 놀기도 하고 큰삼촌네에 가서 놀기도 했다. 때로는 언덕에 있는 작은삼촌네에도 몰려가 놀았다. 뭘 하고 놀았는지 다는 생각나지 않지만 같이 있으면 언제나 즐거웠다. 나이가 들면서 남자애들과 여자애들이 점차 갈라져서 놀았다. 나는 언니들과도 어울려 놀았지만, 동갑인 세 언니들이 자기들끼리 비밀 이야기를 속닥일 때면 남동생들과 어울려 오징어잡이, 딱지치기, 물고기잡이 등을 하면서 놀기도 했다. 하루는 동생이 던진 돌에 맞아서 코피가 엄청 많이 났던 걸 기억한다. 그때 남동생은 어머니한테 많이 맞았다.

바닷가에 가면 창의력이 무궁무진한 친구인 모래가 있어 신이 났다. 밀물 때면 얕은 물가에서 잡던 가재랑 게, 송사리는 정겨운 장난감들이다. 썰물 때면 촉촉하니 드러나던 부드러운 흙. 햇빛은 늘 노곤노곤 했고, 바다는 더없이 시원하고 깨끗했다. 동네에 도랑이 있었는데, 바다에서 헤엄치는 것은 무서웠지만 도랑에서 헤엄치고 놀 때면 날이 저무는 줄 몰랐다.

옆집에 민지라는 나와 동갑내기 친구가 살았다. 민지하고는 흙을 파서 소꿉놀이를 하고 종이인형 옷을 만들어 인형 옷 입히기 놀이를 즐겨 했다. 민지가 창문에 앉아 있던 나를 밀어서 물이 끓고 있는 아궁이 옆에 아슬아슬하게 떨어졌고, 그때 큰 대못에 이마를 찔려 수술을 받았다. 어머니는 대소동이 일어날 때는 코빼기도 보이지 않다가 나중에 붕어빵 하나 달랑 사 들고 온 옆집 아주머니에게 독하다고 욕을 해댔다. 이후로 민지하고 놀지 말라는 명을 내렸다. 민지의 어머니와 아버지는 동네에서 인심 사납기로 소문 나 있었던 터라 어머니는 늘 민지의 어머니, 아버지의 험담을 했다. 하지만 민지와 노는 것은 언제나 재미있었고, 나는 그 사건 뒤에도 시도 때도 없이 민지 집에 가서 놀았다.

초등학교 고학년이 되면서 아들은 꽤 늦게 집에 돌아왔다. 토요일은 아침에 나가서 온종일 들어오지 않았다. 아들의 휴대폰에서 게임

방에 살았던 흔적을 발견하고는 호되게 혼을 내었다. 이후에 아들은 밖에 잘 나가지 않았다. 친구들은 온종일 게임방에서 산다고 그 무리에서 빠져나온 자기가 얼마나 대단한지 나한테 말한다. 그러면 무슨 소용이 있을까. 아들은 온종일 집에서 컴퓨터 앞에 붙어 앉아 있다. 컴퓨터 게임 때문에 아들 방에 있던 컴퓨터를 거실로 내 놓았다. 컴퓨터 앞에 앉아 있는 게 제지 당하니, 침대에서 뒹굴거리며 핸드폰만 쳐다본다. 식사할 때도 휴대폰에서 눈을 떼지 않는다.

어린 시절 내가 아이들과 어울린 것처럼 아들은 컴퓨터나 휴대폰 안에 있는 누군가를 만나서 논다고 정신이 없는 걸까. 카톡, 밴드를 하지 않고 게임 한 번 한 적이 없고, 인터넷 검색도 꼭 필요한 거 외에는 잘 하지 않는, 디지털시대에서 거의 원시인에 가까운 나는, 아들이 들여다보고 있는 세계에 대해 알 턱이 없다. 내가 알 수 없는 세계에서 노는 아들과 딴 세계에 속한 나는 늘 삐꺽댄다. 컴퓨터는 나에게 업무용이고 휴대폰은 공중전화 대신일 뿐이다. 어쩌면 나는 이 시대와 걸맞지 않은 존재인지도 모르겠다.

아이들을 데리고 제주도로 수학여행을 갔다. 파도가 심해서 주상절리가 출입 통제된다고 했다. 일정에 차질이 생기는 걸 우려하던 순간 바람이 잦아지면서 출입이 허가되었다. 통제가 풀리긴 했지만 파도는 꽤 심했고, 교실 속에 갇혀 있던 아이들도 파도만큼 미쳐서 날뛰었다. 통제 불능이었다. 절벽을 향해 기어오르기도 했고 바로 뒤에서 파도가 덮치는데도 바위 끝에 아슬아슬하게 서서 사진 찍느라 여넘이 없었다. 30명 남짓이나 되는 남학생들을 감당하느라 식겁을 했다. 지우는 언제나 열정에 가득한 아이다. 시내에서 동떨어져 외진 곳에 있는 숙소에서 밤에 혼자 절벽 가에 있는 바닷가에 나가서 수영을 하고 돌아왔다고 했다. 졸업하고 몇 년이 지난 뒤에 졸업생들이 와서 한 말을 듣고 지우가 얼마나 아찔한 짓을 했는지 알게 되었다. 담임 맡은 초창기에 처음으로 아이들을 데리고 간 수학여행이었다. 아이들이 대자연과 만나자 예상치 못했던 극심한 화학반응을 일으켜 어쩔 줄 모르고 당황했던 때가 떠오른다.

자연은 아이들 속에 있던 야성을 끌어내는 힘이 있는 걸까. 지금도 아이들은 그때처럼 자연 속으로 겁없이 뛰어들고 있을까. 몇 년 안 된 옛날이지만 요즘 아이들을 보면 까마득하게 아득한 시절처럼 느껴진다.

교실에 날아든 나방 한 마리에도 남자애들이 화들짝 놀라며 기겁을 한다. 좀 큰 벌레라도 나올 양이면 잡거나 쫓을 생각은 안 하고 호들갑 떠는 아이들 틈새로 답답한 내가 가서 벌레를 잡고 만다.

"너희들 같이 겁쟁이들이 군인이 돼서 나라를 지킨다고 생각하니 내가 후방에서 잠이 다 안 온다."

우스갯소리를 하면 애들도 자기들보다 차라리 샘이 가서 나라 지키는 것이 더 나을 것 같다고 순순히 동의한다. 자연 속에서 자라지 않은 아이들은 유약하다. 마치 음지에서 자라난 식물들처럼 배배 꼬여 있다. 하도 앉아 있다 보니 허리 측만증에 걸린 애들이 한둘이 아니다. 휴대폰 보느라 거북목이 된 아이들도 많다.

아이들은 함께 있어도 각자의 껍질 속에 들어가 있다. 휴대폰을 들여다보느라, 게임을 하느라 같은 공간에 있지만 각자의 껍데기 속에 틀어박혀 있다. 기계 속에서 서로 만나고 놀고 이야기한다.

손톱 밑에 흙때가 새까맣게 끼이거나 한겨울에 하도 밖에서 구슬치기를 해서 손이 온통 터져 있을 일도 없다. 콧물을 질질 흘리며 양 볼이 빨갛게 달아오른 채 온종일 놀다가 저녁 때쯤 어머니가 밥 먹으러 오라고 고함을 몇 번 친 뒤에야 아쉬움을 뒤로 하고 친구들과 헤어져 집으로 돌아가던 추억도 없다. 일가친척을 만날 일도 별로 없고 어쩌다 만나도 별 할 말이 없다. 자연의 맨얼굴과 부딪칠 일도 없고 친구, 친척들의 맨살과 맞닿을 일은 더더군다나 별로 없는 아이들이다. 하도 안 움직여 몸이 배배 꼬여 있는데, 그 속에 든 정신인들 배배 꼬여 있지 말란 법이 있을까?

요즘 아이들이 불쌍하다.

엄마 걱정

— 기형도 —

열무 삼십 단을 이고

시장에 간 우리 엄마

안 오시네, 해는 시든 지 오래

나는 찬밥처럼 방에 담겨

아무리 천천히 숙제를 해도

엄마 안 오시네, 배추잎 같은 발소리 타박타박

안 들리네, 어둡고 무서워

금 간 창틈으로 고요한 빗소리

빈 방에 혼자 엎드려 훌쩍거리던

아주 먼 옛날

지금도 내 눈시울을 뜨겁게 하는

그 시절, 내 유년의 윗목

●   기형도 시인은 스물아홉에 요절한 시인이다. 그의 시는 늘 어둡고 암울하다. 이 시 또한 가난하고 슬픈 어린 시절에 대한 시이다. 채소 장사 나간 엄마를 기다리는 어린 화자는 자신이 찬밥처럼 방에 담겨 있었다고 회상한다. 해는 저문 지 오래 지났지만 어머니는 돌아오지 않았다. 아이는 오지 않는 어머니를 애타게 기다리며 무서움과 서러움으로 울고 있었다.

어느덧 세월이 흘러 화자는 어른이 되지만 지금도 엄마를 기다리던 어린 시절을 생각하면서 눈물을 흘린다.

어린 날의 아픈 경험을 노래한 시가 또 있다.

• 추억에서 •

진주(晉州) 장터 생어물진(生魚物廛)에는

바다 밑이 깔리는 해 다 진 어스름을,

울엄매의 장사 끝에 남은 고기 몇 마리의

빛 발(發)하는 눈깔들이 속절없이

은전(銀錢)만큼 손 안 닿는 한(恨)이던가.

울엄매야 울엄매.

별밭은 또 그리 멀리

우리 오누이의 머리 맞댄 골방 안 되어

손시리게 떨던가 손시리게 떨던가

진주(晉州) 남강(南江) 맑다 해도

오명 가명

신새벽이나 별빛에 보는 것을,

울엄매의 마음은 어떠했을꼬.

달빛 받은 옹기전의 옹기들같이

말없이 글썽이고 반짝이던 것인가.

- 박재삼 -

　박재삼 시인의 어린 시절 풍경 역시 마찬가지로 애절하다. 어머니
는 생선장수였다. 이른 새벽에 나가서 깜깜해질 때까지 시장에서 생
선을 팔았다. 차가운 골방에서는 오누이가 어머니를 기다렸다.

　어린 자식을 두고 장사 가는 어머니의 심정은 어떠했을까. 장사 나
가는 이른 새벽이나 장사를 끝내고 집으로 돌아오는 깜깜한 밤마다
어머니는 남강 변을 수없이 오갔다. 어떤 이들은 맑다고 감탄하는 남

강물이었지만 가난으로 인한 한과 슬픔에 시달리는 어머니는 눈물 흘리며 보고 또 보았다. 남강은 그 시절 어머니에게는 진한 한恨과 말 없는 눈물이었다.

어머니는 얼마 전에 허리를 다친 이후로 가게를 남에게 넘겼다. 고 생스럽다고 이제 그만하시라고 아무리 만류해도 그만두지 않던 가게 를 헐값으로 단골손님에게 인수하던 날, 어머니는 내게 전화를 해서 울먹였다. 칠십이 넘은 노인이 평생 고생하던 가게를 넘겼으면 후련 할 일이 아니던가. 전화를 끊고 나서 한동안 나는 어머니의 전화 속 울음을 이해하지 못했다.

어쩌면 어머니에게 가게는 단순한 생계수단 이상이었는지 모른다. 열심히 양파를 다듬고 포도를 씻고, 솥에서 오래오래 그것들을 달이 는 인고의 순간들 속에서 어머니는 자신이 살아있음을 강렬히 느끼 고 있었던 것이 아니었을까.

아버지는 혼자서《동의보감》등의 한의학 책을 독학했다. 단골 한 의원에서 약재료를 사다가 자신이 직접 한약을 지었다. 처음에는 급 할 때 식구들에게 먹일 용도로 만들었지만, 차츰 소문이 나면서 다 른 사람한테도 한약을 지어 먹였다. 아들이 오랜 기간 동안 위장병에 걸려 거의 다 죽게 된 지경이라 하면서 섬에서 한 아주머니가 찾아왔 다. 큰 병원에 다녀보고 온갖 좋다는 것은 다 먹어 봤지만 소용이 없 었다. 육지에 사는 누나가 아버지의 소문을 듣고 가게로 찾아가라 했다 한다. 어머니는 아버지가 비상용으로 지어놓은 환 형태의 위장약 몇 뭉텅이를 준 뒤 까맣게 잊었다.

새벽에 대문 앞에 늙은 호박이 놓여 있었다. 알고 보니 아버지의 위장약을 먹고 아들의 위장병이 씻은 듯이 낫자 그 어머니가 고맙다는 표시로 호박을 가져다 놓았다고 한다. 며칠 뒤 다시 찾아와서 사례를 하고 싶다고 했지만 어머니는 완강하게 돈을 받지 않았다. 아버지의 위장약으로 병을 고친 사람이 꽤 많았다. 우리 집 대문간에는 아버지 덕에 목숨을 구한 사람들이 놓고 간 소고기며, 과일이 자주 놓여 있었다.

아버지는 수지침을 들고 다니면서 동네에 홀로 사는 할머니, 할아버지에게 침을 놓았다. 가게 일이 바빠서 어머니 혼자서 진땀을 빼는 동안에도 아버지는 이웃들의 집에서 수지침을 놓으며 말상대가 돼주면서 온종일 돌아오지 않았다.

어머니가 갓 시집왔을 때 할머니는 먹은 것을 다 토해내고 못 먹어서 꼬챙이가 될 정도로 위장병이 심했다 한다. 아버지는 그런 할머니를 위해서 책이란 책은 다 읽고 한의학을 독학했고, 그 결과로 아버지의 위장약이 탄생했다. 아들에 대한 불신과 은근한 멸시까지 있었던 할머니는 아버지의 침을 맞으면서도 못마땅해 했고, 아버지가 아무리 약을 권해도 드시지 않았다 한다.

"니가 무슨 재주로 약을 만드냐?"

한 번만 드셔 보시라고 애원하는 아버지에게 할머니는 비죽거렸다.

어느 날 먹은 걸 다 토해내고 물도 삼기지 못할 만큼 쇠약해진 할머니는 마지못해 아버지의 위장약을 받아먹었다. 마술처럼 할머니의 위장병이 나았다. 그 뒤로 90세까지 사시는 동안에 할머니는 아버지가 만든 위장약을 언제나 품고 다니면서 속이 안 좋을 때마다 꺼내먹었다고 한다.

동네에서 아버지는 법 없이도 살 사람이자 의사도 못 고치는 병을 고치는 용한 사람으로 정평이 났다. 어머니는 장사는 뒷전이고 남들에게 인심이나 쓰고 다니는 아버지를 한편으로 자랑스럽게 여겼지만 집안을 돌보지 않는 데 대한 미움과 원망이 배는 컸다. 어머니는 남자처럼 억세게 일을 했다. 할머니는 큰아들인 아버지를 싫어했는데 며느리인 어머니는 이 세상 누구보다 싫어했다.

어느 날 학교에서 돌아왔을 때 컴컴한 부엌에서 서로의 옷을 잡아뜯으며 엉켜 붙어 싸우는 할머니와 어머니를 보았다.

대학 문턱에서 어쩔 수 없이 생활 터전으로 돌아온 아버지는 말끝마다 어머니더러 '무식한 게' 하고 업수이 여겼다. 고모는 조곤조곤 어머니가 교양 없음을 지적했고, 할머니는 대놓고 못 잡아먹어 늘 으르렁거렸다. 어린 나는 꿈에서 아버지, 고모, 할머니를 상대로 어머니 편이 되어 싸우다가 울면서 일어나기도 했다.

오래된 어머니의 사진을 보았다. 갓 시집왔을 때였나 보다. 어머니는 애기인 오빠를 안고 있고, 고모는 고아원에서 데리고 온 고종사촌 오빠를 안고 찍은 사진이다. 나는 깜짝 놀랐다. 지금 고모는 곱디고운 귀부인이고 어머니는 머슴처럼 억센 모습인데, 사진 속의 새댁인 어머니는 고모보다 훨씬 아름다웠다. 틀어 올린 머리에 여리여리한 몸매. 지금의 어머니 모습으로는 상상조차 할 수 없는 모습이었다.

외갓집은 큰 부자였지만, 외할아버지가 술과 여자에 빠져 수많은 재산을 다 날려 버렸다 한다. 그래서 금쪽같던 외동딸을 가난한 집에 부랴부랴 시집보냈다. 외갓집으로 가면 우리집에서 천덕꾸러기 신세인 어머니가 더없이 귀한 사람으로 대접을 받았다. 목소리가 걸걸하던 대머리 외삼촌과 야위고 키가 큰 외숙모는 어머니 손을 잡은 채 어루만지면서 울었다. 어머니를 바라보는 외갓집 식구들의 눈빛에는 언제나 연민과 안쓰러움, 따뜻한 애정이 가득했다.

어머니는 어느 순간이건 강했다. 재수하던 오빠가 정신병이 걸려 병원에서 퇴원하여 집에 와 있는 동안, 어머니는 오빠를 데리고 억척스럽게 살았다. 오빠는 증세가 악화되면 아버지를 죽이겠다고 발작을 했다. 칼을 빼들고 달려들었기 때문에 부엌에 있는 칼이란 칼은 모조리 숨겨야 했다. 오빠를 말리다가 수없이 발길에 채이면서도 어머니는 결코 오빠를 품에서 놓지 않았다. 오빠는 정신이 들면 어머니에게 아기처럼 기댔다. 병든 오빠를 20년간 살게 한 힘은 어머니로부터 나왔다.

어머니는 오빠를 병원에 입원시키고 온 날 어김없이 울었고, 오빠가 퇴원해서 집에 돌아온 날에는 어김없이 몽둥이며 칼이며 무기가 될 만한 것은 숨겼다. 오빠는 어머니에게 너무나 가혹했던 크나큰 혹이었지만 한편으로 어머니에게 오빠는 40세에 허무하게 죽을 때까지도 여전히 잘생긴 큰아들, 똑똑하던 큰아들, 자신을 끔찍이 위했던 가장 귀한 큰아들이었다.

오빠를 화장하던 날 흰 눈처럼 무너져 내리던 어머니.

울엄매의 마음은 어떠했을꼬.
달빛 받은 옹기전의 옹기들같이
말없이 글썽이고 반짝이던 것인가.

할머니는 5년간 치매에 걸려 고생하다가 돌아가셨다. 5년간 똥오줌을 질질거리던 할머니를 씻기고 입힌 사람은 어머니였다. 독하던 할머니도 말년에는 어머니에게 애기처럼 안겼다. 하루에 수십 번 똥오줌 묻은 할머니의 옷을 벗기고 목욕을 시키면서 어머니는, "이 할매야, 이제 그만하고 빨리 죽으라이." 하면서 눈물을 글썽였다.

오빠의 죽음 이후로 우울증에 걸린 아버지는 몇 년째 누워서 지내신다.

"네 오빠한테 다 하지 못한 걸 아버지한테는 해 줘야지. 죽고 나서 후회하지 않도록."

얼마 전 자궁을 들어내는 수술을 한 뒤 몰라보게 초라해진 칠십 중반의 어머니는 오빠와 할머니에게 한 것처럼 아버지도 아기처럼 정성스럽게 보살피고 있다.

숲은 멀리서 보면 아름답지만 가까이 가 보면 그 속에는 온갖 것들이 있어 결코 아름답게 느껴지지 않는다. 어머니에 대한 기억 하나하나가 즐겁고 좋지만은 않다. 하지만, 시간이 꽤 지난 지금 어린 시절을 회상해 보면 내 눈시울을 뜨겁게 하는 어머니의 큰 사랑을 발견한다. 사람이 죽어서 가져가는 단 한 가지가 있다면 미움과 원망이 아니라 바로 사랑의 기억이 아닐까. 오빠도, 할머니도, 아버지도 그리고 훗날 나도 하늘 길 떠나는 날에 소중히 품에 안고 가져가는 것은 달빛 받은 옹기전의 옹기들같이 말없이 글썽이고 반짝이던 어머니의 눈물, 바로 어머니의 사랑일 것이다.

춘천은 가을도 봄이지

— 유안진 —

겨울에는 불광동이 여름에는 냉천동이 생각나듯

무릉도원은 도화동에 있을 것 같고

문경에 가면 괜히 기쁜 소식이 기다릴 듯하지

추풍령은 항시 서릿발과 낙엽의 늦가을일 것만 같아

춘천(春川)이 그렇지

까닭도 연고도 없이 가고 싶지

얼음 풀리는 냇가에 새파란 움미나리 발돋움할 거라

녹다 만 눈 응달 발치에 두고

마른 억새 께벗은 나뭇가지 사이사이로

피고 있는 진달래꽃을 닮은 누가 있을 거라

왜 느닷없이 불쑥불쑥 춘천에 가고 싶어지지

가기만 하면 되는 거라

가서, 할 일은 아무것도 생각나지 않는 거라

그저, 다만 새봄 한 아름을 만날 수 있을 거라는

기대는, 몽롱한 안개 피듯 언제나 춘천 춘천이면서도

정말 가 본 적은 없지

엄두가 안 나지, 두렵지, 겁나기도 하지

봄은 산 넘어 남촌 아닌 춘천에서 오지

여름날 산마루의 소낙비는 이슬비로 몸 바꾸고

단풍 든 산 허리에 아지랑거리는 봄의 실루엣

쌓이는 낙엽 밑에는 봄나물 꽃다지 노랑 웃음도 쌓이지

단풍도 꽃이 되지 귀도 눈이 되지

춘천(春川)이니까.

●   '춘천春川'이라는 지명은 그 이름만으로 봄을 느끼게 한다. 화자는 가 본 적 없는 춘천을 상상한다. 춘천에서는 여름날 소나기도 봄의 이슬비가 되고, 단풍 든 산허리는 봄의 실루엣이 되고, 쌓이는 낙엽 밑에는 봄나물 꽃다지 노랑 웃음이 쌓일 것이다. 계절이 바뀌어도 춘천은 언제나 봄일 것이다. 가 본 적은 없고, 갈 엄두도 나지 않지만 까닭 없이 가고 싶은 곳. 현실 속에는 없는 공간이지만, 기억 속 언제나 잔잔한 그리움으로 자리 잡은 곳. 그곳이 춘천이다. 나에게도

나만의 춘천이 있다. 나의 춘천은 어릴 적 내 고향집이며, 내가 살던 집이다.

　새벽마다 5시에 덜컹거리는 굉음을 내며 지나가던 새벽 기차 소리. 달그락거리며 대문 여는 소리. 라디오에서 은은히 울려나오던 조용기 목사님의 설교 소리. 어린 시절 매일 아침을 여는 소리들이다. 세월이 흘렀어도 그 소리들은 음악처럼 내 속에서 잔잔하게 속삭인다.

　낮이면 동네 아이들과 함께 했던 개구리 배 터뜨리기, 파리 날개 떼기, 사마귀 잡아 손에 난 사마귀 뜯기기. 어린 시절 놀던 이야기를 하면 고등학생 남자애들은 징그럽다고 난리다.

　대청마루 위에 누워서 하늘을 바라본다. 눈부시게 파란 하늘 위로 얼굴, 강아지, 집, 코끼리, 갖가지 모양으로 떠 다니던 신기한 구름. 햇볕 들어오는 마루에 앉아 꼬박꼬박 졸던 그 시절의 할머니. 마루 한켠에 앉아 햇볕에 바싹 마른 식구들의 빨래를 천천히 개키던 모습. 할머니는 언제나 아무 말이 없었다.

　어쩌면 그렇게 사람이 입을 다물고만 살 수 있었을까. 나는 할머니가 두 마디 이상 말을 하는 것을 본 적이 없다. 똑똑해서 시의원까지 지냈다는 대인인 할아버지는 할머니를 무척 미워했다 한다. 서글서글한 성격의 며느리인 어머니를 무척 아낀 반면, 심술궂고 꽁한 성격인 할머니는 할아버지에게 구박덩이였다. 50대의 할아버지가 갑자기 쓰러져 돌아가시자 할머니는 어머니에게 남편에게서 받은 서러움에 대한 앙심까지 엎어서 제어판 없는 독살을 내뿜기 시작했다.

어머니는 할머니를 지독히도 미워했다. 애 넷을 낳고 난 뒤 사흘도 되기 전에 부엌이나 방 밖에서는 사발 부서지는 소리, 양동이 내던지는 소리가 메아리쳤다. 그래서 어머니는 방에서 몸조리를 더 이상 하지 못하고 그길로 애를 들쳐 업고 나와서 일을 했다고 한다. 어머니가 시집오던 날부터 할머니는 부엌 출입을 끊었다. 어머니는 장남인 아버지에게 시집온 후로 삼촌 2명, 고모 1명, 할아버지, 할머니들로 구성된 대가족의 밥을 고스란히 혼자서 해야만 했다. 뿐만 아니라 방앗간집의 며느리로서 어머니는 아침부터 밤까지 쉴 새 없이 방아를 찧었다. 어린 시절 나는 늘 어머니가 몇 시에 일어나는지가 궁금했다.

할머니는 5년간 치매를 앓다 돌아가셨다. 치매가 중증으로 깊어지기 전에 오락가락하던 기억을 붙잡고 할머니는 평생을 편애한 둘째 아들네에 갔다. 하지만 일주일도 안 돼서 아버지를 제외한 어느 누구도 반겨하지 않은 우리 집으로 할머니는 돌아왔다. 평생 어머니와 원수 같은 사이로 지냈지만 노년의 할머니에게 그래도 사랑하는 둘째 아들 집보다 큰며느리 집이 편했던 모양이다.

어린 시절 나는 현관문만 닫으면 외부와 단절되는 고모의 양옥집이 언제나 부러웠다. 월남전에 참전하여 하반신 마비가 된 상이용사인 고모부, 고모, 그리고 애를 낳지 못하는 고모 내외가 고아원에서 데리고 온, 출생의 비밀을 본인들만 모르는 오빠와 언니. 고모 가족은 이렇게 네 명이다.

하얀 옷깃에 시커멓게 묻은 때를 보며 "하얀 옷은 때가 묻을 때까지 입으면 안 된다."고 어린 나에게 고모가 말했다. 장사와 집안일에 고단한 어머니한테 섬세한 주부 노릇을 바라는 것은 애초에 무리였고, 어머니는 아이들의 흰 옷깃을 신경 쓸 정도로 섬세하지도 여성스럽지도 못했다. 네 명이나 되는 아이들을 풀어놓은 강아지처럼 키우던 것을 보고 고모는 어머니가 챙겨야 할 일이라고 생각하면서도 어린 나에게 자신이 알고 있는 요조숙녀의 지침을 살짝 귀띔했다. 사실 나는 그때 왠지 무척 창피했다.

현관문이 닫힌 고모 집에서는 내 언니와 동갑인 이종사촌 언니가 치는 피아노 소리가 언제나 울려 나왔다. 고모와 언니는 똑같은 패턴의 손뜨개 코트를 입었다. 모두 고모가 뜬 옷이다. 파란색과 흰색 배색의 눈부신 줄무늬 코트는 어린 내 눈에 오르지 못할 나무처럼 보였다. 고모는 언제나 귀부인처럼 보였고, 어머니는 그에 비하면 남자 머슴처럼 보였다.

마당에 있는 나무 뒤를 돌아가면 푸세식 변소가 있었다. 요강에는 오줌만 가능했기 때문에 큰일을 보기 위해서는 나무를 돌아서 으슥한 곳에 있는 변소까지 가야 했다. 노란 백열등 하나가 켜져 있는 변소는 어린 나에게 공포 자체였다. 밤에 변소에 갈 때면 언니를 대동했고 착한 언니는 어설픈 나무 문 밖에서 쉴 새 없이 인기척을 내며 내가 큰일을 다 마칠 때까지 기다렸다. 그 변소는 고모네의 부엌 뒤편과 연결돼 있었다. 변소를 왔다 갔다 하다가 고모네 부엌에서 나온 희한한 조개껍데기를 보았다. 언제나 같은 자리에 수북이 쌓여 있던 조개껍데기들. 우리 집에는 없고 고모 집에서 나온 것이라 그런지 왠지 조개껍데기조차 좋아 보였고 부럽기만 했는데, 지금 생각해 보면 그 껍데기의 정체는 전복이었다.

할머니를 싫어했던 것만큼 어머니는 고모 역시 싫어했다. 할머니와 고모는 독한 성질이 꼭 닮았다며 할머니처럼 고모의 성질이 못됐다고 어머니는 늘 말했다. 나는 고모와 할머니에 대한 가치관의 혼란속에서, 어머니를 괴롭히는 존재로서 그들을 미워해야 할지를 고민하면서 어린 시절을 보냈다. 어른들의 관계는 언제나 복잡하고 이상했다.

고모가 유방암 수술을 했다. 어머니는 고모 인생이 너무 불쌍하다며 오래오래 울었다.

육십이 갓 넘자 고모는 루게릭병이라든가 희귀한 병에 걸린 지 1년이 채 못 되어 돌아가셨다. 고모가 돌아가신 뒤 고모부도 얼마 못가 돌아가셨다. 고모의 장례식에서, 할머니 장례 때 당신이 그랬던 것처럼, 어머니는 유난히 서럽게 울었다. 어린 나는 그런 어머니가 이해되지 않았다.

하지만 지금은 그때 어머니의 울음이 가식이나 위장이 아니라 본심이었다는 걸 안다. 애증의 질곡은 세월과 함께 깊게 골이 패였지만, 그 골짜기에 구름이 덮이고 햇빛이 비추어 들듯이 어머니 마음은 그늘과 따심이 늘 함께였다. 살 맞대고 살아낸 시간의 깊이만큼 그들이 서로를 향해 끈끈하게 품고 있는 감정의 뿌리는 어쩌면 서로에 대한 깊은 연민과 사랑이었는지 모른다.

나는 어린 시절 고모 집보다 훨씬 아담하고 좋은 아파트에서 살고 있다. 현관문만 닫으면 가족만의 아담한 공간이 되고, 그 속에서 고모네 언니는 공주처럼 피아노를 치던 고모 집. 지금 내가 살고 있는 집 또한 현관문만 닫으면 밖에서 무슨 일이 일어나도 모를 정도로 식구들만의 공간을 확보한 장소이며, 거실에는 웬만한 있을 것은 다 있다.

그런데 이상하게도 이제 나는 화단이 보이는 대청마루가 있는 궁색스런 어린 시절의 집이 종종 그리워진다. 심술궂게 입을 꼭 다물고 있는 할머니와 갖가지 모양으로 떠다니는 구름을 마루에 누워서 보고 싶다.

하긴 요즘 경치 좋은 데는 어김없이 펜션이 차지한다. 유럽식 펜션에서 좋은 풍경을 보면서 여유를 즐길 수 있는 장소가 천지인 세상이다. 돈 주고 경치도 사고 하룻밤의 꿈 같은 자연도 살 수 있다.

옛날 우리 집과는 비교할 수 없을 정도로 좋은 곳이 참 많다. 단지 시간이 다를 뿐이다. 하늘, 나무, 구름, 공기를 담고 유유하게 흘러가던 시간.

햇볕 드는 대청마루에 누워서 파란 하늘을 쳐다볼 때면 지지리도 더디게 흘러가던 시간. 정지된 그 시간의 일부처럼 보이던 할머니. 궁색하지만 한편 넉넉하고 푸근하게 보듬어 주던 그 시간 속에 놓인 하늘, 구름, 햇살, 공기, 할머니, 고모, 어머니.

청명하고 시원하고 하얗고 끈끈하던…….

엄마야 누나야

― 김
소
월 ―

엄마야 누나야 강변 살자

뜰에는 반짝이는 금모래빛

뒷문 밖에는 갈잎의 노래

엄마야 누나야 강변 살자

● 잘 알려진 노래 가사이기도 한 김소월의 시이다. 방문을 열면
뜰에 반짝이는 금빛 모래가 보이고 뒷문 밖에서는 서걱서걱 갈대 소
리가 들려오는 곳. 이 세상에서 가장 정겨운 사람인 엄마와 누나에게
그곳에서 같이 살자고 아이는 노래하듯 이야기한다. 김소월의 시는
전통적인 3음보 가락이다. 3음보는 민요조 리듬이라 해서 우리 민족

의 호흡에 가장 적당한 마디라 한다. 3음보의 느린 운율감이 바탕에 깔려 있는 이 시는 언제나 편안하고 친근하다. 이 시는 빠른 템포가 아니라 느린 곡조로 부르는 것이 훨씬 어울린다. 마치 70년대 선풍적인 인기를 끌었던 스웨덴의 혼성 그룹, 아바가 부른 '안단테 안단테' 노래를 떠올리게 한다. '천천히 천천히', '느리게 느리게'라는 노래 말처럼 읊조리듯 부르는 가락을 들으면 언제나 평안함과 고요함을 느낀다. 구름 위를 밟는 기분이다.

성격 좋고, 일 잘 하는 A는 학교의 온갖 일을 맡아서 했다. 귀찮고 잔일 많은 곳에는 언제나 A가 있었다. 그런데 언제부턴가 A는 만날 때마다 한숨을 내쉬며 '힘들다, 피곤하다'는 말을 입에 달고 다녔다. 학교의 실세로 자리 잡아가는 A지만, 표정은 늘 여유가 없어 보인다. 자신과 달리 다른 사람들은 일하지 않는다고 불평불만이 가득했다. 언제나 유쾌하던 A였지만, 어느새 웃음을 잃어버린 대신 묘하게 냉소적인 표정을 흘리고 다녔다.

A에게 하고 싶은 말.

"필요 이상으로 바쁘고, 필요 이상으로 일하고, 필요 이상으로 크고, 필요 이상으로 빠르고, 필요 이상으로 모으고, 필요 이상으로 몰려 있는 세계에 인생은 존재하지 않는다. 진짜 인생은 삼천포에 있다."

박민규의 소설《삼미 슈퍼스타즈의 마지막 팬클럽》에 나오는 구절이다. 프로야구 초창기 창단팀인 삼미 슈퍼스타즈는 만년 꼴찌였다.

팀 최다 실점인 20점 실점 두 번. 특정 팀 상대로 최다 연패(OB에게 16연속 패배). 2아웃 후 최다 실점(7점). 기별 최저 승률(5승 35패). 시즌 최저 승률(15승 65패).

온갖 불명예스런 기록을 갖고 있는 삼미 슈퍼스타즈는 프로팀의 세계와는 어울리지 않고 아마추어팀에 가까웠다. 하지만 이 소설은 성공의 잣대가 일반적 관점과 다르다. '치기 힘든 공은 치지 않고 잡기 힘든 공은 잡지 않는' 승부와 상관없는 야구를 한 삼미 슈퍼스타즈가 진정 자신만의 야구를 즐긴 팀이라고 한다. 프로의 세계에서는 도태된 팀이지만 야구를 진정 즐길 줄 알고 참된 야구를 한 팀이 '삼미 슈퍼스타즈'라는 것이다. 느리게 가는 것 같지만, 빨리 가는 사람에게는 없는 여유와 평화를 즐긴 팀이라 했다. 늘 필요 이상으로 바쁜 A에게 프로의 세계에서 남을 앞지르기 위해 고군분투하면서 불평불만 하는 것보다 자신만의 룰을 지키는 삼미 슈퍼스타즈의 길도 있다는 걸 말해 주고 싶다. 소월의 시에 나오는 고요와 평화를 소개하고 싶다. 천천히, 천천히 남과 함께 가면서 서로를 세워 주는 길이 있다는 걸 알게 하고 싶다.

서울의 유명한 병원에서 잘나가던 서울대 의대 출신 의사 B. 대학을 수석 입학, 수석 졸업할 정도로 명석한 두뇌를 가졌다. 어느 날 짐을 싸들고 시골로 내려와 허름한 건물 3층에 작은 병원을 개원했다. 밖에서 보면 간판이 없어 병원을 찾기 힘들고, 건물 입구에 자그맣게 병원 이름이 표시되어 있다. 고등학교 선배인 B를 남편은 동창회에서 만났다. 인근 큰 병원에서 온갖 검사를 했지만, 아버지 병명을 못 찾아 고민하던 끝에 B를 찾아갔고, B의 진단으로 뇌에 물이 고이는 뇌수종이라는 것을 알게 되었다. 전에 근무했던 병원의 권위 있는 의사를 소개 받았다. 아버지는 수술 후 정신이 많이 또렷해졌다.

B는 한 사람당 진료시간이 다른 병원보다 길다. 증상을 간단히 물어보고 초스피드로 진찰하는 병원과 달리 진료실에 들어갔다 하면 환자들은 보통 30분이 지나도 나오지 않는다. 예약도 받지 않아 가는 순서대로 기다려야 한다. 아버지를 모시고 가던 날도 B는 남편과 나에게 아버지 증상에 대해 설명하다가 나머지 시간은 시국 이야기, 인생 이야기 등을 하며 20분을 보냈다. 진료하는 시간이 아니라 인생을 논하는 시간처럼 느껴졌다.

나는 주변 사람들에게 B를 소개하곤 했는데, 병원에 다녀 온 사람들마다 B의 긴 진료시간에 대한 감동을 이야기한다. 웬만한 증상을 보면 '치료 안 해도 된다.', '자기 딸 같으면 약 안 먹고 내버려 둔다.'라고 하며 돈 안 받고 돌려보내는 경우도 있었고, 자신이 쓴 책 이야기를 하면서 내려놓는 삶에 대한 나눔을 한참 한 경우도 있었다.

"오늘 병원을 다녀왔는데, 의사선생님이 정말 좋은 분이라는 생각이 들었어요. 어떤 노인분을 치료하는데 온 정성을 쏟는 모습을 보고 감동을 받았어요. 그래서 더욱 신뢰감이 가고 소개해 준 데 대해 고맙다는 말을 하고 싶어 문자 넣어요."

내 소개로 병원에 다녀온 선생님이 보낸 문자이다.

B는 남편에게 자기는 제약사와 거래할 때 리베이트는 일절 받지 않는다고 했다. 진료도 돈 벌기 위한 목적이라기보다 삶을 나누고 교감

하는 데에 가치를 둔다고 했다. 그래서인지 B는 쉰이 넘은 지금까지 자기 집이 없다고 한다. B는 의술이 아니라 인술을 펼치는 의사이다.

헬레나 노르베리-호지의 《오래된 미래》에서 작가는, 산업화 이전의 라다크 사람들의 삶을 칭송한다. 서양문명에 익숙한 작가는 '작은 티베트'라고 불리는 서부 히말라야 고원에 있는 라다크에서 살면서, 라다크 사람들의 삶의 방식을 보고 감동을 받았다고 한다. 작가는 책에서 라다크 사람처럼 정서적으로 건강하고 안정된 사람들을 만난 일이 없다고 한다.

나는 책 속에 실린 라다크 할머니가 웃는 표정에서 한참동안 눈을 떼지 못했다. 자그마한 할머니가 흑백사진 속에서 얼굴 전체로 웃고 있었다. 할머니는 이 세상 사람이 아닌 것 같은 비현실적인 얼굴이었다. 마치 동화 속 인물 같은 천진난만함과 깊은 만족감이 표정에 담겨 있었다. 작가는 라다크 사람들의 이러한 행복의 원인으로 두 가지를 발견했다. 자연과의 결합, 사람들 사이의 긴밀한 유대감. 오늘 우리가 잃어버린 것들이다. 그래서 라다크 할머니의 웃음이 더욱 비현실적으로 느껴졌는지 모르겠다.

낙동강 하구의 물은 오염이 심해 식수로 적합하지 않다는 말까지 나온다. 정수기를 사용하지만, '필터가 거른 물을 먹어도 되나?' 먹으면서도 늘 의심스럽다. 요즘은 미세먼지와 황사에 맑은 하늘 보기가 힘들어졌다. 공기까지 걸러야 한다. 정수기뿐 아니라 공기청정기

까지 필수가 되어가는 시대이다. 오염된 건 물과 공기만일까? 정화
되지 않고 마구 내뱉는 거친 말들. 여과되지 않는 감정들. 욕심. 권모
술수.

자연의 속도에 발맞추어 느리게 살던 시대와 영 딴판인 세상이다.
정화된 고운 목소리로 천천히 부르던 소월의 시가 그립다. 뜰에서 반
짝이는 금빛 모래를 보고 싶고, 뒷문 밖에서 서걱이며 들려오는 갈잎
의 노래를 듣고 싶다. 그 속에서 정겹게 사는 사람들을 만나고 싶다.

교직원 워크숍을 다녀오는 길에 내년도 업무 계획을 생각하면서
문득 '안단테 안단테' 노래에 실려오는 김소월의 노래를 만난다. 계
속해서 김상용의 시도 읊조려 본다.

• 남으로 창을 내겠소 •

남으로 창을 내겠소.
밭이 한참갈이
괭이로 파고
호미론 풀을 매지요.

구름이 꼬인다 갈 리 있소.
새 노래는 공으로 들으랴오.
강냉이가 익걸랑

함께 와 자셔도 좋소.

왜 사냐건
웃지요.

- 김상용 -

별 헤는 밤

— 윤동주 —

계절(季節)이 지나가는 하늘에는
가을로 가득 차 있습니다.

나는 아무 걱정도 없이
가을 속의 별들을 다 헤일 듯합니다.

가슴 속에 하나 둘 새겨지는 별을
이제 다 못 헤는 것은
쉬이 아침이 오는 까닭이요,
내일 밤이 남은 까닭이요,
아직 나의 청춘이 다하지 않은 까닭입니다.

별 하나에 추억(追憶)과

별 하나에 사랑과

별 하나에 쓸쓸함과

별 하나에 동경(憧憬)과

별 하나에 시(詩)와

별 하나에 어머니, 어머니

어머님, 나는 별 하나에 아름다운 말 한마디씩 불러 봅니다. 소학교
(小學校) 때 책상을 같이했던 아이들의 이름과 패(佩), 경(鏡), 옥(玉),
이런 이국(異國) 소녀들의 이름과, 벌써 아기 어머니 된 계집애들의
이름과, 가난한 이웃 사람들의 이름과, 비둘기, 강아지, 토끼, 노새,
노루, '프랑시스 잠', '라이너 마리아 릴케', 이런 시인(詩人)의 이름
을 불러 봅니다.

이네들은 너무나 멀리 있습니다.
별이 아스라이 멀 듯이,

어머님,
그리고 당신은 멀리 북간도(北間島)에 계십니다.

나는 무엇인지 그리워
이 많은 별빛이 내린 언덕 위에

내 이름자를 써 보고,

흙으로 덮어 버리었습니다.

따은, 밤을 새워 우는 벌레는

부끄러운 이름을 슬퍼하는 까닭입니다.

그러나 겨울이 지나고 나의 별에도 봄이 오면,

무덤 위에 파란 잔디가 피어나듯이

내 이름자 묻힌 언덕 위에도

자랑처럼 풀이 무성할 게외다.

●   고등학교 시절에 가슴 설레며 읽었던 시이다. 당시에는 공책의 질이 안 좋았던지 연필로 쓰노라면 공책이 찢어지곤 했는데, 그래서 종이 밑에 책받침을 받치고 글을 썼다. 책받침에 예쁜 그림과 함께 시들이 적혀 있었다. 윤동주의 '별 헤는 밤'은 책받침마다 단골로 적혀 있던 시이다. 낭만적인 시의 내용과 반짝이는 밤하늘의 아름다운 밑그림에 감동 받아 줄줄 외우고 다녔던 기억이 난다.

   중학교 때 시골교회로 겨울수련회를 갔다. 군불을 지핀 방바닥은 따끈따끈했고, 중학교 여학생들은 목사님을 가운데 두고 한 방에 옹기종기 모여서 이야기꽃을 피웠다. 화장실에 가려고 찬 방 밖으로 나갔다. 문득 올려다 본 시골의 겨울밤 하늘. 하늘이 무너져 내리고 있었다. 수천, 수만 개로 숨가쁘게 반짝이는 별들. 손을 뻗으면 닿을 수 있을 만큼 별들은 내 머리 위에서 찬란히 빛났다. 마흔이 넘은 지금도 숨막히던 그 밤하늘을 생각하면 여전히 가슴이 뛴다.

    1. 이 시에서 '별'의 의미나 기능이 아닌 것은?
    ① 과거 회상의 매개체 ② 화자가 상실한 추억 ③ 화자가 동경하는 세계
    ④ 화자가 지향하는 내적 세계 ⑤ 현실극복의 의지를 드러내는 소재
    2. 이 시에서 시상의 전환이 일어나고 있는 시행의 첫 어절을 쓰시오.
    3. 이 시에서 화자가 감정 이입을 통하여 자신의 삶을 반성하고 있는 대상을 찾아 한 단어로 쓰시오.

'별 헤는 밤' 관련 시험 문제이다. 아이들은 중학교 시절에 하늘에서 쏟아져 내리는 별 소나기를 본 감격을 알고 있을까? 혹시 오염되지 않은 밤하늘에서 빛나는 수많은 별을 본 적이 있다 하더라도 별을 바라보는 시인의 마음을 제대로 헤아릴 수 있을까? 화자니, 중심소재니, 시상의 흐름이니, 주제니 따지지 말고 시 속에서 잔잔히 깔리는 음악 소리를 듣고 별빛을 보라고 하고 싶은데 그것은 아무래도 내 능력 밖의 일이다.

    알퐁스 도데의 《별》은 낭만과 설렘으로 가득하다.
    스무 살의 목동은 주인댁 아씨 스테파네트를 짝사랑하고 있다. 몇

주일씩 사람 하나 없는 뤼르봉 산에서 양을 치는 목동. 스테파네트의 아름다운 모습을 생각하며 외로움을 달래던 목동에게 어느 날 마술처럼 스테파네트가 식량을 노새에 싣고 나타났다. 물밀듯 밀려오는 감동이 깨질까 봐 스테파네트가 내려가고 난 뒤 한참 동안 꼼짝 못하고 있던 목동. 감동은 거기서 끝나지 않았다.

물에 빠진 아가씨가 날이 저물어 집에 내려가지 못하고 하룻밤을 목동과 함께 보내게 된 것이다.

모닥불 곁에 앉아서 밤을 지새우는 목동과 스테파네트 아가씨.

만일, 한 번만이라도 한 데서 밤을 새워 본 일이 있는 분이라면, 인간이 모두 잠든 깊은 밤중에는, 또 다른 신비로운 세계가 고독과 적막 속에 눈을 뜬다는 것을 누구나 알고 있을 것입니다.

그때, 샘물은 훨씬 더 맑은 소리로 노래 부르고, 못에는 자그마한 불꽃들이 반짝이는 것입니다. 온갖 산신령들이 거침없이 오락가락 노닐며, 대기 속에는 마치 나뭇가지나 풀잎이 부쩍부쩍 자라는 소리라도 들리듯이 바스락거리는 소리들, 그 들릴 듯 말 듯한 온갖 소리들이 일어납니다.

낮은 생물들의 세상이지요. 그러나, 밤이 오면 그것은 물건들의 세상이랍니다. 누구나 이런 밤의 세계에 익숙하지 못한 사람은 좀 무서워질 것입니다만…….

그래서, 우리 아가씨도 무슨 바스락 소리만 들려도, 그만 소스라치며 바싹 내게로 다가드는 것이었습니다. 한번은 저편 아래쪽 못에서 처량하고 긴 소리가 은은하게 굽이치며 우리가 앉아 있는 산등성이로 솟아

오르는 것이었습니다.

바로 그 찰나에, 아름다운 유성이 한 줄기 우리들 머리 위를 같은 방향으로 스쳐 가는 것이, 마치 금방 우리가 들은 그 정체 모를 울음소리가 한 가닥 광선을 이끌고 지나가는 것 같았습니다.

"저게 무얼까?"

스테파네트가 나지막한 목소리로 물었습니다.

"천국으로 들어가는 영혼이지요."

– 알퐁스 도데, 《별》 중에서 –

떨어지는 유성을 올려다보는 목동과 스테파네트. 목동은 별 하나하나에 얽힌 이야기를 스테파테트에게 하고 스테파네트는 어느새 목동의 어깨에 기댄 채 잠이 든다. 잠든 스테파네트의 얼굴을 쳐다보며 꼬박 밤을 지새우는 목동은 이런 생각을 한다.

'저 숱한 별들 중에 가장 가냘프고 가장 빛나는 별님 하나가 그만 길을 잃고 내 어깨에 내려앉아 고이 잠들어 있노라고.'

황순원의 성장소설 《별》은 또 얼마나 슬프면서 아름다운가. 이야기의 줄거리는 다음과 같다.

죽은 어머니를 그리워하는 소년은 동네 과수 노파가, "동북 뉘가 꼭 죽은 아이 오마니 닮았디 왜." 한 말을 듣고 못생긴 누나와 어머니는 절대 닮았을 리가 없다고 생각한다. 당나귀 등에 올라타서 우리 오마니가 뉘처럼 생겼다 말인가 하면서 소리 지르다가 놀라서 떨어지고 만다. 누이가 일으켜 주려 하자 무지스럽게 뿌리친다. 누이가 옥수수를 치마폭에 싸서 가져다주었는데 아이는 그것을 뜨물 항아리에 던져 버렸다. 누이가 만들어 준 인형도 땅 속에 묻었다.

아버지의 반대로 사귀던 오빠와 억지로 헤어져 누이는 마음에도 없는 시집을 갔다. 시집가던 날 가마에 오르기 전 누이는 의붓어머니의 팔을 붙잡고 서럽게 울었다. 누이는 얼굴을 들어 아이를 찾았지만, 아이는 골목에 숨어서 나오지 않았다.

얼마 지나지 않아 아이는 누이가 죽었다는 소식을 들었다. 소년은 누이의 얼굴을 생각해내려 하지만 도무지 떠오르지 않았다. 그러다가 땅 속에 파묻은 인형을 생각해내고 파내려 했지만 찾을 수 없었다. 전에 타던 당나귀에 올라탔다. '우리 닐 왜 쥑엔! 왜 쥑엔!' 하고 날뛰는 당나귀 위에서 소리 질렀다. 그러다가 어릴 적 누이가 달려오던 일을 생각하고 부러 당나귀 위에서 떨어져 굴렀다.

어느 새 어두워지는 하늘에 별이 돋아났다가 눈물 괸 아이의 눈에 내려왔다. 아이는 지금 자기의 오른쪽 눈에 내려온 별이 돌아간 어머니라고 느낀다. 그럼 왼쪽 눈에 내려온 별은 죽은 누이가 아니냐는 생각을 했다. 아이는 아무래도 누이는 어머니와 같은 아름다운 별이 되어서는 안 된다고 머리를 옆으로 저으며 눈을 감아 눈 속의 별을 내몰았다.

2000년 전 중동 지방의 들판에서 양을 지키던 목자들에게 천사들이 나타났다. 베들레헴 말구유에 아기 예수가 탄생했다고 했다. 동방에서 별을 연구하던 동방박사들은 유난히 빛나는 별을 보았다. 별빛을 따라서 아기 예수에게 찾아온 동방박사. 인류를 구원할 예수의 탄생 이야기이다. 가난한 자, 눈먼 자, 포로 되고 눌린 자에게 약속된 구원과 평화의 새 소식이다. 이렇듯 구원은 별을 보면서 꿈을 꾸는 동화의 마음을 회복하는 데 있는 것이 아닐까.

이제 별은 탐구와 정복의 대상이 되었다. 별을 탐구하던 사람들은 지구에 미래가 없다고 생각해서 인류가 살 새로운 별을 찾아 헤매고 있다. 새로운 별에 진정한 구원이 있을까. 설령 그곳에 구원이 있다고 한들 강대국, 부자, 가진 자들 순서대로 새 세상을 찾아서 갈 텐데 이 별에 남겨진 나와 내 아이들에게 그 구원이 찾아올 것인가. 전 인류의 구원은 어디에도 없는 것이 아닐까. 새 별에서 터를 잡은 인류는 문명의 바벨탑을 또다시 쌓아 올리기에 여념이 없을 테고 그 결과 지구에서의 비극은 또다시 반복되지 않을까 싶다. 인류는 어쩌면 오염되지 않은 새 별을 찾아 다시 헤매는 긴 유랑의 생활을 영원히 반복해야 하지 않을까.

우주선 타고 달나라까지 가는 세상이지만 별은 옛날보다 사람들과 더 멀어졌다. 별은 쪼개고 분석하고 측량하고 탐험하는 대상이기보다는 그리움, 슬픔, 사랑, 구원을 꿈꾸는 대상일 때 더욱 가치를 발한다. 별을 바라보는 동심, 동화의 마음을 회복하여 더 이상 환경을 파괴하지 않고 자연과 인류가 공생하며 사는 길로 돌아오는 것이 인류가 살 길이 아닐까 싶다.

나는 오늘도 국어시간에 시의 속살을 분석하고 파헤치고 해부한다. 그러면서 이런 수업이 어떤 의미가 있을까 생각한다. 책받침에 쓰인 시를 가지고 다니면서 줄줄 외우던 마음을 학생들에게 전하고 싶고, 이 시대의 아이들도 그런 경험을 갖게 해 주고 싶다. 시를 통해서 자연의 아름다움을 맛보이고 싶고, 자연이 주는 멋과 동심을 회복하게 하고 싶다. 별 하나하나에 새겨진 시인의 마음을 고스란히 느끼게 하고 싶다.

별 하나에 추억(追憶)과
별 하나에 사랑과
별 하나에 쓸쓸함과
별 하나에 동경(憧憬)과
별 하나에 시(詩)와
별 하나에 어머니, 어머니

주변을 돌아보면 다들 너무 바쁘다. 모두들 무언가를 향하여 열심히 살아간다. 잠시 어리둥절해 있는 사이에 나만 뒤처짐을 느낀다. 모두들 앞서 달려가고 있다. 대체 어디로 가는 걸까.

어느새 거리마다 커피숍이 우후죽순처럼 들어섰지만 멈추는 법이 없는 사람들은 커피 한 잔 마실 여유를 상실했다. 정확히 말하자면 커피를 마시고 있으면서도 어디론가 달려가고 있다. 휴식의 구호와 힐링의 공간은 넘쳐나지만 진정한 쉼은 정작 어디에서건 만날 수가 없다.

남들보다 앞서 가기 위해 달리고 또 달리는 사람들 속에서 제자리에 서 있는 사람은 오히려 바보들 같다. 달리지 말고 멈춰 서서 바라보는 풍경 속에는 수많은 이야기가 숨어 있는데, 왜 그 이야기들을 들으려 하지 않을까. 달리고 달리는 끝에는 무엇이 있기에 저리도 애쓰고 있을까.

일상의 숨가쁨 속에 널부러진 공허함들이 오늘도 여기저기서 발에 차인다. 더디게 가도 좋고, 뒤처져도 좋으니, 잠시 일상에서 내려와서 시인이 건네주는 커피 한 잔 같이 마시면 어떨까. 그윽한 차 향기 속에서 잃었던 나를 다시 찾을 수 있다면 더 없이 좋을 것이다.

제 2 장

커피 향 그윽한 날

너를 기다리는 동안

—
황
지
우
—

네가 오기로 한 그 자리에

내가 미리 가 너를 기다리는 동안

다가오는 모든 발자국은

내 가슴에 쿵쿵거린다

바스락거리는 나뭇잎 하나도 다 내게 온다

기다려 본 적이 있는 사람은 안다

세상에서 기다리는 일처럼 가슴 에리는 일 있을까

네가 오기로 한 그 자리에, 내가 미리 와 있는 이 곳에서

문을 열고 들어오는 모든 사람이

너였다가

너였다가, 너일 것이었다가

다시 문이 닫힌다

사랑하는 이여

오지 않는 너를 기다리며

마침내 나는 너에게 간다

아주 먼 데서 나는 너에게 가고

아주 오랜 세월을 다하여 너는 지금 오고 있다

아주 먼 데서 지금도 천천히 오고 있는 너를

너를 기다리는 동안 나도 가고 있다

남들이 열고 들어오는 문을 통해

내 가슴이 쿵쿵거리는 모든 발자국 따라

너를 기다리는 동안 나는 너에게 가고 있다

●   나는 '너'를 기다리고 있다. 바스락거리는 나뭇잎 하나까지 '너'처럼 느껴질 만큼 간절한 기다림이다. 온다는 약속을 한 '너'이지만 '너'는 쉽사리 오지 않는다. 아주 먼 데서, 아주 오랜 세월 동안 천천히 오고 있는지도 모른다. 그런 '너'를 하염없이 기다리던 나는 이제 일어난다. '너'에게 가고 있다. 포기를 모르는 내 마음이 너를 향해 움직이고 있다. 화자가 간절히 기다리는 '너'는 누구일까?

벗었다 꼈다 하는 테가 동그란 안경은 실용적 용도라기보다 코디용으로 보인다. 긴 머리를 아무렇게나 틀어 올려 볼펜으로 비녀처럼 꽂아 고정시켰다. 웃옷을 벗어 어깨에 걸치고 짧은 치마 밑으로 훤히 내다보이는 다리를 사선으로 길게 꼬고 앉아 있다. 노트북을 펼쳐 놓고 쇼핑을 한다. 이어폰으로 음악을 들으며 프랜차이즈 브랜드가 새겨진 머그컵으로 커피를 마시고 있다. 새로운 여선생 A. 어수선하고 낡은 교무실이 마치 그럴 듯한 실내장식으로 꾸며진 커피숍이 된 듯한 풍경이다. 드라마나 광고에서 본 듯한 장면이다. 사람들의 시선을 충분히 의식하고 카메라 속의 신scene을 연출하고 있는 듯 보인다.

공식적으로 우리나라에서 커피를 처음 마신 사람은 100년 전 고종 임금이다. 아관파천. 1896년 을미사변 이후 정국이 어수선하자 친러파 이범진 등이 러시아 공사 베베르와 공모하여 국왕의 거처를 러시아 공사관으로 옮긴다. 1896년부터 이듬해까지 1년간 러시아 공사관 생활을 하는 고종에게 러시아 공사 베베르가 커피를 소개했다. 커피 맛에 매료된 고종은 이후 궁으로 돌아온 뒤 덕수궁 안에 '정관헌'이라는 우리나라 최초의 카페를 지었다. 고종은 대신들과 서양음악을 들으면서 커피와 다과를 즐겼다 한다. 열강의 침략으로 시국이 어수선하던 시절, 조선의 마지막 왕, 고종은 커피 향기 속에서 시대 현실과 무관하게 그들만의 여유를 즐겼다.

6·25 당시 미군 PX에서 인스턴트커피가 국내에 퍼졌고, 1970년대 동서식품의 맥스웰하우스 커피를 시작으로 우리나라는 세계에서 인스턴트커피를 가장 많이 마시는 나라가 되었다. 지하 다방의 음성적인 문화가 잠시 유행하다가 1980년대 후반부터 밝고 세련된 분위기

의 커피전문점이 대거 등장하면서 커피 문화에 변화가 일어났다. 세계 6대 커피 수입국. 세련된 실내장식. 노트북을 가진 젊은 세대를 위한 와이파이 설치. 노트북을 이용할 수 있는 자리도 따로 있다. 세계 각국의 원두 메뉴를 통한 커피의 고급화, 프랜차이즈 브랜드. 오늘날 커피숍은 우리 시대의 문화를 주도하는 공간이다.

황지우의 시 '너를 기다리는 동안'은 80년대 후반 커피숍을 떠올리게 한다. 커피숍은 서구화와 고급스러움의 흉내 내기가 아닌 진정한 기다림을 갖는 공간이다. 삶의 현장을 공간으로 한 설정은 황지우의 다른 시 '거룩한 식사'에서도 잘 드러난다.

• 거룩한 식사 •

나이 든 남자가 혼자 밥 먹을 때
울컥, 하고 올라오는 것이 있다
큰 덩치로 분식집 메뉴표를 가리고서
등 돌리고 라면발을 건져올리고 있는 그에게,
양푼의 식은 밥을 놓고 동생과 눈흘기며 숟갈 싸움하던
그 어린 것이 올라와, 갑자기 목메게 한 것이다
몸에 한세상 떠 넣어주는
먹는 일의 거룩함이여

이 세상 모든 찬밥에 붙은 더운 목숨이여

이 세상에서 혼자 밥 먹는 자들

풀어진 뒷머리를 보라

파고다 공원 뒤편 순댓집에서

국밥을 숟가락 가득 떠 넣으시는 노인의, 쩍 벌린 입이

나는 어찌 이리 눈물겨운가

- 황지우 -

커피숍이든, 분식집이든 황지우의 시 속에 나오는 공간들은 간절한 생활의 공간, 눈물 나는 기다림의 공간이다.

아들이 내 마음대로 되지 않는다. 거의 눈을 마주치지 않는다. 학교에서 돌아오면 자기 방으로 가서 문을 꽝 닫는다. 애써 다가가서 이야기를 걸어 보려고 하지만, 엄마가 방에 들어오자 벌떡 일어서서 나가 버리는 아들. 가끔 기분이 좋으면 자기가 본 드라마 이야기를 한다. 아빠한테는 영화 이야기, 음악 이야기, 아버지와 공통된 관심사. 반면 엄마와 통하는 이야기가 드라마인가 보다. 아들이 오랜만에 하는 이야기인데 관심을 가지고 들어 주려고 한다. 변성기 저음의 목소리가 잘 들리지 않아, 뭐라고? 되묻자 됐다며 말문을 닫는 아이.

과외 선생님이 숙제를 하지 않는다, 수업시간에 졸기만 한다, 물어도 대답하지 않는다며 전화가 온다. 나로서도 할 말이 없다. 나한테

하는 행동을 똑같이 하는 것이니. 과외 다니기 싫으면 다니지 마라 하니 가지 않겠다고 한다. 영어 과외 선생님이 마음이 들지 않는다 한다. 그러라고 했다. 영어는 어떻게 공부할 거니? 하니 자기가 알아서 한다고 한다. 온 가족이 피식 웃는다.

아이들은 분명 조회시간에 공을 들여서 잔소리를 했는데, 돌아서면 까먹는 것 같다. 아니면 아예 처음부터 듣지 않는지도 모른다. 담임을 맡는 일은 다 큰 아이들과 머리싸움을 하는 일이다.

진호라는 아이. 중학교에서 갓 입학한 아이. 책가방은 초등학교 때부터 학교 올 때마다 들고 다니는 부속물. 안에는 아무것도 없다. 연필도, 책도, 공책도. 제대로 앉아 있지도 못한다. 훈계하고 있으면 고개를 왔다갔다하면서 피식피식 웃고 있다. 그 행동이 나를 격분시킨다. 옆의 아이에게 시켜 연필과 공책과 책을 빌려 준다. 책을 베껴 적으라 했다. 무서운지 베껴 적고 있다. 그러다가 곧 엎드린다.

지각을 계속한다. 일찍 나와서 학교 근처에서 담배를 피우다 온다 한다. 담배 냄새를 없애기 위해서는 시간을 벌어야 하고 껌을 씹어야 한다. 어머니한테 전화하지만 좀처럼 받지 않는다. 겨우 통화가 되자 아이에 대해 상담하고 싶다고 하면 '꼭 가야 하나요?' 되묻는다. 부모가 손을 놓은 아이. 선생이 아이와 부모를 동시에 귀찮게 하나 보다.

경준이의 부모는 모두 의사이다. 경준이는 건강기록부에 자신이 건강하지 못하다고 적었다. 멀쩡하던 아이가 뻣뻣하게 굳어지면서 수시로 쓰러졌다. 그럴 때마다 어머니가 달려와서 아들을 자기 집으로 옮겼다. 심리적 요인이라면서 어머니는 오히려 태연했고, 일하는 분이 보고 있다고 신경안정제를 처방했으니 자고 나면 괜찮을 거라고 했다. 의사인 어머니의 말이니 믿을 만하겠지만, 학교에서 시도 때도 없이 쓰러지는 경준이를 감당하기가 무척 힘들었다. 발작을 하는 경준이를 지켜보던 선생들은 꾀병이라고 했다. 정말 그런 것일까. 상담을 하면서 경준이는 아버지가 너무 싫다고 했다. 아버지가 없는 곳으로 가고 싶다고 했다.

학교에 온 경준이 아버지는 점잖고 이성적이었다. 어머니가 오히려 과잉보호 하는 듯 느껴졌다. 2학기말에 경준이는 결국 아버지를 떠나 서울의 삼촌네에서 학교를 다니겠다 했다. 이후 경준이는 신기하게 발작이 사라졌다 한다. 아버지로부터의 벗어남이 치유의 시작이었나 보다.

고3 토요일 자습시간에 당번이 아닌 옆 반 담임선생이 헐레벌떡 교무실로 뛰어들어 왔다. 놀란 얼굴이다. 어제 저녁 마을의 공터에서 반 아이가 목을 매고 죽었다고 했다. 죽은 아이와 평소에 잘 어울린 친구들은 단 네 명뿐. 다들 말이 없는 아이들이다. 자기들끼리 항상 붙어다녔고 반이 달라도 언제나 같이 점심을 먹었다. 하지만 네 명 모두 자살의 원인을 알지 못했다. 늘 말이 없던 아이. 아버지가 성적 때문에 한소리를 한 뒤, 문을 열고 나섰다. 의붓아버지와 친어머니. 말이 없는 아이는 자신만의 세계에서 고독을 달랬다. 포화상태가 되어 더 이상 소화할 수가 없어져서 다른 삶의 길을 택했는지 모를 일이다.

아버지는 오빠에게 가혹했다. 자신이 원하는 대학에 보내고자 하는 아버지의 기대감을 늘 충족시켰던 오빠. 여름방학 때 쉬려고 온 오빠가 주말의 명화를 보자 아버지는 공부 안 한다며 텔레비전을 들어 마당에 내팽개쳤다. 늘 이런 식이었다. 오빠는 정신병에 걸렸고 발작을 할 때마다 아버지에게 욕을 해대며 칼을 빼들고 죽이려 했다.

내가 내 아들과 학생들을 내 마음대로 할 수 없듯이 그 시절 아버지도 아들을 마음대로 할 수 없어야 했다. 하지만 아버지는 나보다 훨씬 강제적이고 폭력적이었기 때문에 한동안 아들을 마음대로 할 수 있었다. 결국 강하게 억눌린 만큼 그 반동은 더 커서 용수철이 되어 튀어 오르자 감당을 할 수 없었다.

경준이 아버지, 자살한 아이의 아버지, 내 아버지 그리고 아들과 학생들이 버거운 나. 모두들 사랑하는 법을 모른다. 그래서 사랑이 힘겹고 고통스럽다. 어쩌면 자신의 이기심을 충족하려는 행위를 사랑이라 착각하면서 살고 있는지 모를 일이다. 사랑의 출발은 상대가 나와 다르다는 사실을 인정하는 데서부터가 아닐까 싶다. 나는 상대를 조정할 수 있는 존재가 될 수 없다. 상대는 나와 다르며 내 마음대로 할 수 없는 그 자체의 색깔과 냄새를 가진 존재이다.

사랑은 기다림이다. 상대가 오기로 한 자리에 먼저 가서 빈자리를 남겨두고 기다리는 것이 사랑이다. 왜냐하면 상대는 내 마음대로 끌어당길 수 있는 존재가 아니기 때문에.

자신이 오고 싶을 때, 아니면 올 형편이 될 때 상대는 비로소 본인의 의지대로 나에게 온다. 안 온다고 섣불리 일어서서 기다림을 포기하고 나가는 것은 사랑이 아니다. 먼 데서 오래오래 걸려서 천천히 오고 있는 상대를, 아니면 영원히 오지 않을 수도 있는 상대를 무작정 애타며 기다리는 것이 사랑이다.

'세상에 기다리는 일처럼 가슴 에리는 일이 있을까' 시인이 말했듯이 기다림은 고통이며 슬픔이다. 실망에 실망을 거듭하면서 기다리다가 오지 않는다고 생각하는 순간, 포기해야만 하는 순간, 더 이상 기다림이 무의미한 순간에 나는 너에게 간다. 기다림을 포기하는 대신 내가 일어서 너에게 간다. 이 말은 아무리 아프더라도 기다림을 멈추지 않겠다는 고백이리라. 사랑을 포기하지 않겠다는 의지이리라.

주변에 커피숍이 많다. 커피숍마다 허영과 가식의 가벼움 대신 기다림의 무게감으로 가득했으면 한다.

꽃

— 김춘수 —

내가 그의 이름을 불러 주기 전에는

그는 다만

하나의 몸짓에 지나지 않았다.

내가 그의 이름을 불러 주었을 때

그는 나에게로 와서

꽃이 되었다.

내가 그의 이름을 불러 준 것처럼

나의 이 빛깔과 향기에 알맞은

누가 나의 이름을 불러 다오.

그에게로 가서 나도

그의 꽃이 되고 싶다.

우리들은 모두

무엇이 되고 싶다.

너는 나에게 나는 너에게

잊혀지지 않는 하나의 눈짓이 되고 싶다.

• 꽃을 위한 서시(序詩) •

나는 시방 위험한 짐승이다.

나의 손이 닿으면 너는

미지(未知)의 까마득한 어둠이 된다.

존재(存在)의 흔들리는 가지 끝에서

너는 이름도 없이 피었다 진다.

눈시울에 젖어드는 이 무명(無名)의 어둠에

추억(追憶)의 한 접시 불을 밝히고

나는 한밤내 운다.

나의 울음은 차츰 아닌 밤 돌개바람이 되어

탑(塔)을 흔들다가

돌에까지 스미면 금(金)이 될 것이다.

……얼굴을 가린 나의 신부(新婦)여.

- 김춘수 -

● '꽃'과 '꽃을 위한 서시'는 연작시 같은 느낌이 든다. '꽃을 위한 서시'는 '꽃'의 전 단계이다. 이 두 시를 가르치면 학생들은 아우성이다. '뭔 소린지 도무지 모르겠어요.', '무슨 말이에요.', 사실 나도 잘 모른다 하고 싶다. 알 듯 말 듯한 시들이다.

'꽃'은 나와 타인의 관계에 대한 노래이며, '꽃을 위한 서시'는 나 자신에 대한 노래이다. 후자가 전자의 서시인 까닭은 지극히 당연하다. 다른 사람과 관계를 맺으려면 그 전에 나 자신에 대해 잘 알아야 하는 것이 당연지사이다.

'꽃을 위한 서시'부터 살펴보자. 화자는 자신을 두고 '꽃'이라 명명한다. '미지의 어둠', '이름도 없이'라는 표현은 자신의 존재에 대해 알 수 없음을 의미한다. 알 수 없는 존재의 본질을 밝히고 싶은 나는, 이름 없는 어둠 속에서 불을 밝히고 울고 있다. 간절한 울음은 돌개바람이 된다. 돌개바람은 견고한 돌에게까지 스민다. 그만큼 간절한 열망이다. 드디어 바람은 금이 되고, 이 때 비로소 나는 나 자신에 대해 알게 될 것이다. 좀처럼 알 수 없는 나 자신에 대한 안타까움이 '얼굴을 가린 나의 신부'에 함축되어 있다. 신부의 얼굴은 얼마나 보고 싶을까. 하지만 신부인 나의 본질은 얼굴을 가린 채이다. 언제쯤 얼굴을 드러낼까.

'꽃을 위한 서시'가 '나'의 본질을 알고 싶은 간절한 소망을 노래했다면, '꽃'은 타인인 '그'와 '나'의 관계에 대한 바람을 노래한다. 그의 이름을 부르는 행위는 내가 그의 존재를 인식한다는 말이다. 이름 부르기, 즉 그의 존재를 인식하는 순간 그는 나에게 아름답고 소중한 존재가 된다. 나의 '꽃'으로 자리매김한다. 그가 나에게 '꽃'이듯이 나도 그에게 무언가가 되고 싶다. 나처럼 그도 나를 알아보고 나를 사랑했으면 좋겠다. 나와 그가 사랑의 관계가 되길 소망한다. 우리들은 모두 서로를 향한 '무엇'이고 싶다. 너와 내가 서로에게 소중한 '눈짓' 이 될 수는 없을까.

매년 신학기가 되면 반 아이들 이름 외우느라 바쁘다. 자기 반 아이 이름은 다 외웠다 하더라도 400명이나 되는 다른 반 아이들 이름 외우기는 무척 힘들다. 수업을 들어가도 전 학생의 이름을 외우기가 어렵다. 게다가 몇 년 지나 학생들이 찾아올 때 이름이 생각나지 않아 미안한 적이 한두 번이 아니다. 그럴 때 아이들의 실망하는 표정. 사람의 이름 부르기가 얼마나 중요한지 언제나 실감한다.

'꽃을 위한 서시'에서 '꽃'은 자기 자신의 본질이라 할 수 있다. 자기 자신의 본질을 '꽃'이라 지칭한 것은 사람은 누구나 가치 있는 존재라는 의미이다. 본질은 꽃 같이 가치 있지만, 한편 본질은 얼굴을 가리운 신부와 같다. 얼굴이 너무 궁금한데 얼굴을 가리고 있어 알 수 없다는 것이다. 내 존재는 분명 가치성을 가지고 있지만 얼굴을 가리고 있기 때문에 좀처럼 나로서는 알 수가 없다. 자기 자신을 아는 것이 필요하다. 자신의 본질이 꽃이고, 금인 것을 아는 사람은 외부의 이름이 뭐라 불리든 간에 기죽지 않는다.

법정스님은 "이 봄에 꽃이 아름다운 이유는 당신 안에 꽃이 있기 때문이다."고 말했다. 자신의 존재가 꽃임을 아는 사람은 다른 사람도 꽃으로 본다. 자신이 소중하다고 생각하는 사람은 남의 소중함도 안다는 말이다.

아들은 늘 기가 죽어 있다. 눈치를 보는 듯하고 말 한마디 제대로 못 한다. 그런 아들을 보고 있자니 답답하면서도 한편 내가 잘못한 게 있는지 반성도 된다.

어릴 적 나는 부끄럼이 많고, 무척 소심한 아이였다. 혼자서는 바깥 세계가 무서웠고 밖의 세계에 신경 쓰다 보니 정작 나 자신을 볼 시간이 없었다. 바깥을 기웃거리며 남들과 다른 나를 비교하면서 늘 주눅이 들었다. 아들도 나와 같지 않을까. 부모로서 아들의 자존감을 키우지 못한 내 잘못은 무엇일까.

학교에서 선생님이라 불리면서 나의 자존감은 올라가기 시작했다. 마음을 주고 정성을 쏟는 만큼 아이들의 반응이 돌아오지는 않았지만, 가끔씩 '고맙습니다.', '사랑합니다.' 한마디 들을 때면 내가 꽃임을 알게 되었다. 내 존재를 인정해 주고 격려해 주는 사람들 틈에서, 바깥 세상이 무서워 한없이 안으로만 움츠러들던 자아가 자신의 가치를 알고 남의 가치를 인정해 주는 크기만큼 자랐다. 아들이 수줍음이 많은 내 성격은 물려받았다고 하더라도 내성적인 성격의 껍질에서 벗어나는 순간 움츠렸던 만큼 더 높이 올라갈 수 있을 거라는 생각을 한다. 사춘기가 빨리 지나가길. 좋은 환경, 좋은 사람들을 만나서 자신이 잘 하는 일을 하면서 성취감을 얻는다면 점차 자신 있는 사람으로 살아갈 수 있을 거라 믿어 본다.

현민이는 학기 초 선거에서 부반장으로 뽑혔다. 열심히 하겠다는 강렬한 연설이 반 아이들에게 어필했나 보다. 얼마 못 가 반 아이들은 현민이를 은근히 비웃기 시작했다. 열성은 대단하여 어떤 일이건 열심히 하지만 현민이의 성적은 반에서 꼴찌였다. 알고 보니 이혼한 아버지 밑에서 형과 함께 자라고 있었고, 아버지와 재혼할 여자와 사이가 좋지 않았다. 방학 때 집에 가기 싫다 했다. 할머니 집에 가서 피신해 있을 거라는 말도 했다.

현민이는 아이들의 무시 속에서도 무슨 일이건 앞장서서 도우려고 노력했고 공부도 누구보다 열심히 하였다. 겨울이 되자 교복 위에 파커를 입고 다니는데, 현민이에게는 파커가 없었다. 추운 겨울 얇은 교복 위에 아무것도 입지 않은 현민이가 안쓰러워 어느 날 살짝 불러서 새로 산 파커를 주었다. 의아해하는 현민이에게, "부반장으로 너무 열심히 해서 샘이 주는 선물이야. 샘이 본 부반장 중 네가 최고다."라고 말을 했다.

그 후 3학년에 올라가서도 현민이는 늘 열심히 공부했지만, 성적은 여전히 하위권이었다. 수능을 치른 뒤에 한번 찾아왔는데 재수할 거라는 말을 했다. 머리가 좋지 않은 것 같고, 집안 형편도 아는 터라 재수하지 말라고 만류하고 싶었지만 "너는 언제나 열심히 하기 때문에 재수하면 잘 할 수 있을 거다."고 격려를 하였다.

일 년 후 현민이에게서 문자가 왔다. 지방 국립대 일어교육과에 합격을 했다고 했다. 아르바이트를 하기 때문에 시간 내기가 힘들어 찾아 가질 못하나 조만간 찾아뵙겠노라 했다. 현민이의 성적을 알고 있었던 나는 국립대 일어교육과에 갔다는 말을 듣고는 기적이라도 일어난 것처럼 믿기지 않았다.

해마다 정초에 안부 문자를 잊지 않고 보내던 현민이는 군에 가기 전에 인사한다며 찾아왔다. 많이 의젓해졌고, 여자친구도 있다 했다. 제대 후 대학교에서 주는 학비로 일본에 유학도 갈 거라고 했다. 현민이가 가기 전에 한 말.

"선생님 그때 선생님이 저한테 한 말 기억나세요? 저더러 부반장 중 최고라 했잖아요? 그 말 때문에 저는 포기하지 않게 됐어요."

휴대폰 속에서 소통을 하는 사람들. 휴대폰을 들여다보며 남과 소통은 열심히 하면서 정작 자신과의 소통은 단절되고 있지는 않은지. 휴대폰을 들여다보듯 나 자신의 본질도 들여다보았으면 한다.

나의 가치가 꽃임을 아는 사람은 다른 사람도 꽃으로 본다. 꽃을 보는 표정은 부드럽고 따뜻하다. 꽃에게는 사랑의 말을 하고 싶다. 자신에게, 주변 사람들에게 "너는 꽃이야."라고 격려해 주면 어떨까.

장수산1

—
정
지
용
—

벌목정정(伐木丁丁)이랬거니 아람도리 큰 솔이 베혀짐즉도 하이 골이 울어 멩아리 소리 쩌르렁 돌아옴즉도 하이 다람쥐도 좇지 않고 묏새도 울지 않어 깊은 산 고요가 차라리 뼈를 저리우는데 눈과 밤이 조히보담 희고녀! 달도 보름을 기달려 흰 뜻은 한밤 이 골을 걸음이란다? 웃절 중이 여섯 판에 여섯 번 지고 웃고 올라간 뒤 조찰히 늙은 사나히의 남긴 내음새를 줏는다? 시름은 바람도 일지 않는 고요에 심히 흔들리우노니 오오 견디란다 차고 올연(兀然)히 슬픔도 꿈도 없이 장수산 속 겨울 한밤내 –

● 　어릴 적 책장에 꽂혀 있던 누런색 시집이 《정지용 시집》이었

다. 당시에는 정지용이 친북인사로 알려져 금지되었던 작가였다. 아버지는 어디서 구했는지 그 당시에 볼 수 없었던《정지용 시집》을 가지고 있었다. 어린 나는 정지용의 시가 좋았다. 짧은 언어 속에 내재된 슬픔과 애잔함에서 멋을 느꼈다. 모더니즘풍의 도시적 이미지를 선망했다. 누렇게 바랜 종이에 인쇄 상태도 조잡했지만,《정지용 시집》은 어린 내가 시도 때도 없이 열어 보던 보물 같은 책이었다. 90년대 이후 금지 조치가 풀리면서 정지용의 시는 교과서에 실리고 수능 문제에 단골로 출제되었다. '향수', '유리창1' 등 추억 속의 시를 먼 훗날 다시 만났을 때 남다른 감동과 반가움을 느꼈다. '장수산1'은 동양적 정신세계를 형상화한 시이다.

고요한 산 속이다. 화자는 눈이 온 흰 달밤에 산골짜기를 걷고 있다. 낮에 같이 장기를 둔 중을 떠올린다. 여섯 판에 여섯 번 졌는데 아무렇지도 않게 웃고 절로 올라간 늙은 중을 생각하며 노승의 차원 높은 무욕의 정신세계에 감동을 받는다. 자신도 순백색 무욕의 절정, 겨울 산 속에서 노승처럼 살고자 한다. 자연과 일치된 사람으로 거듭나고 싶다.

올해 학교의 입시 성적이 좋다. 수시 발표 이후 서울대에 합격한 학생이 작년에 비해 많다. 수능 시험도 잘 쳐서 정시에도 서울대에 합격할 학생이 많다고 한다. 수시에 서울대에 합격한 학생들이 본관 교무실에 왔다. 3학년 부장의 훈장들이다. 부장은 훈장들을 가슴에 자랑스레 달고 와서 교장, 교감, 선생님들께 당당히 선다. 모두들 악수를 하고 축하인사를 하느라 여념 없다. 2년 동안 내가 가르친 아이들이지만 나는 아무 말도 하지 않는다. 하던 일 하느라 얼굴을 들지 않는다. 매년 겪는 일이지만 서울대 가는 학생들만 주목을 받는 현실이 언제나 씁쓸하다. 시험을 친 많은 아이들. 크든 작든 최선을 다한 결과에 뿌듯해 하는 아이들이 꽤 많다. 유독 면류관과 관심은 서울대에 간 몇 명의 몫이다. 고3 1년 동안 아니 3년 동안 울고 웃었던 아이들 모두가 영웅이다. 잘했건 못했건 간에 인생의 통과의례를 의연히 치른 아이들 모두가 대견하다.

학교 문 밖에서 걸어가는 석오를 보았다. 덥수룩한 머리에 퉁퉁 부은 얼굴, 후줄근한 추리닝 차림. 눈을 뜨고 걷고 있는 건지 내가 부르는 것도 모르고 땅만 보고 걷고 있다. 수능을 못 본 게 분명하다. 원서 상담 하느라 담임선생님 만나고 집에 가는 길이란다. 석오의 얼굴은 수심과 절망이 가득하다. 꽤 명랑한 아이였는데, 낙망한 모습을 보니 마음이 아프다. 수능을 친 후 석오와 같은 아이들을 많이 볼 수 있다. 좋은 대학 간다고 인생의 행복이 탄탄대로로 보장되는 것은 꼭 아닌데, 시험을 잘 못 친 아이들은 세상살이 다 살아낸 사람처럼 기운이 없고 처량하다. 점수 맞춰서 대학에 가는 아이들도 있지만 재수학원에 등록하여 또다시 길고 긴 고3의 길을 반복하는 애들도 있다. 붙은 아이든 떨어진 아이든 대학의 길이 만만치는 않을 텐데, 앞으로 이들이 견뎌야 할 세상의 모습을 상상하며 안쓰럽기는 매한가지다.

성욱이는 제대한 후 기술을 배우고 있다고 한다. 전문대 다니다가 그만두고 재수해서 다시 수능 본다고 하더니 제대하자마자 기술 배우기를 선택했다. 워낙 고3 때 공부하기 싫어하던 아이라 재수하는 것보다 기술을 배우는 게 나을지 모른다. 의리파인 성욱이는 동기들을 데리고 시간 날 때마다 학교에 찾아와서 인사를 한다. 좋은 일이든 궂은일이든 '선생님 만나고 가야지.' 하면서 애들을 몰고 오는 바람에 졸업생 소식을 훤하게 안다.

성욱이와 2년 동안 같은 반이었던 선영이. 국내 대학을 포기하고 미국에 건너간 지 3년째이다. 얼마 전 여름에 찾아와서 칼리지를 가기 위해 공부한다고 했다. 머리털 나고 가장 열심히 공부한다고. 성욱이나 선영이나 둘 다 지독히도 공부하기 싫어했던 아이들이다. 자습시간에 도망을 하도 가서 골치를 아프게 했던 녀석들이었다. 어르기도 하고 달래기도 하고 다른 애들보다 두 배, 세 배 신경이 쓰였던 아이들이다. 혼을 많이 낼수록 졸업 후에 잘 찾아온다. 성욱이는 군에서, 선영이는 낯선 땅 미국에서 고생을 했나 보다. 고등학교 시절에 미래를 놓아 버린 것 같던 아이들이었지만 나이가 드니 자신의 길을 찾기 위해 표정들이 진지하다. 대견하다.

우리 집 밑층에 사는 준혁이 역시 고3 때 자습시간에 도망을 다녔던 아이다. 결국 우리 집까지 올라와서 집 앞에서 무릎 꿇고 울었다. 얼마 전 삼수를 한다고 했다. 다니던 학교가 마음에 들지 않는다고 세 해째 계속 수능을 보고 있다. 고3 때, 자기는 장남으로 밑에 두 동생이 있어서 재수 없이 무조건 대학을 가야 한다 했다. 아버지가 직장에서 퇴직하기 전에 대학을 가야 학자금 지원을 받을 수 있다고 했다. 그러던 준혁이는 3년째 대학 준비를 하고 있다. 준혁이 동생이 벌써 대학을 갔다 한다. 허름하게 다니는 준혁이에게 올해도 수능 잘 쳤냐는 말을 물어 보기가 왠지 미안했다.

"사는 게 참 힘드네요. 고3 때 공부 좀 열심히 할 걸 그랬어요."

어른처럼 말하는 준혁이. 공부를 접고 군대에 입대할 예정이라 한다. 요즘은 군대도 지원하는 사람이 많아 시험에 합격하기가 쉽지 않다고 한다. 취직이 잘 안 되니 군대에 가는 동안 미래에 대한 시간을 벌어 온다고 했다. 준혁이는 해군 입대 시험에서 벌써 한 번 떨어졌다 한다. 한 번 더 지원해보고 2월쯤에 입대하기를 바라고 있다. 고3 때보다 훨씬 어른이 되었는데, 준혁이에게는 여전히 만만치 않은 세상이 힘에 겨운 모양이다.

경주에 다녀왔다. 토함산 산사에서 석굴암을 보고 내려왔다. 멀찌감치 보이는 동해바다와 산등성이에 걸려 넘어가는 붉은 겨울 해, 겨울 나무의 메마르지만 고고한 자태가 평화로웠다. 겨울 산의 모습은 산 밑에 사는 인간세상과 달리 고즈넉한 품위가 가득했다.

지진 이후로 경주에 사람들이 찾지 않는다 한다. 석굴암 암자를 올라가는 길목에 산등성이가 무너져 내린 것을 간신히 복구해 놓은 부분이 보였다. 경주는 겉으로 보기에는 지진 이전의 평온함을 되찾은 것 같았다. 지진의 흔적이 여간해서 눈에 띄지 않는다. 관광객들이

띄엄띄엄 있었다. 북적이는 대신 한가로운 모습이 고도 경주의 모습과 더 어울린다 생각했다. 평일이지만 이름 난 맛집에는 사람들로 발 디딜 틈이 없었다.

경주는 지진 이후 계속되는 여진에다 태풍의 물난리까지 겪은 이후이지만 의연함을 잃지 않았다. 아직도 간신히 가려 놓은 상처들이 존재하지만, 겉모습은 일상의 모습을 되찾은 듯이 보였다.

출근길에 들러서 커피 한 잔씩 사 먹는 커피숍이 있다. 이른 아침 시간부터 문을 여는 테이크아웃 전문 커피숍이다. 작은 키에 귀엽게 생긴 대학생 같아 보이는 점원이 매일 아침 가게 문을 연다. 또래들은 자고 있을 시간일 텐데 이른 아침부터 가게의 유리 창문을 닦고 커피를 뽑느라 분주하다. 매일 아침 가니 이제는 얼굴이 익어서 서로 눈인사하며 웃는다. 점원의 모습에서 졸업생들의 모습을 발견한다. 대견하고 예쁘다.

방학 중에 터키에 선교 갔다 온다고 하는 동료가 있다. 얼마 전 자살 폭탄 테러가 일어났던 곳이라 한다. 쿠르드계 주민을 상대로 선교를 하는데, 쿠르드계 사람들이 많은 지역은 테러의 위험이 높은 곳이라 한다. 머리를 비우고 오겠다고 했다. 한 해 동안 학교에서 머리 복잡한 일이 많았나 보다.

모두들 각자 다른 방식으로 겨울을 견디고 있다.
춥지만 이부자리를 걷고 일어나서 하루를 시작한다. 게으른 이성과 감정을 달래며 머리를 감고 세수를 한다. 문을 열고 찬바람이 부는 밖으로 나선다.

어제 겨울답지 않게 하루 종일 비가 꽤 많이 내리더니 오늘은 문 밖에서 들어오는 공기가 매몰차다.

시름은 바람도 일지 않는 고요에 심히 흔들리우노니 오오 견디란다 차고 올연(兀然)히 슬픔도 꿈도 없이 장수산 속 겨울 한밤내 ‒

저문 강에 삽을 씻고

── 정
희
성 ──

흐르는 것이 물뿐이랴

우리가 저와 같아서

강변에 나가 삽을 씻으며

거기 슬픔도 퍼다 버린다

일이 끝나 저물어

스스로 깊어 가는 강을 보며

쭈그려 앉아 담배나 피우고

나는 돌아갈 뿐이다

삽자루에 맡긴 한 생애가

이렇게 저물고, 저물어서

샛강 바닥 썩은 물에

달이 뜨는구나

우리가 저와 같아서

흐르는 물에 삽을 씻고

먹을 것 없는 사람들의 마을로

다시 어두워 돌아가야 한다

●   때로는 짧은 시가 소설보다 더 많은 이야기를 할 때가 있다.

한 중년의 노동자가 일을 끝내고 해가 저물 무렵 집으로 돌아가고 있다. 노동자인 화자는 흙이 묻은 삽을 강에 씻은 뒤 강변에 쭈그려 앉아 담배를 피운다. 해가 저물고 있는 강을 하염없이 바라본다. 강에 슬픔을 버리고 삽자루에 맡긴 채 저물어 가는 자신의 서글픈 인생을 생각한다. 하루의 시간처럼 인생의 시간도 밤이 다가오고 여전히 희망이 없는 인생은 서럽기만 하다.

변함없이 자리를 지키며 떴다 지는 달을 생각한다. 자신도 달과 같이 고달픈 인생의 자리에서 떴다 짐을 반복해야만 한다. 힘들지만 삶은 포기할 수 없고, 그래서 오늘도 어제와 마찬가지로 피곤한 몸을 이끌고 가난한 마을로 돌아가야 한다.

수업시간에 시를 가르치다가 '도시 노동자의 비애'라고 주제를 적고 나서 말한다.

"저녁에 노동을 끝내고 삽을 씻으며 무슨 생각할까? 쭈그려 앉아 담배를 피우면서 말이지. 화자는 어두워 가는 강물을 바라보면서 인생의 쓸쓸함 느끼고 있어."

더 이상 설명할 수 없어 미안하다. 늙은 노동자와 같은 슬픔을 간직한 사람이 수업을 듣는 아이의 아버지일 수도 있다. 화이트칼라라 할 수 있는 내가 일평생 노동으로 살아온 이의 심정을 어떻게 이해할까.

갓 결혼한 여선생이 말한다. 남편이 다니는 회사 직원들이 새로 짓는 아파트를 두 채 씩 가지고 있단다. 위치도 좋고 해서 사 두면 값이 많이 오른다며 돈만 있으면 사겠다 한다. 신혼 초에는 내 집 장만이 무엇보다 관심사이다. 재테크를 어떻게 해야 하나? 어떻게 하면 인생을 여유롭게 살 수 있나? 신혼부부라면 누구나 꾸는 꿈이다. 나도 결혼한 뒤 집을 옮기는 문제로 고민을 한 적이 있었다. 아파트 시세를 물어보며 대화하던 중 지긋이 나이 든 선생님의 한 마디.

"손 선생, 위만 보지 말고 밑을 보고 살아야 해."

어느새 돈 계산만 하고 있는 자신이 바라보여서 일순간 부끄러웠다.

이제 그때보다 나이도 꽤 들었지만 나는 아직도 밑을 보기보다 위를 본다.

십 년 넘은 차를 바꿀까 생각하다가 동료가 외제차를 사자, 갑자기 외제차를 사야겠다는 생각을 한다. 나이 먹을수록 차는 안전하고 품위 있어야 한다면서. 새로 지은 아파트에 누가 이사 갔다는 말을 들으면 새 아파트에 사는 그가 부러워진다. 주식이 올랐다든가 물려받은 땅값이 올라 땅 부자가 됐다든가 하는 말을 들으면 주식 안 사 둔 게 후회되고, 물려받을 부모님 재산 없는 게 한스럽다. 부모님으로부터 도움을 받는 친구를 보면 부자 부모 못 만난 게 아쉬울 때도 있다. 돈이 많은 사람들이 자식들 유학 보내고 넉넉히 뒷바라지 하다가 비슷하게 돈 많은 사람과 사돈 맺는 걸 보면, 부는 대물림 되는 법이라며 한숨을 내쉰다.

"나이가 어리고 생각이 짧을수록 물질적이고 육체적인 삶이 최고라고 여기는 법이며, 나이가 들고 지혜가 자랄수록 정신적인 삶이 최고라고 여기는 법이다."

러시아의 문호 톨스토이의 말이다. 내 경우는 나이가 들수록 지혜가 자라거나 생각이 길어졌다고 할 수 없다. 정신적인 삶보다는 물질적이고 육체적인 삶에 대한 집착이 강해졌으면 강해졌지 약해지지는 않았다.

지극히 소시민적인 내가 늙은 도시 노동자의 비애에 대해 학생들에게 해 줄 수 있는 말이 별로 없다. 문학을 가르친다면서 작품 속 인물들의 희로애락에 공감을 하지 못한다. 날이 갈수록 타인의 삶과 감정에 대한 공감의 폭은 깊고 넓어져야 할 텐데 꼭 그렇지만은 않은 것 같다.

한때는 말을 안 듣는 애들을 무섭게 다그치고 매를 들기도 했다. 그것이 사랑이고 교육이라 생각했다. 정작 사춘기가 된 내 아이에게는 상처 줄까 봐 그렇게 하지 못한다. 남의 자식은 강하게 키워야 한다면서 제 자식은 다칠까 봐 벌벌 떤다. 몸살감기라며 야간자습 안하고 집에 가겠다고 하면 "꼭 참고 한 시간만 버텨 봐."라고 한다. 그러면서 속으로 요즘 애들은 나약해서 큰일이라 생각한다. 정작 아픈 내 아이를 담임이 학교에 붙들어 놓고 있으면 속이 상하면서 말이다. 학생들에게도 타인에게도 공감하지 못해서 갈수록 속 좁은 사람이 되어 간다.

남의 일만 같았던 지진이 우리나라에 났을 때 아파트가 쿵 하고 흔들리자 혼비백산해서 몇 번 밖으로 뛰쳐나갔다. 자라 보고 놀란 가슴 솥뚜껑 보고도 놀라는 것처럼 여진에 건물이 흔들릴 기세만 보여도 건물 밖으로 뛰쳐나갔다. 내진 설계가 돼 있는 새 아파트로 이사 가고 싶다고 호들갑을 떨었다. 그때 옆의 선생님이 농담으로 던진 말.

"혼자 악착스레 살 생각하지 말고 남들 죽을 때 같이 죽는다 생각해라."

십 수 년 전 어느 선생님의 말처럼 이기적인 자신이 바라보여서 또 한 번 부끄러웠다.

다들 내진 설계 안 된 아파트에 살고 있는데 나만 살려고 했나 보다. 형편도 안 되면서 새 아파트 타령을 했나 싶었다. 아파트가 무너질 정도로 지진이 일어나서 많은 사람들이 죽었는데 내진 설계된 아파트에서 살아남았다 한들 별반 좋을 게 뭔가 싶기도 했다. 나이가 들수록 더욱 움켜쥘 줄만 알았지 놓을 줄 모르는 자신이 한심스럽다.

불황이 길어지자 다들 어떻게 하면 살아남을까 고민이다. 남들이

굶고 있는데, 혼자 따뜻한 곳에서 잘 먹고 있는 것, 남들 죽는데 혼자 살아남는 것, 죄라면 죄일 것이다.

'즐거워하는 자들과 함께 즐거워하고 우는 자들과 함께 울라.'

〈로마서〉에 나오는 구절이다. 살아가면서 이 말이 녹록치 않다는 걸 깨닫는다. 우는 자들을 보면서 같이 울지 못한다. 하물며 즐거워하는 자들을 보면 즐겁기보다는 배 아파할 적이 더 많다. 남들과 비교를 하면서 남들보다 가진 게 많다고 생각하면 교만해지고 남들보다 가진 게 없을 경우에는 주눅이 든다.

"내가 궁핍하므로 말하는 것이 아니라 어떠한 형편에든지 내가 자족하기를 배웠노니 내가 비천에 처할 줄도 알고 풍부에 처할 줄도 알아 모든 일에 배부르며 배고픔과 풍부와 궁핍에도 일체의 비결을 배웠노라."

〈빌립보서〉에서 사도 바울이 한 말이다. 상대적 행복이 아니라 절대적 자족을 통한 행복을 연습해야 한다.

"한 사회의 도덕성의 척도를 알려면 그 사회가 인생의 새벽에 있는 어린이, 황혼기에 있는 노인들, 인생의 그늘에 가려져 있는 환자, 빈민, 장애인들은 어떻게 대하느냐를 보면 된다."

미국의 전 부통령 휴버트 험프리의 말이다. 문학을 가르치는 나의 입이 사치스런 구호만 외치는 것이 아닐까 두렵다. 정작 이기심과 속물성으로 뭉친 자신의 삶은 반성하지 못하면서 정의, 평등, 사랑 등 거대 담론만 외쳐 대고 있는지 모를 일이다.

몰라도 가르쳐야 하는 것이 선생이라지만, 이웃의 아픔에 공감하지 못해서 미안하고 그 아픔을 학생들에게 제대로 전해 주지 못해서 절망스럽다.

땅끝

—
나
희
덕
—

산 너머 고운 노을을 보려고

그네를 힘차게 차고 올라 발을 굴렀지

노을은 끝내 어둠에게 잡아먹혔지

나를 태우고 날아가던 그넷줄이

오랫동안 삐걱삐걱 떨고 있었어

어릴 때는 나비를 좇듯

아름다움에 취해 땅끝을 찾아갔지

그건 아마도 끝이 아니었을지도 몰라

그러나 살면서 몇 번은 땅끝에 서게도 되지

파도가 끊임없이 땅을 먹어 들어오는 막바지에서

이렇게 뒷걸음질치면서 말야

살기 위해서는 이제
뒷걸음질만이 허락된 것이라고
파도가 아가리를 쳐들고 달려드는 곳
찾아 나선 것도 아니었지만

끝내 발 디디며 서 있는 땅의 끝,
그런데 이상하기도 하지
위태로움 속에 아름다움이 스며 있다는 것이
땅끝은 늘 젖어 있다는 것이
그걸 보려고
또 몇 번은 여기에 이르리라는 것이

● 　나희덕의 '땅끝'은 과거에 대한 기억으로 시작한다. 어릴 적 꿈과 이상을 좇아 땅끝을 찾아갔다. 하지만 어둠에게 잡아먹혀서 좌절을 해야 했다. 그 뒤 살면서 수시로 땅끝에 서게 되었다. 땅끝은 집어삼킬 듯 자신을 향해 달려드는 파도를 피해 살기 위해서 뒷걸음질을 쳐야 하는 절망의 공간이었다. 하지만 땅끝에는 절망만 있는 것이 아니었다. 위태로움 속에 아름다움 또한 스며 있었다. 이후로 화자는 그 보석 같은 희망을 보기 위해서라면 일부러라도 땅끝을 찾아 나섰

다. 땅끝은 절망이 아니라 희망의 시작이었다.

A는 서울에서 대학을 졸업하고 홀어머니와 여동생을 뒷바라지하기 위해 지방으로 내려왔다. A는 단단한 몸집에 얼굴은 둥글고 검어 농사꾼처럼 보였다. 눈은 가늘고 작았는데, 선량하게 웃는 모습이 사람 좋아 보였다. 늘 웃고 도량도 넓어 주변에 사람들이 많이 모여 들었다. 대부분 사회생활에 치여 의지하고 싶은 대상을 찾는 사람들이었다. A는 처음으로 입사한 회사에서 우리 팀의 팀장이었는데, 일이 끝나면 팀원들을 데리고 언제나 맥주 한잔을 하자 했다. A는 주로 우리들의 이야기를 듣는 편이었는데, 사회생활을 막 시작한 우리들이 어려움을 이야기하면 충고를 해 주었다. 주로 나 자신을 위한 삶이 아닌 이웃과 나라를 위해 살아야 된다는 이야기였다. 핏대 올려 이야기를 하는 것이 아니라 조곤조곤 알기 쉽게 낮은 톤으로 하는 이야기에는 이상하게 사람을 설득하는 힘이 있었다.

A는 팀원들을 데리고 그의 하얀색 코란도 지프차를 타고 이승철 노래를 들으며 드라이브 가는 걸 즐겼다. A의 차에는 언제나 이승철 노래가 흘러나왔다. 이승철은 모든 노래를 편안하게 잘 부른다며 A는 말했다. A는 자신의 이야기를 잘 안 했는데, 들은 말로는 서울에 여자친구가 있어 한 번씩 내려온다고 했다. 하지만 지금은 사이가 안 좋아졌다고 했다. 그래서 A가 가끔씩 슬픈 표정을 했는지 모른다.

어느 날 회사 사람들과 회식을 한 A는 택시를 타고 집으로 갔다. A가 한 프로젝트가 성공을 하여 축하하는 자리였다. A의 집은 시내 외곽에 있는 읍이었는데, 그날 밤 나는 금방 인사하고 헤어진 A가 교통사고가 나서 죽었다는 소식을 들었다. A를 친 운전자는 고속도로 가의 오르막길에 A가 넋 놓고 서 있었는데, 밤길에 미처 보지 못했다고 했다. 차에 치인 A는 중앙의 가드레일로 튕겨져 가드레일에 부딪쳐 즉사했다는 것이다. 그날은 오월 마지막 날이었다. 지금도 오월이 되면 나는 오랜 습관처럼 가슴이 아린다.

A의 장례식은 초라했다. 일가친척이나 찾아오는 사람이 별로 없이 홀어머니와 여동생만 빈소를 지키고 있었다. A가 나를 보면서 자기 여동생이 생각난다고 늘 말하던 A의 여동생. A가 늘 애잔하게 품고 있었던 여동생이었다. A의 아버지는 농약을 마시고 자살했다 한다. A가 서울대에서 학생회장을 맡았는데 데모를 하여 고생하다가 지방으로 내려왔다는 이야기도 A의 죽음 이후에 들었다.

A의 죽음은 사회생활을 막 시작한 내가 처음 겪은 '땅끝'이었다.

A는 첫 사회생활에 발을 내디딘 나에게 따뜻함과 위로를 주었다. A로 인해 나는 이 세상이 아름답고 살 만하다는 것을 알았다. 일에 지치거나 사람들에 치일 때 언제나 찾아가면 허허 웃으며 달래 주는 존재. 나는 A가 죽은 뒤에야 그의 존재가 나에게 얼마나 힘이 되었는지 깨달았다. A는 자신의 홀어머니와 여동생을 대하듯 따뜻한 연민의 시선으로 나를 대했고, 나는 그것이 약자에 대한 사랑이었다는 것을 뒤늦게 깨달았다.

지금은 20년도 더 된 이야기지만 A는 급작스럽게 죽음으로써 언제나 나에게 풋풋한 청년으로 남아 있다. A는 사막 같은 사회에서 발견한 오아시스 같은 존재였다. A의 죽음은 그 뒤로도 두고두고 아픔으로 남아 오월이 오면 눈물부터 쏟아졌지만, 그 '땅끝'에도 옹달샘이 있었다. 나를 믿어주고 언제나 지지해 주는 존재가 있다는 것, A가 내게 준 선물이었다.

첫 사회생활을 하는 나에게 그 뒤에도 몇 번 '땅끝'이 찾아왔다. 어느 날 문득 걸려온 친구의 전화. 병원에 다녀왔다 했다. 애를 지우고 왔다면서 전화 속에서 흐느끼던 친구. 친구의 자취집에 미역을 사 들고 가서 미역국을 끓여 주던 때를 기억한다. 배신감과 자책감으로 힘들어하던 친구 옆에서 밤새도록 같이 울었다.

IMF로 인해 갑자기 회사에서 해고 당한 친구도 있었다. 무척 자존심 강한 친구였는데, 그때도 친구들과 모여 밤새도록 술을 마셨다. 시도 때도 없이 땅끝은 늘 찾아왔지만, 그때마다 나에게 힘을 준 것은 어른이 돼서 처음으로 밟았던 땅끝, A의 죽음이었다. A가 내게 그랬듯이 나는 아파하는 친구들을 품고 격려할 수 있었다. 내 20대에 수도 없이 밟았던 땅끝이었다.

땅끝은 땅끝에 가야만 있는 것은 아니다. 내가 살고 있는 여기가 땅끝일 수 있다. 오래된 아파트 엘리베이터를 타다가 갑자기 엘리베이터가 정지되어 안에 갇히는 순간에도 여기가 땅끝임을 느낀다.

에스컬레이터를 타고 가다가 얼마 전 뉴스에서 본 장면을 생각한다. 에스컬레이터 끝 지점이 밑으로 꺼져 발 디딜 곳이 없는 것을 발견한 아주머니가 어린 아기를 급히 던지고 자기가 밑으로 빠져 죽었다. 에스컬레이터를 타다가 밑이 꺼지는 상상을 하며 이곳이 땅끝이 될 수도 있다는 생각을 한다.

운전하다 도로가 꺼지거나 기계식 주차장에 차를 넣었는데 차를 받쳐 줄 장치가 없어서 차에 탄 채 밑으로 추락하기도 한다. 시시로 들려오는 지진 이야기는 남의 나라 이야기인 줄만 알았는데, 내가 살고 있는 땅이 몇 번 흔들리고 나자 내가 발 딛고 선 이곳이 땅끝이라는 생각을 하게 된다.

> 사람은 누구나 계기만 있으면 감상적 상념을 일으킨다. 봄비가 내리고 낙엽이 떨어져도 여린 상처를 받는 게 인간의 감정인데 하물며 '땅끝'에 서서 아무런 감상이 없을 것인가.
> – 유홍준,《나의문화답사기1》중에서 –

작가는 전라남도 해남의 땅끝에 서서 느낀 감정을 이렇게 표현했다. 땅끝은 누구에게나 아픔임에 틀림없다. 찾아 나선 것도 아니지만 우리는 수시로 파도가 달려드는 땅끝에 서게 된다. 하지만 그 위태로움에 홀로 서 있다 보면 '위태로움 속에 아름다움이 스며 있다는 것'을 알게 된다. '땅끝은 늘 젖어 있다는 것'을 발견한다.

내 삶의 기반이 한순간에 무너질 수 있다고 생각한다면 숨 쉬는 한 순간 한 순간이 신의 축복이며 소중하다는 사실을 알게 된다.

비온 뒤 파랗게 갠 하늘, 산등성이를 붉게 물들이며 넘어가는 해, 떨어지는 나뭇잎 하나, 가족들, 친구들, 이웃들……. 신이 내게 허락한 선물들이다.

땅끝에 서는 것을 두려워하지 말자. 땅끝이 지나가고 난 뒤 내게 남게 될 소중한 것들을 생각하자.

그곳에서 발견한 조약돌 하나가 두고두고 살아갈 힘이 될 터이니까 말이다.

설일(雪日)

—
김
남
조
—

겨울나무와

바람

머리채 긴 바람들은 투명한 빨래처럼

진종일 가지 끝에 걸려

나무도 바람도

혼자가 아닌 게 된다.

혼자는 아니다

누구도 혼자는 아니다

나도 아니다.

실상 하늘 아래 외톨이로 서 보는 날도

하늘만은 함께 있어 주지 않던가.

삶은 언제나
은총(恩寵)의 돌층계의 어디쯤이다.
사랑도 매양
섭리(攝理)의 자갈밭의 어디쯤이다.

이적진 말로써 풀던 마음
말없이 삭이고
얼마 더 너그러워져서 이 생명을 살자.
황송한 축연이라 알고
한 세상을 누리자.

새해의 눈시울이
순수의 얼음꽃,
승천한 눈물들이 다시 땅 위에 떨구이는
백설을 담고 온다.

● 　 새해 첫날이다. 화자는 하루 종일 창밖을 바라보았다. 앙상한
겨울 나무에 바람이 매섭게 불고 있었다. 삭막한 겨울의 풍경 속에서
화자는 나무와 바람의 공존 상태를 깨달았다. 바람과 나무의 동행처

럼 우리네 인생도 흘러가고 있음을 생각했다. 혼자라고 생각하는 순간의 고독을 생각하였다. 알고 보면 인생은 혼자 가는 길이 아니었다. 어느 순간에서나 하늘은 내 곁에 있었다. 그리고 보면 우리의 삶이란 괴로움의 자갈밭이지만 그 또한 은총의 길이며 신의 섭리인 것이다.

　말로써 풀던 불평, 불만을 접고, 축하의 잔치에 왔다 생각하자. 황송한 축하의 자리라고 생각하며 살아가자. 순백의 결정체, 승천한 눈물이 아름답게 온 세상을 덮고 있다.

　외로운 인생길에 대한 사념에서 맴돌다가 문득 신라 승려 월명사가 여동생의 죽음을 슬퍼하며 쓴 시, '제망매가'를 생각하였다. 천 년도 훨씬 전인 신라 경덕왕 시절에 쓰여진 시이지만, '제망매가'에서는 고달픈 인생길을 걸어가는 시인의 슬픔이 고스란히 전해진다.

　• 제망매가 •

　삶과 죽음의 길은

　여기 있음에 머뭇거리고

　나는 간다는 말도

　못 다하고 갔는가

　어느 가을 이른 바람에

　여기저기 떨어지는 나뭇잎처럼

같은 나뭇가지에 나고서도

가는 곳을 모르겠구나

아아, 극락에서 만나볼 나는

도를 닦으며 기다리겠다

- 월명사 -

고등학교 시절 문학소녀였던 나는 삶과 죽음의 문제에 고뇌했다. 괴테의《젊은 베르테르의 슬픔》, 도스토예프스키의《악령》,《죄와 벌》,《카라마조프 가의 형제들》, 톨스토이《부활》등의 세계 문학작품을 통해 선과 악, 삶과 죽음 문제를 생각했다.

내 주변에는 왜 죽음이 없을까 하는 건방진 생각도 했다. 죽음을 겪어야 인생의 참된 의미를 이해할 것 같았다.

지금 돌아다보면 그새 많은 사람들이 내 곁에서 떠나갔다. 가끔씩 꿈속에 나오는 그들. 때로는 출연료를 주어야 하지 않을까 싶게 어제 본 듯 생생하게 열연한다. 꿈속에서 보아서 그럴까. 그들이 영원히 사라졌다는 생각을 안 하게 된다. 내가 가 보지 못한 길을 먼저 갔고, 나도 언젠가 그 길을 가면 만날 수 있을 거라는 생각을 한다.

그들이 간 길을 생각한다. 망설이다가 죽음의 문턱을 넘어섰을까. 그 순간에 그들은 무슨 생각을 했을까.

삶과 죽음의 길은

여기 있음에 머뭇거리고

나는 간다는 말도

못 다하고 갔는가

시에서 '여기'는 이승을 말한다. 이승의 현장에서 삶과 죽음의 갈림길을 만나게 된다. 삶의 길이 아니라 죽음의 길로 발을 내딛는 순간, 아마 죽은 여동생은 머뭇거렸을 거라고 시인은 상상한다. 삶의 길에 정다운 인연들과 못 다한 꿈이 남겨져 있을 텐데 왜 망설임이 없었겠는가. 죽음의 길로 발을 내딛으며 머뭇거리며 '간다'는 인사도 못 하고 갑자기 죽었나 보다.

나도 언젠가 가게 될 것이다. 혼자서 가야 한다는 것이 두렵다. 고독. 인간은 태어날 때 혼자이듯이 가야할 때 혼자 가야 한다. 아직 죽을 때가 안 돼 그런지 혼자서 죽음의 길을 간 선배들이 대단하게 느껴진다. 혼자 감당해야 한다는 이치, 그래서 외롭고 두렵다.

수능 시험을 치른 후 아이들은 한결 성숙해진다. 부모도, 선생님도 같이 갈 수 없는 길, 혼자서 시험장에 들어가야 되고 문제와의 싸움도 결국 혼자의 몫이다. 결과에 대한 선택도 결국은 혼자 하는 것이다. 아이를 낳을 때 자궁에서 빠져나오는 아이를 밀어내는 일도 산모 혼자서 감당해야 한다. 암 선고를 받을 때 병과 싸워야 하는 대상도 결국 혼자이다.

사람의 모든 행동은 외로움을 극복하기 위해서 나오는 것일까. 숙

명인 고독을 잊기 위해서 사람들과 어울리고 떠들고, 마시고, 먹고 하는가. 돈과 성공을 목표로 해서 쫓아가는 순간에 고독을 잊을 수 있을까. 가족의 사랑이 외로움을 잊게 할까. 연인을 만나 사랑하는 사람들은 외로움의 탈을 벗을 수 있을까.

겨울 바람과 나무. 을씨년스럽기 그지없는 장면도 시인의 눈으로 보면 새롭게 보이나 보다. 겨울 바람과 나무가 혼자가 아니라 둘이 있는 것처럼 보인다. 어떤 이는 겨울 바람과 나무의 헐벗은 모습을 보며 허무함과 슬픔을 느낀다. 시인은 혼자가 아니라 둘이라서 외롭지 않다고 한다. 시인의 밝은 눈이 반짝인다.

혼자는 아니다
누구도 혼자는 아니다
나도 아니다.
실상 하늘 아래 외톨이로 서 보는 날도
하늘만은 함께 있어 주지 않던가.

결국 시인은 보이는 대상이 아니라 보이지 않은 대상의 존재를 보았다. 겨울 나무가 혼자처럼 보이지만 눈에 보이지 않아도 바람이 감싸고 있듯이 외톨이로 서는 날도 하늘이 함께 한다고 생각한다.

중학교 시절 노처녀 국어선생님이 주말이면 커피숍 창가에 앉아

지나가는 사람들 관찰하는 것이 취미라고 했다. 어린 나이에 뭔지 몰라도 꽤 멋있게 느껴졌는데, 선생님의 모습은 지금도 생생하다. 긴 단발머리 한쪽 편에 언제나 실핀 두 개를 크로스로 정갈하게 꽂고 다녔던 선생님. 목소리가 좋아서 시나 소설을 줄줄 낭독만 했는데도 시간 가는 줄 몰랐다. 글을 잘 써서 대회에 불려다녔던 나를 데리고 진주로 마산으로 출장을 자주 갔다. 마산 대회를 마치고 차 시간에 여유가 생기자 마산의 한 서점에 데리고 갔다. 아무 책이나 사고 싶은 책을 골라 봐라 했다. 두꺼운 《한국 여류 시 모음집》을 고르자 싱긋이 웃던 선생님. 돌아오는 차에서 멀미 때문에 정신없는 내 옆에서 내가 고른 책을 읽으면서 한숨을 내쉬었다. 이제야 선생님의 꿈과 고독을 조금은 알 것 같다.

한 해가 가고 있다. 지난해 집에 변화가 많았다. 딸아이가 고등학교를 다른 지방으로 갔다. 남편이나 아들이 의아해하는 것도 무시한 채 데려다주고 오는 차 안에서 계속 울었다.

고등학교 때 집을 떠나 인근의 도시로 학교 다니던 내 고등학교 시절 생각 때문이었다. 고교 시절에 집을 떠난 뒤 고향집은 유년의 기억과 친근한 피붙이가 있는 곳이 되었다. 고교 시절 이후로 집을 떠나 타향, 타인들 틈에서 집과 가족을 그리워했다. 딸아이가 나와 마찬가지로 고등학교부터 집을 떠난다고 생각하니 눈물부터 났다. 그래봤자 고등학교까지 품에 끼고 있다가 대학 가면 대부분 떠날 터인데 말이다. 설사 대학까지 집에 있다 하더라도 이미 아이들은 딴 세상을 그리워해서 마음은 부모로부터 멀어질 텐데 말이다.

품고 있던 새끼를 세상 속에 날려보내는 섭리는 새들이나 사람이나 매한가지이다. 부모의 역할은 내보는 데 있고, 아이들은 부모를 떠나야 한다.

4, 50대가 떠나보내는 것은 아이들만이 아니다. 젊음도 떠나보내야 한다. 예전에는 사는데 바빠 늘 극악스럽던 어머니, 아버지를 보면서 감성의 죽음, 고집과 억척의 존재라고 생각했다. '무슨 재미, 무슨 꿈이 있어 사는가?'라는 의문도 가졌다. 사십대 중반의 아줌마인 나 역시 아이들 눈에는 그렇게 보일 것이다.

감성적이며 이해심 많은 시누이는 "올케, 사십대가 생각보다 참 좋아."라는 말을 했다. 30대를 떠나보내야 한다는 생각에 우울해 있던 나에게 40대에 대한 기대감을 갖게 한 말이다.

사랑했던 것들을 떠나보내는 연습. 나 자신을 보기 시작하는 시기가 마흔이 아닐까.

몇 년 전부터 뜨개질을 시작했다. 뜨개질 하는 순간은 딴 생각하지 않아서 좋고, 시간이 잘 가서 좋았다. 아무리 바빠도 집에 오면 뜨개질을 했고 빈 시간에 번개같이 다른 일을 해치웠다. 시간 낭비 같아 보였던 뜨개질이었지만, 새로운 창작물을 만들었다는 기쁨을 느낄 수 있어 좋았다. 뜨개질을 하는 동안 새로운 일을 할 수 있는 힘을 공급 받나 보다. 막혔던 생각이 술술 풀리고, 해야 할 생활의 일들을 신속하게 할 수 있는 기술도 늘었다.

뜨개방에 가면 부자 아주머니들이 많다. 요즘의 뜨개는 시간과 돈에 여유가 있는 사람들이 하는 취미인가 보다. 뜨개방은 삶은 나누는 공간이기도 하다. 뜨개질 하다가 생활의 이야기들이 꽃피고 이 사람, 저 사람 사는 모습이 실타래처럼 풀려나온다. 나와 사는 모습이 다른 사람들과도 만나서 편안하게 이야기할 수 있는 시기. 40대가 되어서 그런가 보다.

그뿐일까. 나의 한계를 인정하고 자족을 배우는 시기. 내 문제에 집착하기보다는 다른 사람의 아픔을 들어 주고 격려해 줄 일이 많아지는 시기. 더 늦기 전에 할 수 있는 일을 하는 시기가 40대이다.

오드리 헵번이 죽기 전 마지막 크리스마스에 아들에게 들려 준 시를 조용히 읊어 본다.

• 아름다움의 비결(Time Tested Beauty Tips) •

매력적인 입술을 원한다면, 친절한 말을 하라.

사랑스러운 눈을 원한다면, 사람들의 좋은 점을 보아라.

날씬한 몸매를 원한다면 배고픈 사람과 음식을 나누어라.

아름다운 머리카락을 원한다면, 하루에 한 번 어린 아이가 너의 머리를 쓰다듬도록 하라.

아름다운 자세를 원한다면, 너 혼자 걷고 있지 않음을 기억하며 걸어라.

사람은, 그 무엇보다도

상처로부터 치유되어야 하고, 새로워 져야 하고, 소생하여야 하고, 교

화되어야 하고, 구원 받아야 한다.

결코, 어느 누구도 버려져서는 안 된다.

기억하라.

만약 도움의 손이 필요하다면

너의 팔 끝에 있는 것을 찾으면 된다.

네가 더 나이가 들어,

네 손이 두 개라는 것을 발견할 것이다.

한 손은 너 자신을 돕는 손이고,

다른 한 손은 다른 사람을 돕는 손이다.

여자의 아름다움은 그녀가 입은 옷이 아니며

그녀의 몸매나, 그녀의 머리 모양도 아니다.

여자의 아름다움은 반드시 그 눈에 나타난다.

왜냐하면 눈은 그녀의 마음으로 들어가는 문이고 사랑이 존재하는 곳

이기 때문이다.

여자의 아름다움은 겉모습에 있는 것이 아니다.

여자의 진정한 아름다움은 그녀의 영혼에 반영된다.

진정한 여자의 아름다움은 사랑으로 베푼 보살핌,

그리고 그녀가 보여준 열정이다.

- 샘 레븐슨 -

상처적 체질

— 류
근 —

나는 빈 들녘에 피어오르는 저녁연기

갈 길 가로막는 노을 따위에

흔히 다친다

내가 기억하는 노래

나를 불러 세우던 몇 번의 가을

내가 쓰러져 새벽까지 울던

한 세월 가파른 사랑 때문에 거듭 다치고

나를 버리고 간 강물들과

자라서는 한번 빠져 다시는 떠오르지 않던

서편 바다의 별빛들 때문에 깊이 다친다

상처는 내가 바라보는 세월

안팎에서 수많은 봄날을 이룩하지만 봄날,

아무도 기억하지 않는 꽃들이 세상에 왔다 가듯

내게도 부를 수 없는 상처의

이름은 늘 있다

저물고 저무는 하늘 근처에

보람 없이 왔다 가는 저녁놀처럼

내가 간직한 상처의 열망, 상처의 거듭된

폐허,

그런 것들에 내 일찍이

이름을 붙여주진 못하였다

그러나 나는 또 이름 없이

다친다

상처는 나의 체질

어떤 달콤한 절망으로도

나를 아주 쓰러뜨리지는 못하였으므로

내 저무는 상처의 꽃밭 위에 거듭 내리는

오, 저 찬란한 채찍

● 　화자에게 상처를 주는 대상은 사소한 것들이다. 저녁연기, 노

을, 사랑, 강물, 별빛 등. 모두들 사소하지만 한편으로는 아름다운 것들이다. 그러한 것들에 상처를 받을 수 있는 화자는 남들이 가지지 못한 섬세한 눈을 가진 이일 것이다. 화자는 봄날에 피었다 지는 꽃들처럼 저녁 무렵에 왔다 가는 저녁놀처럼 이름을 부를 수 없는 상처가 있다고 한다.

아픔을 동반하지만 아름다운 상처들. 그런 상처들을 안고 살아가거나 지금도 그런 상처들을 수없이 받는 '상처적 체질'을 가진 시인과 같은 사람을 만나고 싶다. 너무 여려서 작은 일에도 상처를 받지만 그 상처가 꽃이 되고 노을이 된 사람들의 눈은 다른 누구의 눈보다 따뜻하고 포용력이 있지 않을까 싶다.

현실적인 너무나 이성적인 사람들이 많다. 과목의 차이일까. 국어를 가르치는 나의 입장에서는 하루에도 몇 번씩 문학작품들을 읽고 가르쳐야 한다. 그렇기 때문인지 몰라도 시인이나 소설가의 섬세한 감성과 정서와 마주하다 보면 냉철한 이성적 인간이 되기는 쉽지 않다. 문학은 가장 현실적인 예술이면서 또 어쩌면 가장 비현실적인 예술이기도 하다. 문학의 상념 속에 사로잡히게 되면 현실감을 잊어버린 자신을 어느새 만나게 된다.

나이가 40을 넘으면 세상 물정을 몰라서 손익을 계산할 줄 모르는 사람이 거의 없을 수도 있다. 하지만 아이들을 가르치는 입장에서 철저하게 손익에 따른 행동을 하는 것도 좋지만은 않은 듯하다. 자습

감독을 하면서 수시로 밤까지 학교에 남아 있는 경우가 생긴다. 낮에 상담하지 못한 아이들과 밤에 남아서 상담할 일이 생기기도 하고, 야간 자율학습을 하는 관계로 아이들이 밤늦게 학교에 있는 한 고등학교 교사들은 밤에 남아야 하는 경우가 많다.

처음 담임할 때는 야간에 남아서 근무할 때 시간외 수당을 다는 것을 항상 잊어버렸다. 주변의 선생님들의 사려 깊은 조언을 듣고 야간에 학교에 남아 있을 때마다 되도록 시간외 수당을 달려고 노력을 하고는 있다. 하지만 생명 없는 제품을 생산해 내는 일이 아니라 사람을 교육하는 일이 직업인만큼 보상이 없는 '공'을 들여야 할 때가 한두 번이 아니고, 계산치 못하는 정신적 스트레스를 받을 때도 없지는 않다.

학교에 적응하지 못하고 학교를 그만둘 핑계를 끊임없이 찾아서 매일같이 사고를 치는 학생이 있었다. 학생의 부모는 아이의 생각과 달랐다. 어쨌든 간에 아이가 평범한 고등학생으로 졸업하기를 바랐다. 다른 아이들의 물건을 훔치고, 돈을 뺏아가고 무단 외출을 밥 먹듯 하고, 시도 때도 없이 학교에 오지 않고……. 아이는 학교를 벗어날 수 있는 일이라면 가리지 않고 쉴 새 없이 저지르고, 아이의 부모는 어찌됐건 아이를 학교에서 붙잡아 두기를 원했다. 내 옆 자리에 앉은 아이의 담임선생은 이래저래 아이와 부모 사이에서 마음 고생을 치르고 있었다. 한 아이의 문제가 아니라 피해를 보는 다른 아이들의 원성도 해결해야 하기 때문에 더욱 난처한 입장이었다.

다른 아이들이 입는 피해를 생각해서라도 학생의 의사에 따라 자퇴하는 게 어떻겠느냐고 조심스럽게 물어 보는 선생에게 아이의 부모는 교사의 자질 운운하면서 날카로운 반응을 보였다. 물론 어떠한 학생일지라도 교사된 입장에서는 끝까지 품고 가야 한다는 걸 모르는 바는 아니나, 해결되지 않은 문제에 매달려 몇 달째 시달리는 옆자리의 동료를 보면서 속으로 '저 스트레스는 어떻게 푸나?' 하는 생각이 들었다.

자습시간에 하도 떠들어서 다른 아이들에게 방해가 되는 애를 야단치다가 집으로 보낸 선생에게 찾아와서 "좋은 대학 가는 애들만 우대하고 그렇지 않은 학생은 차별해도 되는 건가요? 선생님은 어느 대학 나왔어요?" 하며 쏘아 붙이는 학부모를 본 적도 있었다.

물론 애를 야단쳐서 쫓아 보낸 교사도 100퍼센트 잘한 입장은 아니었지만, 공부하기 싫어하는 아이와 씨름하는 한편으로는 방해를 받는 다른 아이들의 입장도 고려하면서 지도를 해야 하는 과정을 지켜보면서 '가재는 게 편'이라고 그럴 수밖에 없었던 동료 교사의 입장도 충분히 공감이 되었다. 교무실에 와서 '당신은 어떤 대학 나왔기에 남의 귀한 아이를 무시하느냐'고 항의하는 학부모를 보면서 학생에게, 학부모에게, 동료 교사에게, 아니면 교장, 교감에게 받는 수많은 교사들의 상처에 대해 생각을 하였다.

사람에 따라서는 '상처적 체질'이 아니어서 훌훌 잘도 털어 버리는 경우도 있다. 하지만 겉으로는 내색하지 않더라도 아니면 자신이 털어 버렸다고 생각하는 동안에도 알게 모르게 타인들로부터 받은 상처는 마음 속 깊이 딱지처럼 앉고, 또 그 위에 앉고 하는 것이 아닐까. 더더군다나 '상처적 체질'인 나로서는 교사로서, 부모로서, 아니 평범하게 살아가는 한 인간으로서 헤어날 수 없는 상처를 매일 받으며 살아가는 쪽이다. 이름을 부를 수도 없는 상처들로 인해서 매일 다치면서 상처의 거듭된 폐허를 안고 하루하루를 살아간다.

하지만 소소한 일상에서의 상처들이 나를 아주 쓰러뜨리지는 못하였고, 그 상처들이 나를 아프게 하였지만 또한 나를 깊게 하고 넓게 하였음을 인정한다. 마치 찬란한 채찍처럼 말이다.

아파 본 일이 없는 사람들은 남의 아픔을 예사로 안다. 하지만, 상처가 많은 사람은 남의 상처가 자기 것인 양 아프다. 감정 전이가 빨리 된다. 남의 상처에 쉽게 공감하게 되고, 그가 받은 아픔을 덜어 주고자 애쓰게도 된다. 자기도 모르게 포용력이 있고 사랑 많은 사람이 된다.

아직까지 나는 남의 아픔을 내 일처럼 보듬을 만큼 충분히 인격이 자라지 못했다. 그래서 사소한 일에도 화를 내고 오히려 남에게 상처를 주는 경우가 많다. 아마도 더욱 많이 상처를 받아야 더 넓고 깊은 사람이 될 수 있을 것 같다.

지나 놓고 나서 되돌아보면 예전의 상처들이 오히려 아름답기만 하다. 내가 받은 모든 상처들이 나에게는 꽃이 되고 별이 되었다. 지금의 상처 또한 먼 훗날 그렇게 될 수 있으리라 생각한다. 그것이 여전히 상처투성이이지만 오늘까지 내가 교사로서 살아갈 수 있는 이유이기도 하다.

사람들의 숲. 짙은 그늘을 드리우고 서 있는 나무와 같은 사람들
이 저마다의 무게를 딛고 서 있다. 암체처럼 굴어도, 앞서 간다고
생각해도 한 겹만 벗기면 하얀 속살이 드러난다. 단단한 껍질로
가리고 있지만 안에 있는 나는 가슴 뜀의 기억을 잃어버린 채 여
전히 적막하고 불안하다.
가식적인 너털웃음과 간지러운 교태로 관계의 끈을 엮어가지만
안에 있는 나는 웃는 법조차 잃어버린 지 오래다.
다시 처음으로 돌아가서, 뛰고 싶다. 날아오르고 싶다.
동심의 날개를 펴고 무지갯빛 하늘로 날아오르고 싶다.

제 3 장

가슴 뛰는 날

생의 감각

—
김
광
섭
—

여명(黎明)의 종이 울린다.

새벽별이 반짝이고 사람들이 같이 산다.

닭이 운다 개가 짖는다.

오는 사람이 있고 가는 사람이 있다.

오는 사람이 내게로 오고

가는 사람이 내게서 간다.

아픔에 하늘이 무너졌다.

깨진 하늘이 아물 때에도

가슴에 뼈가 서지 못해서

푸른 빛은 장마에

넘쳐 흐르는 흐린 강물 위에 떠서 황야에 갔다.

나는 무너지는 둑에 혼자 섰다.

기슭에는 채송화가 무더기로 피어서

생의 감각을 흔들어 주었다.

● 　　김광섭 시인은 60세인 1965년에 야구경기 관람 도중 뇌출혈로 쓰러졌다. 이 작품은 시인이 일주일간의 혼돈세계에서 깨어난 후 그 체험을 바탕으로 쓴 작품이다. 사선의 경계를 넘나든 이후 시인은 절망과 고통의 투병생활 끝에서 생의 감각을 찾은 순간의 환희를 노래하였다.

　그 순간, 여명의 종이 울리고 새 아침이 시작되었다. 새벽별이 반짝이고 함께 살아가는 사람들도 빛이 나기 시작했다. 정점에 내가 있었다. 내 생명이 빛나고 세상이 윤곽을 드러냈다.

　몇 년 전 건강검진을 받다가 췌장암 수치가 너무 높다는 결과가 나왔다. 정상보다 몇 백 배가 높다 했다. 재검을 실시해야 한다 했다. 집에 와서 췌장암이 뭔지 찾아보았다. 한국인이 가장 많이 걸리는 암 중 10위에 해당하는 암으로 생존율이 가장 낮다. '애플'의 창립자 스티브 잡스가 56세로 세상을 떠난 이유가 췌장암이었다. 얼마 전에 타

계한《장미의 이름》으로 잘 알려진 기호학자, 움베르토 에코도 사인이 췌장암이었다. 그제껏 췌장암에 대해 관심이 없다가 나의 일로 닥치고 보니 세상이 온통 췌장암으로 가득한 듯 여겨졌다. 재검 결과가 나오기 전까지 2주일 여간 갖가지 상념들이 머리를 헤집고 들어왔다 나갔다를 반복했다.

피검사를 할수록 계속 수치는 떨어졌고, 췌장암 수치가 높은 것은 일시적 현상이라는 재검 결과가 나왔다. 천만 다행이었지만 괜찮다는 의사의 판정이 나오기까지 내 생활은 온통 비극이었다. 죽음에 대한 준비가 아무것도 되어 있지 않았다. 병이 든다는 생각을 해 본 적도 없었다.

참 대책 없이 사는 인생이었다.

새벽에 언니로부터 전화가 걸려왔다. 아버지가 위독하다는 소식이었다. 급히 회사에 연락을 하고 고향으로 달려갔다. 응급실에 누워 있는 아버지는 의식불명이었다. 해골만 남은 얼굴은 이미 산 자의 것이 아니었다. 미움과 원망이 가득했던 아버지였지만, 생의 마지막 길을 가고 있는 모습을 보며 회한과 슬픔이 몰려왔다. 언니와 나는 부둥켜안고 온종일 울었다.

다행히 아버지는 이틀 만에 의식을 회복하셨다. 아직까지 이 세상에서 보아야 할 일들이 남아 있나 보다. 이후로 아버지는 지금까지 혼자 힘으로 일어나지 못한다. 하지만 의식은 더없이 또렷해서 뵈러 갈 때마다 잔소리가 부쩍 늘었다. 다행이기도 하지만 아버지의 잔소리는 듣기 힘든 구석이 많은 것은 어쩔 수가 없다.

　얼마 전에 평소 누구보다 술을 잘 마시던 선생님이 수술을 했다. 배가 아파서 병원에 갔더니 장염이라 해서 장염 약을 먹고 좀 나았다 한다. 그래서 여름방학에 부부 동반 해외여행도 다녀왔다 했다. 그런데 복통이 계속되었고 점점 심해지는 게 예사롭지 않았다. 큰 병원에서 진료를 받으려 하니 예약이 꽉 차서 기다려야 된다고 했다. 큰 병원 진료를 기다리는 동안에 동네 병원 중 잘한다는 병원을 수소문해서 검사를 받았다. 의사 말이 장염은 확실히 아니며 지금 상황에서는 정확히 판단은 안 되지만 매우 심각하다 했다. 소견서를 써 줄 테니 큰 병원 응급실에 바로 가지고 가라 했다.

　응급실 당번인 의사가 마침 내과 계열 의사였던가 보다. 진료 소견서를 보더니 아무래도 검사한 후 바로 수술을 해야겠다며 일사천리로 일을 처리했다. 알고 보니 몇 달 전에 맹장이 터졌는데, 동네 병원 의사가 장염이라고 오진을 한 것이 병을 키운 원인이었다. 몇 달 동안 맹장이 터져서 온 뱃속의 장기로 맹장 액이 스며들었다 한다. 뱃속을 다 씻어내고 썩은 장은 다 잘라내어야 했다. 패혈증이 아직 안 와서 다행이었지만, 생명이 위태로울 뻔했다는 것이었다.

　수술 후 입원해 있는 선생님의 병문안을 가서 들은 그간의 진행 경과에 대한 이야기이다. 선생님은 부쩍 나이가 느껴지는 초라한 얼굴임에도 불구하고 한 시간 동안 쉴 새 없이 그간의 일들을 브리핑했다. 병문안 간 우리들은 마치 한 시간 수업을 듣고 나온 기분이 들었다. 사람이 무척 그리웠나 보다.

선생님은 그 뒤 한 달을 더 병가를 내어 요양을 했다. 학교에 다시 출근한 선생님은 예전의 쾌활한 모습을 되찾았고, 병문안 간 모든 사람들에게 일일이 밥을 사며 감사 인사를 전했다. 이제 술을 그만 마시겠다 했다. 하는 운동도 없고, 취미도 별다른 게 없다 보니 술을 마시는 게 낙이었는데, 이제는 봉사에 취미를 붙여 은퇴 이후에도 봉사하면서 살겠다 했다.

누군들 피해갈 수 없는 길이지만 자신에 대해서건 타인에 대해서건 죽음을 예상하는 사람은 별로 없는 것 같다. 그래서 죽음이 현실로 다가오는 순간 어쩔 줄 몰라 한다. 지난날에 대한 후회, 아쉬움, 슬픔, 분노가 순차로 몰려든다. 또한 살아있다는 것이 얼마나 소중한 일인지 그제서야 절절히 깨닫게 된다.

어릴 적부터 잔병치레를 많이 했다. 초등학교 입학한 지 얼마 되지 않아 열이 많이 나서 조퇴를 하고 집에 돌아온 적이 있다. 열에 들뜬 나를 치료하는 어머니. 물수건을 갈아 주고, 맛있는 음식도 해 주었다. 무엇보다 각별히 대접 받는 느낌이 너무 좋아서 그 뒤 몇 번인가 더 조퇴를 하고 집에 왔다. 그 결과 개근상은 물론, 정근상도 받지 못했지만 말이다.

지금도 일 년에 한두 번 심하게 감기 몸살로 앓아눕는다. 어린 시절 극진히 곁에서 치료해 주던 어머니가 없이 혼자서 주사를 맞고 약을 먹고 사 온 죽을 먹고 온종일 누워서 회복되기를 기다린다. 어머니가 있다면 엄살도 좀 부려 볼 일이지만, 어른이 된 지금 아프면 본인만 서러울 뿐이다. 온종일 지끈거리는 머리와 으슬으슬하는 한기와 싸울 때, 밖에서 들리는 아이들의 웃음소리, 이웃들의 소리가 그지없이 부럽다. 나는 병자의 공간에 있고, 이 공간이 일상의 공간과 분리되었음을 느낀다. 일상의 공간으로 되돌아가고 나면 못 할 일이 없을 것 같다.

다행으로 다시 모든 것이 회복되는 순간, 주변의 일상들이 더없이 아름다워 보인다. 함께 사는 사람들이 소중하며 그들의 존재 자체가 감사하다. 내게 맡겨진 시간이 더없이 귀하며, 앞으로는 좋은 일만 하면서 살아가겠다 다짐을 한다.

살아있는 것은 너무나 멋진 일이다. 아침마다 눈을 뜨는 것은 축복이다.

아침이면,

세상은 개벽을 한다.

박남수 시인이 자신의 시 '아침 이미지 1'에 쓴 구절이다. 시인의 말처럼 아침마다 세상은 개벽한다. 아침이면 어둠은 지상의 물상을 돌려주고, 이 세상의 온갖 물상들은 즐거움으로 하루의 문을 연다. 아침은 언제나 새 하늘과 새 땅이 열리는 첫날이다.

밤의 잠은 죽는 것이다. 아침의 기상은 죽음에서의 부활이다. 그렇다면 우리는 죽었다가 매일 새롭게 부활한다. 얼마나 놀랍고 즐거운 일인가. 우리가 눈을 뜨는 아침은 기적의 시간이며 새로움의 첫 발걸음이다.

눈물 나게 황홀하고 아름다운 인생이다.

소나기

—
이
면
우
—

숲의 나무들 서서 목욕한다 일제히

어푸어푸 숨 내뿜으로 호수 쪽으로 가고 있다

누렁개와 레그혼, 둥근 지붕 아래 눈만 말똥말똥

아이가, 벌거벗은 아이가

추녀 끝에서 갑자기 뛰어나와

붉은 마당을 씽 한 바퀴 돌고 깔깔깔

웃으며 제자리로 돌아와 몸을 턴다

점심 먹고 남쪽에서 먹장구름이 밀려와

나는 고추밭에서 쫓겨나 어둔 방 안에서 쉰다

싸아하니 흙냄새 들이쉬며 가만히 쉰다

좋다

● 　어린 시절의 여름날을 기억한다. 땡볕이 작열하던 한여름에 선물처럼 소나기가 쏟아졌다. '쏴아!' 하는 청량한 음색이 천지를 감싸고 들떠 있던 대지가 한숨을 돌렸다. 숲의 나무들도 즐거움 속에 비를 맞고 있었다. 마당에는 벌거벗은 아이가 빗속을 뛰어다녔다.

화자는 밖에서 일을 하다가 비를 피해 쉬고 있었다. 방안에서 비 내리는 바깥을 바라보고 있었다. 대지에서 올라오는 흙냄새. 저도 모르게 '좋다' 한 마디 했다.

미야자키 하야오의 만화영화를 좋아한다.

요즘 들어 무슨 이유에선지 매사에 나에 대해 불만인 아들은, "엄마는 내가 보는 영화보고 귀신같은 거 보면 안 된다고 하더니, 자기도 일본을 좋게 보는 영화 좋아하면서……." 하며 삐죽거린다. 예술은 예술이고 사상은 사상이라고, 평소 내가 한 말과는 차이가 있는 궁색한 변명을 한다. 아들이 미야자키 하야오 감독의 영화가 군국주의를 미화한다는 이야기를 들었나 보다.

은퇴 직전에 만든 감독의 마지막 작품, 〈바람이 분다〉에 대해 군국주의를 미화한다는 논란이 많다. 평소에 아베 총리의 우익화와 군국주의에 대해 강한 비판을 해 왔던 미야자키 하야오 감독이기에 더 논란이 많았다. 본인은 〈바람이 분다〉가 군국주의의 미화가 아니라 한 인간의 꿈에 대한 도전을 그린 영화이기 때문에 확대 해석을 금했으면 한다는 말을 했지만, 일본인으로서의 어쩔 수 없는 한계를 드러내지 않았나는 평이 많다.

은퇴 직전에 군국주의 논란에 휘말린 게 무척 아쉽기는 하지만, 그럼에도 불구하고 미야자키 하야오 감독의 만화영화를 싫어할 수 없다. 마치 우리나라 70년대를 연상케 하는 수채화 색의 아름다운 자연 풍경, 선한 얼굴을 한 사람들, 리얼리티와 꿈과 환상의 절묘한 조화. 마음이 울적한 날, 예전 고향의 청명한 하늘과 바다가 그리운 날에는 어김없이 미야자키 하야오 감독의 영화를 보며 향수를 달랜다.

마녀 배달부 키키. 키키는 마녀인 어머니와 일반인 아버지 사이에서 태어났다. 열세 살이 되자 견습 마녀로 마녀 수업을 하러 키키는 집을 떠난다. 평소 바다를 동경했던 키키는 바다에 떠 있는 멋진 섬 도시를 발견하고 그곳에 정착하리라 결심을 한다. 파란 바다, 하얀색 구름, 기러기, 어선, 상자들, 화물트럭, 분주히 일하는 어부들, 갯내 물씬한 선창가의 활기찬 모습. 빽빽한 집들 사이로 구획화된 도로, 끝없이 이어지는 자동차의 행렬, 거리를 분주하게 오가는 많은 사람들.

미야자키 하야오 감독은 이 영화를 만들기 위해 스웨덴의 수도 스톡홀름 등을 취재했다 한다. 만화 속 배경은 일본도 한국도 아닌 근대화 전후의 옛 유럽의 모습이지만 공해에 찌들기 전의 청명한 자연과 활기찬 어촌 도시의 모습은 예전 어릴 시절 내가 살던 고향의 정겨운 모습을 연상케 한다. 활기 있고 평화롭고 풍요로우면서 인정 많은 사람들이 살던 시절이었다.

키키는 복잡한 도시 한가운데서 빗자루를 타고 날아가다가 차와 부딪치면서 교통 혼란을 일으킨다. 곧이어 호각을 불며 달려오는 경찰, 키키가 자기는 마녀라고 이해를 구하지만, 경찰은 아랑곳하지 않고 교통 혼란을 일으킨 데 대한 책임을 묻는다. 호텔에 들어가 잘 방을 알아보지만 미성년자라서 방을 내 줄 수가 없다 한다. 마녀에 대한 신비함과 동경은 옛말이 돼 버린 삭막한 도시에서 견습 마녀 키키는 좌절한다. 하지만 마음씨 좋은 오소노 아줌마를 만나고, 오소노 아줌마의 빵집에서 배달부 일을 하면서 도시생활을 하게 된다. 귀여운 검은 고양이 지지, 하늘을 나는 것에 관심이 많은 소년 톰보, 배달 가서 만난 자상한 할머니, 자유분방한 소녀 화가 우르슬라……. 정겨운 등장인물들과 키키가 펼치는 순수하면서도 다소 애잔한 이야기가 잔잔히 흘러간다.

미야자키는 자연 친화 의식과 급격한 과학 발전에 대한 비관적 주제의식을 작품에 녹여내는 게 특징인데, 이 영화는 그러한 주제가 그다지 강하게 드러나지는 않는다. 미야자키 자신의 원작이 아닌 타인의 원작 소설을 애니메이션화 했기 때문이다. 하지만 좌절과 소외 속에 성숙해 가는 키키, 드넓은 파란 바다, 바다를 끼고 곡선으로 나 있는 도로를 신나게 자전거 타고 달리는 모습, 마을의 수채화 빛깔 풍경 등 아름다운 색채감과 환상적이고 감동적인 스토리에다가 히사이지 조의 선율이 더해져서 미야자키 하야오의 영화는 완성된다.

작곡가 히사이시 조가 지휘하는 지브리 25주년 콘서트. 미야자키 하야오 감독의 영화 배경음악 연주회. 동영상을 통해서이긴 하지만 진한 감동에 휩싸인다. 대규모 합창단과 오케스트라의 웅장한 연주,

선율을 타고 스크린에 펼쳐지는 영화 화면, 상상력과 동심, 자연과 음악, 색과 선의 절묘한 멜로디이다. 인간의 마음속에 있는 가장 곱고 섬세한 가락을 뽑아서 엮은 듯했다. 신이 창조한 아름다운 자연에게 인간이 바칠 수 있는 최고의 찬송 소리 같았다.

오케스트라 연주 모습 속에 둥근 호른을 들고 연주하는 대원들을 보면서 얼마 전 아들의 학교 오케스트라 정기연주회에서 호른을 연주했던 아들의 모습이 떠오른다.

1년을 결산하는 오케스트라의 연말 연주회. 아들은 몇 번 물어본 뒤에야 연주회 장소와 시간을 이야기했다. 딸과 나는 천천히 저녁 길을 걸어서 공연장에 일찌감치 도착했다. 서울에 있어 오지 못하는 남편이 자기 이름으로 꽃다발을 신청해서 주라고 했지만 소심한 아들은 꽃다발을 좋아하지 않을 터였다. 오직 게임과 영화에만 관심을 보이는 아이. 학교생활을 물어봐도 아무 대답이 없고 매사에 시큰둥하며 공부는 더더욱 관심 밖인 사춘기 아들. 아들이 학교에서 본인의 의지대로 선택한 유일한 한 가지가 학교 오케스트라에 가입한 것이었다.

어릴 적에 피아노학원을 잠깐 다니다가 그만둔 뒤 악기 연주라고는 해 보지 않은 아들이 중학교 입학을 해서는 오케스트라에 가입을 하겠다고 했다. 본인이 하고 싶었던 것이 하나도 없던 아이였기 때문에 그 소리가 무척 반가웠다. 1학년 때 같이 가입한 친구들은 힘든 오케스트라 생활을 견디다 못해서 거의 탈퇴를 했지만, 2학년이 끝나가는 지금까지도 아들은 탈퇴할 생각이 없다 했다. 1년 내내 학교에 일찍 등교해서 매일 연습해야 하며 점심시간도 놀지 못하고 연습을 해야 한다고 했다. 연주회나 대회가 있는 무렵이면 휴일도 불려 나가고 밤늦게까지 연습해야 하고 방학 때도 특별훈련을 받아야 했다.

인내력이라고는 없는 아들이 그 어려운 과정을 겪으면서도 그만두겠다는 말이 없는 것을 보고 내심 대견했다. 특히 2학년 올라오면서 오케스트라 담당 선생님이 바뀌었는데, 새로 온 선생님은 아들 표현을 빌리자면, '성질이 지랄' 같았다.

중학생 수준에는 너무 벅찬 대곡, 차이콥스키 교향곡 제4번 바단조 '운명' 4악장 전곡 연주. 해마다 경남의 중학교 오케스트라 대회에서 우승을 독차지한 16년 전통의 오케스트라단이었지만, 차이콥스키의 '운명'은 중학생이 소화하기에는 너무 어려운 곡이었다. 새 선생님은 혹독하게 아이들을 훈련시켰고, 아들 말로는 연주회 직전까지 마이크 집어 던지고 화가 나서 나가곤 했다 한다. 어쨌거나 올해도 어김없이 대회에서 우승을 차지했고, 1년을 마감하는 정기연주회 공연을 하는 자리였다.

1부에는 '불가능에 도전하여 희망을 노래하다'라는 주제로 대회 참여곡이었던 차이콥스키 교향곡 제4번 바단조 '운명' 전곡을 한 시간 가량 연주했다. 끝에서 두 번째 줄에서 호른을 연주하는 아들을 눈으로 찾았지만 잘 보이지 않았다. 하지만 평소에 집중해서 하는 일이라고는 게임하는 것뿐이었던 아들이 한 시간 넘게 연주에 몰입한다는 사실에서 무엇보다 감격을 하였다.

2부는 '관현악의 흥과 멋에 빠지다'라는 주제로 차이콥스키의 경쾌한 '슬라브 행진곡'을 비롯해, 졸업생 연주자와 함께한 클라리넷협주곡 제1번 바단조 1악장, 캐리비언의 해적, 아프리칸 심포니, 맘보 No.5 등 신나는 공연이 이어졌다. 앵콜곡으로 '맘마미아', 아바의 노래를 신나게 연주하여 객석도 무대 위 연주자들도 함께 들썩였다. 중학교 오케스트라 공연으로는 대단한 성공이었다.

북적이는 대기실에는 들어가지 못하고 먼저 집에 왔다. 아들은 꽃다발과 선물을 가지고 상기된 표정으로 밤 10시가 한참 지난 뒤 집에 왔다. 담임선생님이 꽃다발을 주었는데, "민이 보려고 왔다." 했다면서 으쓱해 했다. 클라리넷협주곡 연주를 할 때 몇 명 안 남은 호른 연주자에 자신이 뽑혀서 연주를 했고, 2부 순서에서 신나는 곡을 연주할 때 자신도 춤을 추었다 했다. 2시간 이상 공연을 했는데, 힘들지 않았냐 물으니 관객들의 환호와 박수를 받아서 힘이 하나도 들지 않았다 한다. 앞으로 호른 연주자가 되고 싶다고 했다. 속으로 호른 연주자가 될 정도의 실력은 아닌 듯하다고 생각했지만 대단하다, 멋있다며 격려를 하니 아들 어깨가 끝도 없이 올라갔다.

일본 여성 싱어송라이터, 아라이 유미가 부른 〈마녀 배달부 키키〉의 주제가 '상냥함에 감싸인다면'의 가사이다.

나 어릴 때에는 하느님이 있어서

신기하게도 꿈을 이루어 주었지

상쾌한 기분으로 눈을 뜬 아침에는

어른이 되어서도 기적이 일어나요

커튼을 젖히고 조용히 나뭇잎 새로 비치는 햇빛의

부드러움에 싸일 수 있다면 분명

눈에 비치는 모든 것들은 메시지

나 어릴 때에는 하느님이 있어서

매일 사랑을 보내주곤 했었지

마음 깊숙이에 넣고 잊고 있었던

소중한 상자를 열 때는 지금이야

비가 그친 뒤의 뜨락에서 치자나무 향기의

부드러움에 싸일 수 있다면 분명

눈에 비치는 모든 것들은 메시지

잘 하는 것 하나 없어 보이는 아들이지만 음악이 주는 감동을 알아
간다면, 상쾌한 아침의 나뭇잎 새로 비치는 햇빛의 부드러움, 비가
그친 뒤의 뜨락에서 풍겨나는 치자나무 향기의 부드러움을 음악 속
에서 만난다면, 노력과 땀으로 이룬 화음의 성취감 속에서 꿈을 꿀
수가 있다면……

북한 김정은도 겁나서 못 쳐들어온다는 대한민국의 무서운 중2지
만, 지금 이 모습 이대로의 아들이, 시인의 말을 빌리자면, '좋다!'

어떤 기쁨

―
고
은
―

지금 내가 생각하고 있는 것은

세계의 어디선가

누가 생각했던 것

울지 마라

지금 내가 생각하고 있는 것은

세계의 어디선가

누가 생각하고 있는 것

울지 마라

지금 내가 생각하고 있는 것은

세계의 어디선가

누가 막 생각하려는 것

울지 마라

얼마나 기쁜 일인가

이 세계에서

이 세계의 어디에서

나는 수많은 나로 이루어졌다

얼마나 기쁜 일인가

나는 수많은 남과 남으로 이루어졌다

울지 마라

● 　지금 나의 생각은 과거의 누군가의 것이다. 나 혼자만의 것은 아니다. 마찬가지로 현재를 살아가는 누군가도 지금 나와 같은 생각을 하고 있다. 과거와 현재, 미래 속에 나와 남은 연결되어 있다.

　지금 울고 있는가. 당신만 울고 있는 것이 아니다. 이 세상에는 당신과 같은 수많은 존재들이 똑같은 이유로 울고 있다. 나의 슬픔은 누군가의 슬픔으로 이어진다. 나만의 아픔은 아니다. 그러니, 아무리 아파도 울지 마라. 오히려 기뻐하라. 내 마음을 아는 수많은 남과 남이 함께한다. 나의 지친 어깨를 받쳐 줄 수많은 남들로 이루어진 세상이다. 같이 가는 누군가가 가득한 세상은 얼마나 기쁜 세상인가.

우리는 이러한 기쁨을 어디에서 발견할까.

　문학을 공부하고 가르치면서 작품 속에서 수많은 나를 만난다. 천년도 넘은 신라시대의 향가에서 나와 비슷한 슬픔을 지닌 사람을 만난다. 황진이의 시조에서 사랑에 가슴 아파하는 나를 만나며, 윤동주, 이육사의 시에서 시대와 역사에 아파하는 나의 또 다른 자아를 만난다.

　중학교 시절 목소리 좋던 국어선생님은 국어시간마다 교과서의 작품을 아무 설명 없이 죽죽 낭독하기만 했다. 나는 선생님의 목소리를 들으면서 상상의 날개를 폈다. 주인공을 상상하고 시공간을 넘어서 그들의 감정과 공감을 했다. 그때의 시나 소설들이 아직도 아련하게 가슴에 남아 있다.

　그랬던 것이 고등학교에 입학하며 국어가 싫어졌다. 읽고, 줄치고, 외우고……. 글은 상상력과 꿈을 꾸는 대상이 아니라, 분석하고 외우는 대상이 되었다. 한 번씩 감동적인 작품을 만날 때도 있었지만 그것마저도 어김없이 날카로운 매쓰로 쪼개고 자르고 분석했다. 감동은 떠나가고 정형화된 패턴만 남아서 부담스러운 지식덩이로 전락했다. 국어시간이 부담스럽고 따분했다.

　겨울방학을 맞아 집에 온 딸아이. 학교 보충수업에 빠지고 집에 있겠다 했다. 1년간 집을 떠나 생활해 보니 집이 그리웠나 보다. 그래라 했다. 딸은 오던 날부터 밤늦게까지 박경리의 《토지》 탐독 삼매경이었다. 20권이 넘는 책을 다 읽으려면 방학 내내 읽어야 할지도 모를 일이었다.

"작가는 도대체 이런 소설을 어떻게 썼을까.", "그 시절에는 컴퓨터도 없었을 텐데 손으로 다 적었단 말야?", "사람들이 많이 나오는데 대체 주인공이 누구지?" 딸의 질문이 쏟아졌다. 푹 빠진 모양이다.

부모 마음으로, '토지 전권은 대학 가서 다 읽고, 지금은 국어, 영어, 수학 공부 좀 하지?' 하는 말이 목에 올라오는 걸 꾹 참는다. 그래도 명색이 직업이 국어교사인데, 고등학생 딸아이가 우리나라의 명작 소설,《토지》읽는 즐거움에 빠져 있다는 사실을 바람직하다고 칭찬을 못 해 줄망정……

딸이 공부를 꽤 하는 고등학교에 들어갔다는 소식에 같은 또래의 아이를 가진 선생들은 묻는다.

"성적 얼마야? 몇 등 해?"

별로 할 말이 없다. 딸도 자세히 말 안 하고, 나도 성적표를 건성으로 봤다. 별로 잘 하는 것 같지는 않다.

밤이건 낮이건 공부만 하는 아이들. 밤 9시까지 학교에서 자습한 뒤, 새벽 한두 시까지 학원에 과외에 다니느라 밤에 잘 틈도 없다. 고3은 휴일도 주말도 없다. 20년 전이든, 지금이든 대한민국 고등학생의 삶은 달라진 게 없다. 더 심해졌으면 더 심해졌다.

장래희망을 적는 란을 대하는 아이들의 표정은 대부분이 망연자실이다. 나는 누구? 여기는 어디? 라는 표정. 그도 그럴 것이 내가 좋아하는 것, 내가 하고 싶은 것, 내가 잘 하는 것. 내 가슴이 뛰는 것 등 진지하게 '나'에 대해 생각해 본 적이 없는 아이들이다.

의대에 간 아들이 휴학을 하고 자기가 하고 싶은 공부를 하고 싶다 한다며 걱정이라고 말하는 선생님. 오지선다형 수능 문제를 푼 성적 순으로 대학에 간다. 최선을 다해 스펙을 긁어모아서 만든 3년 만의 결과물인 자기소개서로 대학 가는 아이들이다. 생활기록부에 적었으면 하는 것을 조목조목 적어 오는 아이들. 심지어 어떤 부모는 교사 추천서 내용까지 들고 오기도 한다. 학교 선생은 엄마의 욕심을 뒷받침해 주는 수단인지도 모른다. 입시의 성공 조건은 '할아버지의 경제력, 엄마의 정보력, 아빠의 무관심'이라는 말이 있다.

수시로 아들을 대학에 보낸 어머니의 강연회를 학교에서 열었다. 어머니의 눈물겨운 노력, 해박한 정보력, 그 결과로 얻게 된 아들의 화려한 스펙의 향연. 수시로 서울대에 보내기 위해서 어머니가 해야 할 일들에 대해 열변을 토하는 강사의 말을 들으며 선생인 나도 못하는 열정을 가진 이 시대 엄마들의 열성에 탄복했다.

엄마들이 손 걷고 나서서 만들어 가는 아이들의 미래. 나는 누구? 내가 하고 싶은 것은 무엇? 자신에 대해 깊이 탐구하고 스스로 하고 싶은 것을 찾기 위해서는 혼자 내버려두는 시간이 우리 아이들에게 필요하지 않을까도 싶다. 남들보다 좀 뒤처져도 말이다. 인생은 엄마들의 품에만 있기에는 너무 길기 때문이기에 말이다.

누구보다 입시 선봉에서 서울대 보내기에 앞장섰던 교장선생님이 연수를 다녀와서 교사들의 수업 방향을 바꾸어야 한다고 강조한다. 우리나라 아이들은 쓸모없는 공부를 하느라 12년을 헛수고한다고 한다. 요즘 교육부의 방향이 단순 암기식 공부를 지양하고, 창의성을 기르기 위한 수업을 권장하는 것이라고 한다. 토론 수업, 발표 수업, 탐구 수업 등 활동 중심 수업을 강조한다.

수능이 없어진다 해도 면접, 논술에서 이미 정답이 정해져 있을 텐데, 대학 입시는 여전히 정해져 있는 답을 요구하고, 창의력 기르는 문제를 아무리 내어도 벌써 사교육 담당자들이 문제를 입수하여 풀이방법을 가르치고 있을 텐데, 대학 입시가 바뀌지 않는데 학교 현장에서 토론 수업, 발표 수업, 탐구 수업을 한다 해서 그것들이 대학 입시에 효과가 있을까. 사교육을 따라갈 수 있을까. 서울대에 못 보내고 수능 성적이 떨어지고 나면 그 부담은 고스란히 선생들의 몫일 텐데 말이다. 학교도, 학부모도, 학생들도 좋아하지 않을 텐데 말이다. 교육적 이상과 현실의 틈바구니에서 이 시대 선생들은 이리저리 시달린다.

아버지는 고된 생활 속에서도 책 사 모으는 일에는 누구보다 앞장섰다. 아직도 기억나는 책장에 빽빽이 꽂혀 있던 책들, 어머니는 지저분하다며 집을 옮길 때 책 좀 버리라고 성화였고, 아버지는 할 수 없이 그 많은 책 대부분을 고물상에 줘 버렸다. 그때 나도 어머니의 잔소리가 맞다고 속으로 동조했지만, 지금 와서 생각해 보면 아버지

책장에는 지금은 보기 힘든 책들이 많았다. 사상계 전체, 정지용, 윤동주, 함석헌 모두 초간본들로, 지금은 구할 수 없는 귀한 책들이었는데 말이다.

과외도 학원도 없던 시절, 학교 갔다 오면 늘 시간이 남아돌았다. 시간 보내는 일 가운데 하나가 책읽기였다. 아버지가 자식들을 위해 샀던 위인전, 한국동화전집, 세계명작소설 전집 등을 보다가 가끔씩 아버지의 책들을 빼 보기도 했다. 그 책들 중에는 정지용, 김남주, 김소월, 함석헌의 책들이 있었다.

그 시절 나에게 책은 나와 똑같은 생각을 하며 살아가는 사람들을 만나는 통로였다. 가 보지 않은 곳, 만나 보지 않은 사람들. 책을 통해서 미지의 세계를 여행하고 책을 통해서 사람들을 만났다. 지금 국어선생을 할 수 있는 토대가 거기에 있다고 생각한다.

지식이 넘쳐나는 시대에 수많은 지식에 향기를 돌게 하는 것은 문학적 감성이 아닐까. 저급한 감상주의가 아닌 고귀하고 고운 감성. 값싼 속물성이 아닌 품위 있는 인간성, 교양과 배려가 이 시대 사람들에게 무엇보다 필요한 것이 아닐까.

요즘 책을 읽는 사람들이 많지 않다고 한다. 자기계발서가 게 중 잘 나가긴 하지만, 그럼에도 불구하고 컴퓨터와 영화, 휴대폰 등에 떠밀려 책은 구시대 유물로 취급받는 경향이 없잖아 있는 것 같다.

자기계발서가 아닌 문학작품의 품위가 그립다. 인터넷에서 보는 글이 아닌 인쇄물의 전아함이 그립다.

기술의 발전만큼 기계화된 인간의 삭막한 정신세계에 문학의 향기가 전해졌으면 좋겠다.

소설 속에서, 시 속에서 나와 같은 감정을 지닌 인간들을 만난다. 세상 사람들의 속내는 모두 통한다. 내가 우는 것처럼 다른 이도 같은 이유로 울고 있다. 나만 못난 것 아니며, 나만 슬픈 것 아니고, 나만 고독한 게 아니다. 이 세상 사람들 모두 아프고, 슬프고, 고독하다. 같이 느끼고 같이 생각하고 같이 살아간다는 동류의식과 공감 속에 기쁨이 있다. 아픔을 견딜 수 있는 힘이 있다.

인쇄물의 따스한 기운을 느끼며 한 장 한 장 침을 발라 가면서 천천히 읽어 가는 재미. 읽다가 머리에 베고 잠이 들기도 하고, 좋은 부분은 줄을 치기도 하고 떠오르는 생각은 메모를 하기도 하면서 책을 읽는 맛이 쏠쏠하다. 먼 훗날, 이전에 읽었던 책을 찾아서 다시 읽을 때, 지난 날 나의 고민과 눈물 자국을 만나게 된다면, 잃어버린 나를 되찾아 다시 출발할 수 있는 힘을 얻을 수 있을 것이다.

이 시대 아이들에게 하루 종일 책읽기 공부를 시키면 어떨까. 유대인 남자들은 하루 종일 마을 회당에서 《탈무드》를 읽고 연구하고, 토론을 하면서 일생을 보낸다 한다.

초등학교부터 대학교까지 학교는 거대한 도서관이 된다면 얼마나 좋을까. 그 속에서 두 명씩, 세 명씩 아이들이 마주 앉아 책을 읽고 생각을 나누고 쟁점을 토론하는 것이 우리나라의 공부 방식이라면 어떨까.

책 속에 과거, 현재, 미래가 있다. 같이 울고 웃으면서 함께 열어
가는 세상이 있다.

참 좋은 말

— 천양희 —

내 몸에서 가장 강한 것은 혀

한 잎의 혀로

참, 좋은 말을 쓴다.

미소를 한 육백 개나 가지고 싶다는 말

네가 웃는 것으로 세상 끝났으면 좋겠다는 말

오늘 죽을 사람처럼 사랑하라는 말

내 마음에서 가장 강한 것은 슬픔

한 줄기의 슬픔으로

참, 좋은 말의 힘이 된다.

바닥이 없다면 하늘도 없다는 말

물방울 작지만 큰 그릇 채운다는 말

짧은 노래는 후렴이 없다는 말

세상에서 가장 강한 것은 말

한 송이의 말로

참, 좋은 말을 꽃피운다.

세상에서 가장 먼 길은 머리에서 가슴까지 가는 길이란 말

사라지는 것들은 뒤에 여백을 남긴다는 말

옛날은 가는 것이 아니라 이렇게 자꾸 온다는 말

●   혀가 내 몸에서 가장 강하다. 상대방을 기쁘고 행복하게 만드는 말을 할 수 있기 때문이다. 슬픔이 내 마음에서 가장 강하다. 위로와 격려의 말을 생산하는 원동력이 슬픔이기 때문이다. 그러고 보면 이 세상에서 가장 강한 것은 말이다. 혀로 하는 말이 상대를 기쁘게 하고 슬픔이 낳은 말이 상대를 위로하기 때문이다. 혀와 슬픔의 강력함은 말을 통해 빛을 발한다. 그래서 말은 강력한 것이다. 참 좋은 것이다.

10년도 훨씬 전의 이야기이다. 학교에 온 지 얼마 되지 않은 초보

교사 시절, 복도를 지나가는데, 등 뒤에서 "씨발 년아!" 하는 소리가 들렸다. 쉬는 시간이라 복도에는 아이들로 북적였고, 수많은 잡음들 사이에 파묻히는 그리 크지 않은 소리였지만, 나는 깜짝 놀랐다. 왜냐하면 남학교였기 때문에 아무리 둘러봐도 '년'이라고 이름 부를 대상은 복도에 나 혼자뿐이었기 때문이었다. 햇병아리 선생이고 내가 가르치는 학년이 아니었기 때문에 내 얼굴을 아는 학생들도 없긴 했지만, 그 소리에 충격을 받아 소리 나는 쪽으로 뒤를 돌아다보았다. 북적이는 아이들 틈에서 소리 임자는 찾을 수가 없었다. 학교 온 첫날, 운동장을 지나가다가 학생이 찬 축구공에 머리를 맞고 잠깐 쓰러졌다. 그때의 충격과 비슷한 충격이었다.

얼마 지나지 않아 '씨발 년'이라는 호칭이 남학생들이 서로를 향해 부르는 말이라는 것을 알았다.

2009년에 방영된 KBS스페셜, '실태보고 – 10대 욕에 중독되다'를 보면 엄마들은 대부분 자신의 아이들은 욕을 모르고, 욕을 하지 않을 거라 생각을 한다. 하지만 자녀가 욕하는 화면을 보고 대부분 충격을 받았다. 2007년 서울 수도권 중고생을 대상으로 조사한 결과, 중학교 남학생 99퍼센트, 여학생 95퍼센트, 고등학교 남학생 93퍼센트, 여학생 97퍼센트가 욕을 한다고 한다. 10년이 지난 지금의 아이들은 그때와 달라졌을까?

게임방에서는 폭력적인 게임을 하면서 욕을 입에 달고 있다. 휴대전화 채팅방 역시 욕의 산실이다. 채팅방에서 '욕배틀'이라 해서 누가 욕을 잘 하는지 겨루는 채팅도 있다 한다. 영화에서도 멋진 연예인들 입에서 거침없이 욕이 쏟아진다.

2013년 MBC에서 한글날 특집으로 '실험다큐 말의 힘'을 방영했다. 실험자들에게 긍정어와 부정어를 뒤섞어 30개의 단어를 보여 주고 한참 후 생각나는 단어를 적으라고 하는 실험을 했다. 대부분의 실험자가 부정적 단어를 70퍼센트 가까이 기억을 더 많이 했다고 한다. 막말, 욕설 등은 뇌의 변연계를 자극하는데, 변연계는 불안, 공포 등의 기억에 관련하는 부분이다. 욕을 들어 변연계가 활성화되면 부정적 정서가 활성화하여 같이 욕을 하는 악순환을 불러온다 한다.

민원 상담원들은 온종일 걸려 오는 전화에서 욕과 막말, 심지어는 가족에 대한 모욕까지 듣는 경우가 허다하다고 한다. 대부분의 상담원들이 우울증, 공황장애를 앓고 있고, 심장이 너무 뛰어 응급실로 실려 가기도 하고, 유산을 하는 경우도 있다고 한다.

인터넷 악성 댓글로 자살을 한 연예인들의 경우도 익명성의 가면을 쓰고 장난삼아 하는 욕설이 당사자들에게 얼마나 큰 고통을 주는지를 보여주는 좋은 예이다.

극장에서 옆자리에 밍크 조끼를 입은 귀부인인 듯한 40세 전후의 아주머니가 친구들과 나란히 앉았다. 앉자마자 "씨발~!"부터 시작해서 내뱉은 말들이 거칠기 짝이 없었다. 옆자리의 딸이 눈살을 찌푸렸다. 귀티 나는 차림새에 예쁘장하게 생긴 외모와 참 어울리지 않았다. 밖을 가꾸는 것처럼 내면을 가꾸었으면 좋았을 것이라 생각했다.

뿐만 아니라 거릴 걷다 보면 성인이든, 대학생이든, 중고생이든 할 것 없이 말을 할 때마다 욕을 입에 달고 있는 사람들을 흔히 볼 수 있다. 우리나라 사람들처럼 학력이 높은 국민이 없다고 하는데, 학력이 높아질수록 말씨에도 교양이 묻어 나와야 하는 것이 아닐까.

남학교에서 근 20년간 생활하다 보니 내 말도 보통사람의 말보다는 세다. 남학교에서 남자아이들과 친근하게 지내는 방법 중의 하나가 그들이 즐겨 쓰는 용어를 선생님이 구사하는 것이다. 남학생 틈에 섞여서 무심코 습관적으로 쓰는 용어들이 객관적인 기준으로 보았을 때는 문제가 적잖이 많았다. 요즘 아이들 말이 거칠다고 개탄하면서 그들이 쓰는 용어를 나도 흉내 내서 쓰는 경우가 많았던 것이다.

'지랄'이라는 말은 간질병으로 발작을 한다는 말이며, '염병'은 장티푸스, 전염병을 뜻하는 말이다. '지랄, 염병하고 있네!'라는 말은 '간질병으로 입에 거품 물고, 장티푸스 전염병 앓고 있네!'라는 뜻이 된다.

아이들이 많이 쓰는 욕들의 뜻을 몇 가지 더 살펴보면, '씨발'은 '씹을 할'이라는 말로, '씹'은 여성의 성기 또는 성행위를 뜻하는 말이다. 그래서 '씨발 년'은 '성행위를 할 여자', '성을 팔 여자'의 뜻으로 창녀를 뜻하는 말이다. 비슷한 말로 '니미 씨팔놈'이라는 말은 '너희 어머니의 성기를 팔 녀석아!'라는 뜻이다.

'존나' 또한 아이들이 말끝마다 달고 있는 말이다. '존나'는 '좆나'에서 나온 말로 남자의 성기가 나올 만큼 흥분한, 발기할 만큼 흥분함을 뜻한다. '존나 미치겠네!'라는 말은 '발기할 만큼 흥분해서 정신 이상이 오겠네!'라는 뜻이 된다. 이외에도 일상생활에서 아이들이 쉽게 쓰는 욕설들의 뜻을 들여다보면 가슴이 철렁! 내려앉고 만다.

'저가 저주하기를 좋아하더니 그것이 자기에게 임하고 축복하기를 기뻐 아니하더니 복이 저를 멀리 떠났으며
또 저주하기를 옷 입 듯 하더니 저주가 물 같이 그 내부에 들어가며 기름 같이 그 뼈에 들어갔나이다.'

《성경》의 시편 109편 17절, 18절의 말이다.

저주하기를 좋아한 사람에게 저주가 임하였고, 저주를 매일 했더니 저주가 물과 기름 같이 내부에, 뼈에 스며들어 갔다고 한다. 남에게 퍼붓는 저주가 부메랑이 되어 자기에게 되돌아온다는 경고의 말이다. 생각 없이 내뱉은 말들이 얼마나 상대에게 해를 끼치는 말이었는지를 생각하니 온몸이 저려온다. 그동안 무심코 내뱉은 말에 아이들이 상처를 입었다면 무릎이라도 꿇고 사죄를 해야 할 일이다.

나는 시인이 '참 좋은 말'에 대한 시를 쓴 것에 감사를 한다. 독이 될 수 있는 말이 너무 많은 세상이다 보니 의식적으로라도 좋은 말에 대한 글을 더 많이 써야 할 것 같다. 매일 좋은 말을 구호처럼 외쳐야 할 일이다. 온갖 독설과 거친 말에 익숙해 있는 혀에 재갈을 물려야 할 것이다.

행복과 위로를 주는 말, 용기를 주고 격려하는 말, 칭찬하는 말, 이 세상에는 독설과 저주만 있는 것이 아니라, '참 좋은 말'이 훨씬 더 많다.

다른 사람이 아니라 나부터 혀를 깨물어서라도 좋은 말만을 해야 하겠다.

알 수 없어요

─
한
용
운
─

바람도 없는 공중에 수직의 파문을 내이며 고요히 떨어지는 오동잎
은 누구의 발자취입니까

지리한 장마 끝에 서풍에 몰려가는 무서운 검은 구름의 터진 틈으로
언뜻언뜻 보이는 푸른 하늘은 누구의 얼굴입니까

꽃도 없는 깊은 나무에 푸른 이끼를 거쳐서 옛 탑(塔) 위의 고요한
하늘을 스치는 알 수 없는 향기는 누구의 입김입니까

근원은 알지도 못할 곳에서 나서 돌부리에 울리고 가늘게 흐르는 작
은 시내는 굽이굽이 누구의 노래입니까

연꽃 같은 발꿈치로 가이없는 바다를 밟고 옥 같은 손으로 끝없는
하늘을 만지면서 떨어지는 해를 곱게 단장하는 저녁놀은 누구의 시
(詩)입니까

타고 남은 재가 다시 기름이 됩니다. 그칠 줄을 모르고 타는 나의 가
슴은 누구의 밤을 지키는 약한 등불입니까

● 　　고요히 떨어지는 오동잎은 임의 발자취이다. 검은 구름 사이
로 보이는 푸른 하늘은 임의 얼굴이다. 시인은 고요히 떨어지는 오동
잎에서 임의 발자취를 발견한다. 검은 구름 사이에서 보이는 푸른 하
늘에서 임의 얼굴을 그리워한다. 옛 탑 위로 피어오르는 향기에서 임
의 입김을, 작은 시내에서 임의 노래를, 바다와 하늘을 아름답게 물
들이는 저녁놀에서 임의 시를 느낀다.

타다 남은 재가 다시 기름이 되어 끊임없이 타듯이 임을 향한 시인
의 그리움은 밤을 지키는 등불처럼 타오르고 있다.

화자는 일상의 자연 속에서 임을 발견한다. 애타게 그리워하는 임
은 멀리 있지 않다. 소소한 일상 속에 존재한다. 고요히 떨어지는 오
동잎, 장마 끝자락에서 언뜻 보이는 푸른 하늘, 꽃 없는 나무, 옛 탑
의 향기, 가늘게 흐르는 작은 시내, 떨어지는 고운 해. 눈결이 닿는
일상의 자리마다 임의 숨결과 임의 노래가 퍼져나간다.

한용운 시인이 시 속에서 간절히 찾고 있는 임은 일제 치하의 잃어
버린 조국이라고 해석하기도 한다. 한용운 시인은 오지 않을 것 같은
광복인 임을 멀리 있는 존재로 인식하지 않는다. 오히려 현재 내가
발을 디디고 살고 있는 이 곳, 이 시간 속에서 일어나는 작은 것들 속
에서 임의 존재를 확인하고 임을 느낀다. 현실이 암담할수록 우리 주

변의 일상적 삶은 더더욱 소중하고 아름답다. 일상의 아름다운 속삭임에 귀를 기울이는 것이 행복의 출발점이다.

1990년대 강인원, 권인하, 김현식이 부른 노래로 '비오는 날의 수채화'라는 노래가 있다.

> 빗방울 떨어지는 그 거리에 서서
> 그대 숨 소리 살아 있는 듯 느껴지며
> 깨끗한 붓 하나를 숨기듯 지니고 나와
> 거리에 투명하게 색칠을 하지
> 음악이 흐르는 그 카페엔 초콜렛색 물감으로
> 빗방울 그려진 그 가로등불 아랜 보라색 물감으로
> 세상 사람 모두 다 도화지 속에 그려진
> 풍경처럼 행복하면 좋겠네
> 욕심많은 사람들 얼굴 찌푸린 사람들
> 마치 그림처럼 행복하면 좋겠어

한용운의 '알 수 없어요'를 읽다가 문득 이 노래가 생각났다. 비오는 거리를 아름답게 채색을 한다는 노래이다. 아름다운 색깔로 빛을 발하는 거리의 모습처럼 그 속에서 살아가는 사람들이 행복해지기를 바라는 마음을 노래하고 있다. 욕심 많고 찌푸린 사람들이 그림처럼, 풍경처럼 빛나기를 바라는 것이다. 이와 같이 보는 이의 마음에 따라 같은 풍경이 다르게 다가오는 법이지 않을까.

2016년 노벨문학상 수상자 밥 딜런. 노벨문학상 역사 115년 만에 처음으로 대중가수가 수상자로 선정되자 온 세상이 깜짝 놀랐다. 노벨문학상을 시상한 스웨덴 한림원은 선정 이유를 다음과 같이 밝혔다.

"밥 딜런은 위대한 미국의 노래 전통 속에서 새로운 시적詩的 표현을 창조해 왔다."

사라 다니우스 한림원 사무총장은 밥 딜런의 노래를 '귀를 위한 시'라고 극찬하면서 "오천 년 전 호머와 사포는 노래로 불릴 것을 의도하고 시적인 텍스트를 썼는데, 밥 딜런도 똑같은 길을 걸었다."고 말했다.

밥 딜런은 대중가요를 문학의 수준으로 끌어 올린 예술가이다.

지금 우리가 문학작품으로 알고 있는 우리나라의 옛 시, '향가', '고려가요', '시조' 등도 모두 당시에는 노래였다. 문자가 대중화되지 않았던 시절, 사람들은 노래로 희로애락을 표현했고, 이 노래가 시이고 문학이 되었다.

문학이란 소수 특정인들의 전유물이 아니다. 어떠한 내용, 형식이건 부르는 사람의 마음을 담고 있고, 부르는 사람들에게 위로와 감동의 울림을 줄 수 있다면 그 노래는 문학이 되고 예술이 된다.

그런 의미에서 밥 딜런의 노벨문학상 수상은 어쩌면 당연한 결과일지 모르겠다. 오늘날 대중들의 삶에 가장 영향력을 주는 예술 장르는 대중가요와 영화, 드라마일 것이다. 가장 강력한 영향력이 가장 위대한 문학의 조건이라면 앞으로 영화나 드라마 작가도 노벨문학상을 받을 수도 있을 것이라는 생각을 한다.

문학은 일상생활과 동떨어진 것이며 소수의 사람들만 향유하는 고리타분한 것이 아니다. 중학교, 고등학교 교육이 문학의 즐거움을 앗아가는 방식으로 행해지는 것도 문학과 멀어지는 원인이다. 평소에 우리가 흥얼거리는 노래, 감동받은 영화, 재미있게 보는 드라마도 알고 보면 문학이 될 수 있다. 우리는 문학에 둘러싸여 살아가고 있다.

밥 딜런은 끊임없이 새로운 음악적 시도를 해 온 가수이다. 사회적 저항운동의 상징에서 포크록 장르의 창조자로, 루츠록Roots Rock 음악의 창시자에서, 컨트리록 음악가로 끊임없이 새로운 장르에 도전을 했다.

스티브 잡스는 1998년 〈포천Fortune〉지 인터뷰 기사에서 이렇게 말했다.

"밥 딜런의 가사를 통해 인생을 배웠다. 내 롤모델 중 하나는 밥 딜런이다. 난 그의 가사를 통해 인생을 배웠으며, 그가 늘 안주하지 않는 걸 지켜봤다. 〈중략〉 밥 딜런과 피카소는 늘 실패의 위험을 안고 살았다. 애플이 나에게 그런 대상이었다. 난 실패하고 싶지 않았다. 실패할 때 얼마나 힘들지 상상도 못 했다. 픽사와 내 가족, 명성을 위해 고민해야 했다. 하지만 난 그런 것에 신경 쓰지 않기로 했다. 왜냐면 이것이 내가 정말 원하는 길이기 때문이다. 최선을 다하고도 실패

한다면, 어쨌거나 최선을 다한 것이다."

밥 딜런의 가사를 통해 인생을 배웠다는 스티브 잡스. 그는 딜런의 끊임없는 새로움에 대한 도전을 보면서 실패에 대해 두려워하지 않는 개척자의 정신을 배웠다. 이렇듯 예술가의 삶과 그가 만든 예술은 한 인간의 삶을 바꾸기도 한다.

만해 한용운은 일제 강점기를 살았던 시인, 승려, 독립운동가이다. 1910년 일본이 주창하는 한일불교동맹을 반대하였고, 불교를 개혁하고 불교의 현실 참여를 주장했다. '3·1만세 운동'의 민족대표 33인 중 한 사람이기도 하였으며, '3·1 만세 운동'으로 체포당한 뒤 3년간 서대문 형무소에서 복역을 하였다. 1926년에는 시집《님의 침묵》을 출판하여 저항정신을 천명했다.

한용운과 최남선에 대한 일화이다. 조선총독부로부터 생계비와 연구비를 지원받는 조건으로 친일문학으로 전향한 최남선과 한용운이 탑골공원 근처에서 마주쳤다.

"오랜만이오. 만해."

최남선이 먼저 인사를 하였다.

"당신이 누구요?"라며 냉정하게 대답하는 한용운.

"나는 육당이오. 나를 몰라보겠소?"라는 최남선의 물음에, "뭐, 육당? 그 사람은 내가 장례 지낸 지 오랜 고인이오."라고 말하며 한용운은 사라졌다고 한다.

중일전쟁 이후 압박이 심해지는 가운데서도 한용운은 징용, 일본

군을 찬양하는 글을 쓰지 않았고 일본의 강연 협조 등도 모두 거부하였다. 1937년부터 강요된 신사참배와 일장기 세상을 거부하고 조선총독부의 일본식 호적에 이름도 올리지 않았다.

독립투사이자, 혁명적 불교 이념가, 저항문학가로서 일생을 살다간 한용운은 광복을 한 해 앞둔 1944년 중풍과 영양실조 등의 합병증으로 병사하였다.

매서운 시대 현실을 정면으로 부딪치며 불꽃같은 저항의 삶을 살았지만, 만해 한용운이 남긴 시는 순수하고 여린 감성으로 충만하다.

고요히 떨어지는 오동잎, 폭풍우가 지난 뒤 구름 너머로 보이는 푸른 하늘, 옛 탑에서 풍겨나는 고요한 향기, 가늘게 흐르는 작은 시내, 끝없는 바다와 하늘을 곱게 물들이는 저녁놀.

위대함과 강인함은 일상의 소소함 속에 존재하는 것이 아닐까. 자연의 아름다움 속에 역사를 바꾸는 힘이 있고, 매일 듣는 노래 속에 첨단의 예술이 있다. 여림과 강함, 통속과 예술은 언제나 맞닿아 있다.

너에게 묻는다

—
안
도
현
—

연탄재 함부로 발로 차지 마라.

너는

누구에게 한 번이라도 뜨거운 사람이었느냐.

●   우진이라는 아이, 한 번도 수업시간에 눈을 뜬 적이 없는 아이, 담임은 자기 반 수업을 하는 선생님들에게 우진이를 못 자게 해달라고 신신당부한다. 미련하게 덩치는 크고, 뜬 건지 감은 건지 구분이 안 되는 작은 눈, 그 눈이나마 뜬 적이 별로 없는 아이.

아들의 중학교 오케스트라 발표회에서 우진이를 만났다. 우진이는 나를 보자마자 웃으면서 활기차게 인사를 하고 묻지도 않은 말을 했다.

"내 동생이 연주를 해서 보러 왔어요."

그때만큼 자신감 있고 생기 찬 우진이의 표정을 2년 동안 나는 단한 번도 본 적이 없었다. 우진이는 온 얼굴은 동생에 대한 자부심과 사랑으로 가득했다.

학교에서는 모자라는 아이 취급을 받았지만, 밖에 나오니 동생을 챙기는 든든한 형이며, 선생님께 밝게 웃으며 인사를 건네는 당당하고 예의 바른 고등학생이었다. 우진이의 놀라운 변신을 보면서 학교에서의 모습만으로 학생에 대한 선입견을 가졌던 내 생각이 한 부분으로 전체를 오판하는 편협된 생각이었음을 깨달았다.

공부를 못 해서, 자습시간에 도망을 많이 가서, 수업시간에 잠만 자서, 선생들의 눈에 반도 안 차는 아이들이 있다.

공부를 잘 하는 딸아이가 남동생인 아들이 중학교 입학하기 전에 충고하는 말을 들었다.

"니 그리 공부하지 않으면 중학교부터는 선생님들이 공부 잘 하는 아이와 공부 못 하는 아이 차별을 얼마나 심하게 하는 줄 아나? 나는 공부를 잘 해서 특별대우 받는 경우가 많다. 그런데 공부 못 하는 아이들은 샘들이 쳐다도 안 본다."

중학생 누나가 초등학교를 졸업하는 동생에게 하는 충고이긴 하지만, 선생으로서의 치부를 들킨 것처럼 부끄럽기도 하였다. 나는 딸아이 말대로 성적으로 학생들을 차별한 적이 없었던가.

학교 온 지 얼마 안 돼 복도에 걸려 있던 시이다. 당시 선배 국어선 생님이 복도에 매일 새로운 시를 붙여 놓았는데, 지나가다가 몇 줄 안 되는 시가 강렬하게 눈에 박혔다.

연탄재 함부로 발로 차지 마라.
너는
누구에게 한 번이라도 뜨거운 사람이었느냐.

신입교사 시절, 선배 교사가 붙여 놓은 짧은 글귀 하나에 가슴 찔려하면서 뜨거운 사람이 되지 못하는 자신을 안타까워하던 그 마음이 지금은 과연 남아 있을까. 나이테처럼 마음이 너무 단단해져 버린 것은 아닐까.

학교에서 학생들을 보면서도 가끔 그런 생각을 한다. 별로 잘 하는 것 없고, 의욕도 없고, 꿈도 없고, 나서는 법도 없이, 친구들과 잘 어울리지 못하고 홀로 있는 아이. 남의 눈에 보기에는 보잘 것 없는 존재이지만 그 아이도 누군가의 사랑을 받는 귀중한 존재일 것이다. 수치적인 잣대나 서열로 그들의 가치를 폄하해서는 안 된다.

방학 중 학생들을 데리고 봉사활동을 다녀 온 적이 있었다. 과거에는 중증 한센병 환자들이 많았으나 의학의 발달로 요즘은 중한 병자들이 별로 없고, 중병 환자들은 다른 데서 요양한다고 했다.

정신지체 환자나 거의 나은 한센병 환자들이 요양하는 시설이었다. 관계자는 직전 인솔교사가 따로 지낸 데 대한 아쉬움을 이야기했다. 가기 전에 나도 봉사할 거라는 생각을 했기 때문에 별 거부감 없이 학생들과 같이 봉사 파트를 부여 받고 봉사활동을 하였다. 여자 장애우들이 기거하는 숙소의 화장실, 욕실부터 청소하는 일이 맡겨졌다. 매일같이 청소를 해서인지 별로 지저분하지 않았다. 청소 후에는 점심 배식 전까지 1시간여 동안 여자 장애우 시설에서 장애우들의 말동무가 되어 달라 했다.

어린아이부터 5, 60대까지 섞여 있는 열 명 남짓 되는 장애우들이 모여 있는 곳으로 들어가자마자 당황스러웠다. 내가 이들에게 무슨 말벗이 될 수 있을까. 웃으면서 그들의 행동을 보고 있는데, 20대로 보이는 한 명이 다가와서 내가 해야 할 일을 알려 주었다. 차를 마실 시간이기 때문에 차를 타면 된다 했다. 그러면서 컵을 내고, 인스턴트커피, 율무차 등을 타는 방법, 물을 끓이는 방법 등을 설명했다. 아주 사소한 일이지만 무슨 의식을 치르듯이 질서 정연하고 조심스러운 손길로 차를 타는 것이었다.

나는 시키는 대로 컵을 꺼내라 하면 꺼내고, 물을 부으라 하면 붓고, 서빙을 해라 하면 서빙을 했다. 각자의 컵이 정해져 있었고, 좋아하는 기호들도 각기 달라 물을 많이 붓는 사람, 적게 붓는 사람, 커피를 마시는 사람, 율무차를 마시는 사람이 따로 정해져 있었다. 율무차의 물이 평소보다 많았나 보다. 한 환자가 투덜댔다. 당황스러우면서도 한편, 차 마시고, 놀이 하고, TV 보고, 운동하고, 산책하는 정해진 일상 하나하나가 의식 치르듯이 정성스럽게 이루어지는 세상을 보면서 신기하기도 했다. 이 사람들에게는 그것이 하루의 전부인 것이다. 자고 입고 먹고 하는 활동 하나하나가 정성스럽고, 그 속에서 일어나는 작은 변화, 사건들이 모두 이야기가 되는 곳이었다.

조금 편안해졌는지 십대로 보이는 환자 한 명이 다가오더니 자기가 얼마나 요가를 잘 하는지를 자랑하기 시작했다. 간단한 요가 동작을 해 보이면서 어제는 물구나무서기까지 도전하여 성공했다고 자랑했다. 대단하다, 잘 한다는 맞장구를 치니 더 신나하면서 자랑을 계속 했고, 다른 환자들은 지겹다는 듯이 시큰둥하게 쳐다보았다. 어느새 한 시간이 그럭저럭 별일 없이 지나가고 점심식사 시간이었다. 각자의 위치, 각자의 기호, 각자의 그릇이, 역시 질서 정연하게 고정돼 있었다. 가령 국을 먹지 않는 사람한테는 국을 주면 안 되고, 밥을 반 공기만 떠야 하는 사람, 김치를 안 먹는 사람 등 암묵적인 규칙이 있어서 나는 옆에서 거드는 일을 할 뿐이고 배식하는 봉사자 아주머니가 알아서 음식을 담았다. 다 먹고 난 다음 깔끔하게 그릇을 씻고 닦고 정리하는 일까지 정해진 절차가 있었다. 일상의 하나하나가 큰 일 치르듯이 엄격하고 소중하게 행해졌다.

봉사를 마치고 학생들과 함께 차를 타고 집에 오면서 여기저기서 학생들 이야기가 쏟아졌다. 남자 중병환자 방에 들어갔는데, 자기보고 노래를 부르라고 해서 너무 당황했다, 휠체어 끌고 산책을 하는데 보기보다 너무 힘들었다, 창고 정리하는 데 생각보다 일이 많았다, 등등. 물론 대학 입시를 위한 봉사 스펙 쌓기 목적으로 시작한 일이었지만, 하루 시간 내서 다녀온 의미는 있었다. 나와 다른 일상 속에서 사는 사람들의 생활의 한 부분을 잠깐 엿보고 온 듯한 느낌. 자주 가다 보면 그들의 삶이 보다 익숙해질 것이고, 더불어 살아가는 이웃들이 모습으로 다가올 것 같았다. 방학 때 보충수업하는 것보다 학생들 인솔해서 여기저기 봉사활동 다니는 것도 의미가 있을 듯하였다.

잠시 보고 온 다른 이들의 삶이지만, 자신의 삶의 테두리가 아닌 다른 테두리 속에서 살아가는 사람들의 삶의 현장에서 같이 시간을 보낸다는 것은 인생의 시야를 확장시키는 방법이 아닐까. 청소년 시절에 읽은 글, 경험한 일, 만난 사람은 평생 가슴에 자리를 잡고, 그 때의 경험들이 생각의 방향을 결정할 수도 있다. 단 한 번의 강렬한 경험도 중요하지만, 억지로라도 만드는 작은 일상적 경험들이 모이고 모인다면 낯선 삶이 편안해지고, 멀다고 느낀 사람들이 더불어 사는 이웃처럼 다가오지 않을까 싶다.

취업이 어렵다고 하니까 안정적이며 퇴직 후 연금이 보장되어 있는 교사 자리에 학생들이 몰려든다. 얼마 뽑지 않는 자리를 놓고 임용고시나 사립학교 교직원 채용 시험에 젊은이들이 줄을 서는 세상이다. 선생은 편안하고 안정된 직장이라는 인식 때문일까. 그래서인지 선생이 되고 나면 양심이건 학생들을 위한 헌신이건 찾아볼 수 없이, 회사생활 하듯 학교를 다니는 사람들이 꽤 많다.

일반 회사에서 줄을 서고 무리를 만드는 것처럼 교사 집단도 마찬가지이다. 패거리 문화, 끼리끼리 문화, 사람 사는 곳은 다 마찬가진

가 보다. 편하고 쉬운 자리 찾아다니는 것도 어느 사회나 마찬가지이다. 학교에서도 편한 부서, 편한 자리에 앉으려고 알게 모르게 경쟁이 치열하다. 교사 평가에 싫은 소리 안 들으려면 열심히 가르치는 척해야 하고, 학생들을 위하는 척해야 한다. 자기의 이해관계를 내려놓고 학생들을 위해 몸을 불사르는 선생이 몇이나 될까.

학생과 교사, 학부모와 교사가 서로에 대해 불신이 깊어지는 이유는 무엇일까. 양쪽 모두의 책임일 것이다. 자기 자식의 대학 입학에만 혈안이 돼 다른 아이들을 경쟁상대로만 생각하고 학교와 선생님을 수단으로 여기는 극성 학부모, 아니면 무책임하다 싶을 정도로 자식을 학교에 맡겨두고 나몰라라 방치하는 학부모도 책임이 없지 않다. 또한 자기만 생각하는 이기적인 아이들, 무기력하고 의욕이 없는 아이들도 문제는 있다. 게다가 기능적이고 속물적, 이해타산적인 선생들의 책임은 또 얼마나 큰지 모른다.

이 시대를 살아가는 평범한 시민의 한 사람으로서, 자식을 둔 부모로서, 학생을 가르치는 선생으로서 나는 누군가에게 뜨겁게 자신의 모든 것을 내 준 적이 한 번이라도 있었나 깊이 반성해 볼 문제이다.

미래를 위해서 공부를 하는 아이들에게 선생으로서 부모로서 요구하는 것은 무엇일까. 어떻게 하면 경쟁에서 이길까, 어떻게 하면 남들보다 잘 살 것인가. 그 목표를 위해 쉴 새 없이 달리라고 끊임없이 자극을 준다. 이렇게 배운 아이들이 만들어 가는 세상은 지금보다 더 냉랭하고 싸늘하지는 않을지 걱정이다.

연탄재 같은 존재가 되지 못하는 내가 부끄럽다. 연탄재 같이 뜨거운 사랑을 나누는 사람이 그립다.

• 연탄 한 장 •

또 다른 말도 많고 많지만

삶이란

나 아닌 그 누구에게

기꺼이 연탄 한 장 되는 것

방구들 선득선득해지는 날부터 이듬해 봄까지

조선 팔도 거리에서 제일 아름다운 것은

연탄 차가 부릉부릉

힘쓰며 언덕길 오르는 거라네

해야 할 일이 무엇인가를 알고 있다는 듯이

연탄은, 일단 제 몸에 불이 옮겨 붙었다 하면

하염없이 뜨거워지는 것

매일 따스한 밥과 국물을 퍼먹으면서도 몰랐네

온몸으로 사랑하고 나면

한 덩이 재로 쓸쓸하게 남는 게 두려워

여태껏 나는 그 누구에게 연탄 한 장도 되지 못하였네

생각하면

삶이란

나를 산산이 으깨는 일

눈 내려 세상이 미끄러운 어느 이른 아침에

나 아닌 그 누가 마음 놓고 걸어갈

그 길을 만들 줄도 몰랐었네, 나는

-안도현 -

귀천(歸天)

— 천상병 —

나 하늘로 돌아가리라

새벽빛 와 닿으면 스러지는

이슬 더불어 손에 손을 잡고

나 하늘로 돌아가리라

노을빛 함께 단 둘이서

기슭에서 놀다가 구름 손짓하면은

나 하늘로 돌아가리라

아름다운 이 세상 소풍 끝내는 날.

가서, 아름다웠더라고 말하리라……

● 　이 시를 쓴 천상병 시인은 누구보다 불우한 삶을 살았다. 중학교 시절부터 시와 평론을 발표한 문학청년이었던 천상병은, 서울대 상대를 다니다가 1967년 '동백림 사건'이라는 것에 연루되어 6개월간 옥고를 치렀다. 당시 정보기관인 중앙정보부에 끌려가 호된 고문을 받았다. 간첩 혐의로 기소된 대학 친구의 수첩에서 그의 이름이 발견되었기 때문이었다. 친구에게 막걸리 값으로 오백 원, 천 원씩 받아 썼던 돈이 공작금으로 과장되는 등 억울하게 간첩으로 내몰렸고, 무자비한 고문으로 몸이 심하게 망가졌다. 무혐의로 풀려나긴 했지만, 고문의 후유증에 시달리던 끝에 실종되었다. 아무리 수소문해도 소식을 알 수가 없었다. 주변의 지인들은 그를 행려병자로 사망하였다고 결론을 내린 뒤, 그의 작품들을 모아 유고시집 《새》를 발간했다.

　이 시집이 알려지면서 출판사에 죽은 줄 알았던 천상병이 살아있다는 전화가 걸려 왔다. 폐인이 되어 정신병원에 입원해 있다는 것이었다. 행려병자로 길거리에서 죽어가던 그를 경찰이 정신병원에 보냈고, 마침 그 병원에 근무하던 의사가 천상병 시인을 알아보고 그를 치료하던 중 그의 유고시집이 발간됐다는 소식을 듣고 연락을 한 것이었다. 그때 천상병 시인은 자신의 이름과 자신이 시인이었다는 사실 말고는 아무것도 기억하지 못한 채 심한 자폐 증상에 시달리고 있었다.

　대학 친구의 여동생인 문순옥이 방문한 뒤, 천상병의 병세는 호전되기 시작했다. 이후 문순옥은 천상병의 수호천사가 되었고, 두 사람은 김동리 선생의 주례로 결혼을 하였다. 천상병의 나이 43세, 문순옥은 36세였다. 결혼 후 문순옥에 의해 근근이 생계를 유지하다가 친구들의 도움으로 목순옥은 서울 인사동 골목에 작은 찻집을 열었다. 이 찻집의 이름이 천상병 시인의 시 제목인 '귀천'이었고, 찻집 '귀천'은 예술인, 작가, 언론인, 지식인들의 아지트가 되었다.

천상병은 20여 년의 결혼생활 동안 생계에는 전혀 관심이 없고, 막걸리 한 병, 담배 한 갑이면 천하에 부러울 것이 없었다.

"저승 가는 데도 여비가 든다면 나는 돈이 없어 저승도 못 가겠네."라고 노래했던 천상병 시인.

가난하지만 어린아이 같은 순수한 천상병 시인은 자신의 시 '귀천'처럼 소풍 가듯 하늘나라로 갔다.

'귀천'에서 천상병 시인은 죽음을 '하늘로 돌아가는 것'이라고 묘사한다. 원래 있던 곳으로 돌아가는 것이 죽음이기 때문에 죽음은 지극히 자연스럽고 당연한 일이다. 시인에게 이 세상의 삶은 '노을빛'과 더불어 '노는 일' 또는 '소풍'이다. 소풍이 그러하듯이 잠깐 놀러 나온 것이기 때문에 갈 때가 되면 집으로 돌아가야 한다고 생각한다. 불우한 인생을 살았지만 시인은 이 세상의 삶이 아름다웠노라고 이야기한다. 시인의 불우한 삶에 비추어 본다면 삶과 죽음을 긍정적이고 아름답게 묘사할 수 있다는 것이 무엇보다 놀랍고 감동스럽다.

예전에는 죽음이 마을 안에서 일어났다. 상여 나가는 소리, 곡하는 소리를 종종 들을 수 있었다. 요즘에는 죽음이 일상의 삶과 분리

된 채 병원에서 모두 행해진다. 죽음은 삶과 분리된 채 병원의 영역이 되어 버렸다. 병원에 가 보면 얼마나 다른 세상이 존재하는가. 삶의 영역과 죽음의 영역이 엄격하게 분리 되어 살아가다 보니 삶 속에서 죽음을 생각하는 일이 드물어진 것 같다.

우리나라에서는 암에 걸렸다고 하면 사형 선고 내려진 것처럼 절망적으로 받아들이는 경우가 많다. 반면 외국 사람들은 암을 삶의 일부로 자연스럽게 받아들이고 암과 동행하며 이겨나가려는 마음을 먹는다고 한다. 곧 죽을 것처럼 삶을 포기하는 경우보다 자연스럽게 받아들이는 것이 생존율을 높이는 비결이라 한다. 암을 대하는 태도의 차이는 죽음에 대한 인식의 차이에서 비롯된다. 죽음이 끔찍하고 공포스럽다고 생각할 일이 아니라, 자연스러운 삶의 한 과정이라 생각한다면 보다 여유 있게 인생을 살아갈 수 있을 것이다.

죽음을 삶의 연장으로 바라보는 시가 또 있다. 황동규 시인의 '풍장1'이다.

• 풍장(風葬) 1 •

내 세상 뜨면 풍장시켜 다오
섭섭하지 않게
옷은 입은 채로 전자시계는 가는 채로

손목에 달아 놓고

아주 춥지는 않게

가죽 가방에 넣어 전세 택시에 싣고

군산(群山)에 가서

검색이 심하면

곰소쯤에 가서

통통배에 옮겨 실어다오

가방 속에서 다리 오그리고

그러나 편안히 누워 있다가

선유도 지나 무인도 지나 통통 소리 지나

배가 육지에 허리 대는 기척에

잠시 정신을 잃고

가방 벗기우고 옷 벗기우고

무인도의 늦가을 차가운 햇빛 속에

구두와 양말도 벗기우고

손목시계 부서질 때

남몰래 시간을 떨어뜨리고

바람 속에 익은 붉은 열매에서 툭툭 퉁기는 씨들을

무연히 안 보이듯 바라보며

살을 말리게 해다오

어금니에 박혀 녹스는 백금 조각도

바람 속에서 빛나게 해다오

바람 이불처럼 덮고

화장(化粧)도 해탈(解脫)도 없이

이불 여미듯 바람을 여미고

마지막으로 몸의 피가 다 마를 때까지

바람과 놀게 해다오

-황동규 -

풍장風葬은 시체를 태우고 남은 뼈를 추려 가루로 된 것을 바람에
날리는 장사葬事 방법이다. 시인은 풍장에 대한 염원을 노래하고 있
다. '죽은 후 자신의 시체를 가죽 가방에 넣어 전세 택시를 타고 곰소
쯤에서 통통배로 옮겨 타고 무인도로 가서 풍장을 시켜 달라.'는 것
이다. 죽은 이후지만, '옷을 입은 채로', '전자시계가 가는 대로 손목
에 달아 놓고', '섭섭하지 않게' 등의 표현을 보면 마치 자신의 시신
을 살아있는 것처럼 표현하고 있다. 죽음은 삶의 연속선상이지 삶과
단절된 것이 아니라는 생각이 드러난다. 시신이 '가방 속에 다리 오
그리고 잠시 누웠다가 배가 무인도에 닿으면 충격에 정신을 잠깐 잃
는다.'고 한 표현도 재미있다.
　　무인도의 차가운 햇빛 속에 가방, 옷, 구두, 양말, 손목시계 등 이
승의 모든 것들을 비로소 벗기우고, 바람 속에 익은 붉은 열매들을

초연히 바라보며 풍장하고 싶다고 한다. 풍장 의식을 '바람 속에서 빛나게 해다오', '바람과 놀게 해다오'로 표현한 점에서 알 수 있듯이 죽음에 대한 슬픔과 공포는 없다. 죽음은 자연의 일부로 돌아가는 일이라 생각한다. 천상병 시인의 '귀천'과 마찬가지로 이 시에서도 죽음은 부정적인 것이 아니라 지극히 자연스러운 삶의 과정이다.

시댁의 할아버지는 100세에 돌아가셨다. 아침 드신 후 평소처럼 꼴을 베러 나가셨다가 증조할아버지의 산소 옆에서 한 손에는 낫을 들고 한 손에는 꼴을 한 움큼 쥔 채 비스듬히 주무시는 것처럼 돌아가셨다.

아버지는 자신의 묘지 터를 오빠의 묘지 옆자리로 정해 놓으셨다. 남해바다와 바다 위를 가로지르는 시원한 다리가 보이는 곳으로 남해의 아름다움이 한눈에 내려다보인다. 아버지는 그곳을 공원처럼 아름답게 꾸며서 손자, 손녀들이 소풍 와서 쉬는 공간이 되었으면 좋겠다 했다. 자신의 묘지가 산 자와 죽은 자가 즐겁게 만나는 곳이었으면 한다는 뜻이리라.

어쩌면 죽음은 가장 당연하고 자연스러운 인생의 통과의례 중 하나일 것이다. 산 자들과의 이별이니 슬프지 않을 수는 없지만은 그럼에도 불구하고 시인의 노래처럼 소탈하고 아름답게 한 세상을 떠나는 것도 멋지지 않은가.

눈을 뜨면 들려오는 사건과 사고 소식에 우리는 아마도 거대한 재난 영화 속에서 살아가고 있는 것이 아닐까 싶다. 한편으로는 그 옛날에도, 모르긴 해도 수많은 끔찍한 재난과 재해가 있었을 텐데 오늘날처럼 매체가 발달되지 않아서 단지 저쪽에서 일어나는 일을 이쪽에서 알 수 없었을 것이라는 생각도 해 본다. 지구 반대편에서 일어나는 일이 실시간 인터넷을 타고 내 속 안에서 읽혀지고 있는 세상이라서 더욱 걱정이 늘고 공포심이 깊어가는 것은 아닐까.

그러다가 온 세상에서 일어나는 일들은 촉각을 세우고 놓치지 않으려 하면서 정작 내 속을 들여다 볼 생각은 하지 않는 것이 문득 아이러니처럼 느껴진다.

세상을 보아도 눈물이 나고 나를 돌아보아도 눈물이 난다. 들여다보면 볼수록 눈물 나는 일은 또 왜 그리 많기만 한지. 눈물의 높이 곧 나이 듦일지 모른다. 나이 들수록 세상을 알게 되고, 나와 남을 알면 알수록 눈물 흘리는 횟수는 늘어난다. 나는 오늘도 나를 보면서, 세상을 보면서 눈물을 훔친다.

제 4 장

눈물 흐르는 날

먼 후일

— 김
소
월 —

먼 후일 당신이 찾으시면

그때에 내 말이 "잊었노라."

당신이 속으로 나무리면

"무척 그리다가 잊었노라."

그래도 당신이 나무리면

"믿기지 않아서 잊었노라."

오늘도 어제도 아니 잊고

먼 후일 그때에 "잊었노라."

● 　수업시간에 학생들이 질문을 한다.

"선생님, 왜 이 시가 슬픈가요?"

짧은 시지만 행간마다 화자는 깊은 슬픔을 꾹꾹 눌러서 겨우 한 마디 한 마디를 하고 있다. 화자는 먼 훗날 당신이 나를 찾으면 나는 당신을 잊었다고 대답할 것이라고 말한다. 미래형이라는 데 주목해야 한다. 잊는다는 것은 현재인 오늘도 아니고 과거인 어제도 아니었고, 먼 훗날이다. 그 말은 어제와 오늘은 잊지 못한다는 뜻이 된다. 어제와 오늘은 여전히 그립고 이별이 믿기지 않는다. 지금 하지 못하는 일이라서 언젠가가 될지 모르는 먼 후일에 비로소 할 수 있을 거라고 대답할 수밖에 없다.

미래형의 대답 속에 역으로 현재의 그리움과 고통이 너무 크다는 사실이 부각된다. 이 시는 미래에 대한 가정이지만 사실은 미래에 초점을 두는 것이 아니라, 너무 그립고, 이별이 믿기지 않는 현재의 슬픔에 대한 이야기이다.

'지금, 나는 당신이 너무 그립습니다. 나는 당신이 떠났다는 사실이 믿기지 않습니다. 오늘도 그러하고, 어제도 그러했습니다. 하지만 어쩌면 먼 후일 당신을 잊을 날이 오겠지요? 그 날이 언제일지 모르지만 먼먼 후일입니다. 지금은 못 잊어서 너무 아프답니다.'

이렇게 설명을 해도 이 시가 왜 슬픈지 잘 모르겠다는 아이들과 시 패러디 쓰기를 해 보았다.

개학한 날 당신이 뭐했냐 물으면 / 그때에 내 말이 게임했습니다.

당신이 속으로 나무라면 / 공부가 싫어서 게임했습니다.

그래도 당신이 나무라면 / 게임이 제일 좋아서 게임했습니다.

오늘도 어제도 아니 게임하고 / 개학한 날 그때에 게임했습니다.

먼 후일 당신이 찾으시면 / 그때에 내말이 집 나갔습니다.

당신이 속으로 나무라면 / 무척 고민하다 집 나갔습니다.

그래도 당신이 나무라면 / 잔소리 싫어서 나갔습니다.

오늘도 어제도 아니 나가고 / 먼 후일 그때에 집을 나갔습니다.

먼 후일 당신이 찾으시면 / 그때에 내 말이 대학 갔습니다.

당신이 속으로 나무라면 / 실컷 자다가 대학 갔습니다.

그래도 당신이 나무라면 / 게임하다 지쳐 대학 갔습니다.

올해도 작년에도 아니 가고 / 먼 후일 삼수해서 대학 갔습니다.

말이 안 되는 구석이 있긴 하지만, 아이들의 시가 나름 진솔하지 않은가. 지금 못 하지만 언젠가는 해야 하는, 또는 하고 싶은 일에 대해 써 보자고 하니 이런 반응들이 나온다. 지금 고등학생들의 가장 큰 고민이 잘 나타난다.

내 나이 10대 후반에서 2, 30대에 걸쳐 우리 집안은 온통 오빠의 정신병으로 쑥대밭이었다. 끊임없이 병원을 들락날락하는 동안 많은 병원비 부담과 심리적 고통은 이루 말할 수 없었다. 오빠의 정신병으로 인한 가족의 고통을 직, 간접적으로 겪는 동안에는 멈출 것 같지 않고 무척 힘이 들었지만, 어느새 그 모든 것이 끝나고 나자 그 힘든 세월동안 잃은 것보다 얻은 것이 더 많다는 생각을 하게 된다. 본의 아니게 운명의 꼬임으로 고통 받는 사람들이 있다는 사실, 사회의 일원으로 자기 몫을 하면서 사는 게 아니라 소외된 그늘에서 헤어날 수 없는 고통의 수레바퀴를 맴돌며 살아가는 사람들의 아픔, 그들로 인한 부모와 가족의 아픔. 그 속에서 건져 올리는 가족의 사랑과 일상의 삶에 대한 감사.

오빠의 병과 죽음으로 인해 우리 가족은 인생에 대한 겸손함과 타인의 고통에 대한 공감의 마음을 가질 수가 있었다. 고통의 밑바닥에서 건져 올린 보석들이었다. 인생의 깊이와 폭이 그만큼 넓어졌다.

남편에게는 두 살 아래의 남동생이 있었다. 네 명의 누나, 남편, 밑의 남동생, 젊은 나이에 과부가 된 어머니에게는 두 아들인 남편과 남동생이 삶의 희망이었다.

남편이 군 근무를 하던 시절이었다. 고등학교 3학년 졸업을 앞둔 남동생은 집안 형편으로 대학을 포기했다. 공장에 들어가 기술을 배우다가 기계에 쏠려 들어가 죽었다는 소식이 군에 있는 남편에게 날라 왔다. 남편은 조기 제대를 하고 집에 돌아와야 했다. 생때같은 자식을 잃은 어머니는 의식을 잃고 쓰러졌다.

친정어머니나 시어머니 모두 생때같은 자식을 잃은 분들이다. 아직도 두 할머니는 조그만 일에도 눈물부터 흘린다.

"아고, 우짤고 저래서 우짤고……."

남의 자식이 어떻게 됐다, 남이 어떻게 됐다는 말을 들으면 자신의 아픔인 양 눈물부터 흘리는 할머니들. 자신들의 아픔이 큰 만큼 타인의 아픔에 대한 애잔함이 더한가 보다.

슬픔을 당한 사람에게는 위로의 말이 필요 없다. 말없이 옆에서 울어만 주어도 큰 위로가 되는 법이다. 하늘이 무너지는 슬픔 속에서도 이 세상의 누군가는 나와 같은 심정으로 울고 있다는 것을 사람들이 알았으면 한다. 행복보다 고통이 더 많은 세상이므로, 고통 받았던 존재들은 남의 고통을 지나치지 못하므로 말이다.

고등학교 시절, 인근의 도시에서 학교를 다녔다. 주말이면 집에 가야 하는데, 오빠가 퇴원해서 집에 있는 날이면 무시무시한 공포가 감도는 집에 가기가 싫어 도시를 헤매고 다녔다. 시내의 시장 안에서 장사하던 친구 집이 있었다. 둥근 얼굴에 언제나 웃는 표정인 친구는 무척 너그럽고 인심이 좋았다. 토요일 점심은 자기가 사겠다며 나를 데리고 시장 안의 식당을 찾아다닌다. 결혼식 피로연을 하는 식당에 손님이라고 천연덕스럽게 들어갔다. 당시에는 결혼식 피로연에서 식권이 있니 없니 하는 것은 엄격하게 따지지 않았나 보다. 고등학생이 가방을 울러매고 와서 잔치 밥을 먹어도 인심 후하게 퍼 주던 시절이었다.

신나게 맛있는 음식을 포식한 후, 시장 안을 어슬렁거리다가 친구의 가게 방에서 뒹굴거리며 시간을 끌대로 끌다가 집에 오면 늦은 저녁이 되곤 하였다. 집에 돌아오는 완행버스 안에서는 바비 맥퍼린의 '돈 워리, 비 해피'를 들었다. 익살스러운 친구가 선사한 유쾌함과 바비 맥퍼린이 나직나직하게 흥얼대는 위로, 'Don't Worry, Be Happy, Don't Worry, Be Happy……' 듣다 보면 마음이 안정되고 긴장감과 공포로부터 벗어날 수 있었다.

사회생활하면서 자취를 할 때 회사 선배언니는 나를 자기 집으로 데려 가서 자곤 했다. 선배는 집에서 늦둥이라 형제들은 다 출가하고 자기만 늙은 부모님과 살았다. 할머니처럼 느껴지는 선배의 어머니가 차려 주시던 소박한 아침 밥상, 냉이된장국에 나물 반찬, 푸짐한 밥을 먹을 때마다 고향집에 온 듯 푸근함과 편안함을 느꼈다. 불안정하고 추운 시절을 이겨나가게 하는 소중한 보석들이었다.

저녁 늦게 전화 오는 아이들이 있다. 졸업한 지 4년이 지났지만, 고3 때 담임이라고 모였다 하면 "샘 이야기하고 있었다." 하면서 전화를 한다. 당시 내가 맡은 반에 학교의 문제아들이 다 모여 있었던 터라 담임을 맡았던 당시에는 솔직히 가끔 반쯤 죽이고 싶었을 정도로 밉기도 한 아이들이었다. 졸업을 한 뒤 자기들끼리 삼삼오오 모이기만 하면 전화를 한다.

"샘, 그래도 그때가 좋았습니더. 언제 함 밥 사 주이소."

군에 다녀온 다 큰 녀석들이 어리광 부리듯이 전화하면 살짝 징그럽기도 하지만, 핸드폰으로 보내는 인증샷 사진을 보면서 절로 미소가 나온다. 인제 일등병이라며 짧은 머리에 얼굴이 바짝 얼어 있는 아이도 있고, 제대 6개월 남았다며 느긋한 고참 표정인 아이, 고3 때 개구쟁이던 표정 그대로 익살을 부리는 아이, 어색하게 미소 지으며 인사하듯 서 있는 아이······.

별난 구석이 많았던 아이들이었지만, 그래서 더 *끈끈하고* 반가운 게 아닌가 싶다.

대학에 떨어진 뒤, 입대 전 여자친구와 헤어진 뒤, 일병으로 고생하다 휴가 나온 뒤, 외국에서 공부하다 지쳐서 귀국한 뒤, 원서 넣는 회사마다 떨어진 뒤, 그러저러한 뒷배경을 안고 찾아오는 제자들. 학교 다닐 때보다 훨씬 어른스러운 얼굴들이다.

아프고 힘들지만 옛 스승을 잊지 않고 찾아오는 아이들을 보면 그들의 청춘이 눈물겹고 대견하다.

"Don't Worry, Be Happy."

한 마디만으로도 아이들의 표정은 달라진다.

오늘도 어제도 아니 잊고
먼 후일 그때에 "잊었노라."

웃으면서 오늘의 아픔을 이야기할 수 있을 그날을 기약하며 오늘도 아이들을 떠나보낸다.

사평역에서

─
곽
재
구
─

막차는 좀처럼 오지 않았다.

대합실 밖에는 밤새 송이눈이 쌓이고

흰 보라 수수꽃 눈 시린 유리창마다

톱밥 난로가 지펴지고 있었다

그믐처럼 몇은 졸고

몇은 감기에 쿨럭이고

그리웠던 순간들을 생각하며 나는

한 줌의 톱밥을 불빛 속에 던져 주었다

내면 깊숙이 할 말들은 가득해도

청색의 손바닥을 불빛 속에 적셔 두고

모두들 아무 말도 하지 않았다

산다는 것이 때론 술에 취한 듯

한 두름의 굴비 한 광주리의 사과를

만지작거리며 귀향하는 기분으로

침묵해야 한다는 것을

모두들 알고 있었다

오래 앓은 기침 소리와

쓴 약 같은 입술 담배 연기 속에서

싸륵싸륵 눈꽃은 쌓이고

그래 지금은 모두들

눈꽃의 화음에 귀를 적신다

자정 넘으면

낯설음도 뼈아픔도 다 설원인데

단풍잎 같은 몇 잎의 차창을 달고

밤 열차는 또 어디로 흘러가는지

그리웠던 순간들을 호명하며 나는

한 줌의 눈물을 불빛 속에 던져 주었다

● 　그믐날 밤, 눈 내리는 시골역 대합실. 한 해의 마지막 날 자정
이 가까워 오는데 아직도 고향을 찾지 못한 사람들이 열차를 기다리
는 곳. 새해를 맞이하러 고향을 찾는 사람들인데 왜 그들은 막차를
타야 할까. '그믐처럼 몇은 졸고 / 몇은 감기에 쿨럭이고', '청색의 손

바닥을 불빛 속에 적셔 두고 ' 등의 구절에서 보면 사는 게 고달픈 사람들인가 보다.

'술에 취한 듯 / 한 두름의 굴비와 한 광주리의 사과를 / 만지작거리며 귀향하는 기분'이란 어떤 기분을 말할까. 부모님의 선물을 들고 귀향하는 기분은 현실의 어려움을 잠깐 잊어버리고 향수와 그리움에 몸을 맡기는 순간이다. 술에 취하면 현실 속에서 잠깐 벗어날 수 있으니 말이다. 선물을 살 처지도 못 되고, 고향에 갈 처지도 못 되지만 잠깐 현실에서 도망쳐 그리운 사람이 있는 곳으로 가는 사람들이다.

시인 역시 사평역에서 막차를 기다리고 있다. 지친 채로 막차를 기다리는 사람들에 섞여 그리움에 잠긴 채 눈물을 흘리고 있다. 시인에게도 산다는 것이 녹록지 않은 모양이다.

이렇듯 문학을 통해 우리는 타인의 삶을 엿볼 수 있다. 생전 처음 접하는 풍경, 사람, 장면이지만 직접 보는 듯이 느껴지는 것, 문학에서 체험하는 간접경험이다.

애달프면서 한편으로 고즈넉하게 낭만적이기까지 한 사평역의 기다림을 학생들에게 생생하게 전달할 수 있을까.

수능 시험에서 지나치게 슬픈 작품은 잘 나오지 않는다고 한다. 감정에 몰입하여 시험에 방해될 수 있다나……

어쩌다 모의고사 시험을 칠 때 너무 슬픈 작품이 나와서 작품에 몰입하느라 문제를 풀 시간을 놓쳤다는 아이가 있다. 슬픈 작품을 보고 감정 이입하여 작품에 몰입할 수 있는 아이가 문학을 가장 잘 감상한 아이일 것이다. 오히려 그런 아이에게 후한 점수를 줘야 할 텐데 그렇지 못한 현실이 안타깝다. 기계적으로 작품을 분석하여 척척 답을 고르는 냉정한 이성만 가진 사람을 만드는 교육은 분명 문제가 있다.

　내가 맡은 동아리의 한 아이는 방학 중에도 새벽 2시에 문자를 보낸다.

　'자기는 미대에 가야 하는데 어쩌다 미대와 전혀 상관없는 글쓰기 동아리에 들어왔다. 미대를 가기 위해서는 동아리 스펙이 필요하다. 글쓰기 동아리가 자기에겐 아무런 도움이 되지 않기 때문에 방학 이후에 전시회를 개최하면 어떨까. 동아리 아이들의 작품을 자기가 전시회 할 수 있도록 꾸밀 것이다. 애들이 작품을 몇이나 냈어요?'

　동아리 아이들은 애초의 약속과는 달리 방학 전까지 작품집을 낸 애들이 몇 없었고, 현재 들어온 작품만으로는 전시회 하기가 어렵다. 동아리 아이들 대부분이 일 년 동안 글 몇 편 쓴 것으로 만족하고 동아리 활동란에도 이제껏 기록한 내용으로 충분하다고 생각하기 때문에 전시회에 별 관심이 없다. 한데 이 녀석만 혼자 애가 탄다. 더군다나 방학 중이라 동아리 아이들에게 연락도 잘 안 되고, 나는 잠시 친정에 내려와 있는 참이어서 녀석의 간절함을 들어줄 방도가 별로 없었다. 전시회에 대해 의욕이 없는 동아리 부장 전화번호를 가르쳐 주면서 부장과 의논하여 애들 작품을 모아서 전시회 작품을 만들어 보라 했다. 목마른 녀석은 자기가 다 알아서 하겠노라고 대답한다.

수업시간이 끝난 뒤 문제지를 들고 와 질문을 해대는 아이. 10분의 쉬는 시간은 도저히 용량 부족이기 때문에 녀석은 애가 탄다. '언제 시간이 되세요? 저녁에 찾아갈까요? 점심시간에 찾아갈까요?' 매일 찾아가고 싶은데 선생님 빈 시간을 말해 달라고 조르는 열성파 아이.

냉정하게 자기 공부만 하던 아이가 졸업 2년 후에 찾아와서 방송 작가가 되고 싶다 했다. 원래 확고한 꿈은 의대 진학이었는데, 성적이 모자라서 공대에 간 아이다. 하지만 서울에 있는, 게다가 학교도 꽤 좋은 학교라 나름 입시에 성공한 아이다. 남들 상관하지 않고 공부만 열심히 하더니 좋은 결과도 얻은 아이였다. 대학 입학 후 집도 서울로 다 이사를 가서 시골에 내려올 일이 없는데, 어느 날 간절한 눈빛으로 와서 작가가 되고 싶다 했다. 자신이 구상하고 있는 글 내용을 이야기하고, 지금껏 쓴 글을 가지고 와서 한번 봐 달라고 했다. 얼굴에 진지함과 열정이 가득했다.

졸업 후 방송국에서 일하고 싶다고 찾아온 아이도 있었다. 방송국에 근무하는 PD 친구를 소개해 주었다. 군 입대하기 전에 소개해 주었는데, 휴가 나올 때마다 PD 친구를 찾아간다고 했다. 일하는 사람들을 현장에서 직접 보고 싶다고 해서 카메라감독을 소개시켜 주어 촬영 현장까지 데리고 갈 예정이라 했다. PD 친구는 휴가 때마다 어김없이 연락해서 찾아온다며, "네 제자들 열정이 대단하다."고 말했다.

다른 사람 일이나 자기와 연관되지 않은 일에는 별 관심 없다가 자신의 스펙 쌓기나, 대학 입시에 도움이 된다고 하면 눈에 불을 켜고 달려드는 아이들을 보면 예전에는 이기적인 놈이라고 별로 좋게 생각하지 않았다.

그 녀석들은 자신이 필요할 때는 열심히 선생님을 찾지만 목적을 이루고 나면 언제 그랬냐는 듯이 잊고 만다고, 요즘 아이들은 참 이기적이라고 씁쓸해 하던 때가 있었다. 하지만 요즘은 이 아이들이 오히려 대견하고 기특하다. 목숨 걸고 달라붙는 아이들의 열정과 절실함에 응원해 주고 싶다. 한창 달려갈 때는 뒤돌아 볼 여력이 없을지라도 언젠가 걸어가면서 뒤를 돌아다 볼 여유가 생긴다면 그때 함께 했던 스승을 기억할지도 모를 일이다. 설령 나의 존재를 기억하지 못한다 해도 그 아이들의 열정과 꿈에 징검다리가 되어 주었다는 사실만으로 만족할 줄 아는 나이가 되었다. 떠나가기 위해 닻을 올리고 배를 띄우는 젊은 아이들의 열정과 욕심이 부럽고 그들의 꿈의 항해가 순항하도록 기원한다.

문학을 배우고 공부하면서 작품 속의 사람들은 나의 가족이 되고, 이웃이 되고, 친구가 된다. 그들의 모습 속에서 내가 잘 아는 사람의 얼굴과 가슴 깊숙한 바닥에 고여 있던 내 감정의 맨얼굴을 확인한다. 술에 취한 듯 현실에서 잠깐 놓여나서 애써 장만한 선물을 들고 어머니, 아버지를 찾아가는 기분. 부모 곁을 떠나 낯선 타향에서 고생하다가 막차 타고 고향에 내려가는 심정. 내 모습이기도 하고, 지금 막 꿈을 향해 집을 떠난 내 제자들의 모습이기도 할 것이다.

워킹홀리데이로 일 년간 딸아이가 호주에 간 선생님이 있다. 아이를 데려다 주고 온 날부터 며칠간 호주에서 아이는 계속 울면서 전화를 했다. 자기가 선택한 길이긴 하지만, 낯선 타국에 혼자라는 두려움, 낯섦, 외로움으로 울음보가 터졌다. 낯설고 새로운 세상 속으로 아이를 떠나보내는 부모의 심정도 마음 아프기는 매한가지일 것이다. 떠나는 아이와 떠나보내는 부모.

아이는 계속 떠나가고 부모는 기다리고 맞이하고 또 떠나보내는 일을 반복한다. 떠나가고 찾아오는 길 위에서 흘러가는 게 삶인 것 같다. 열정적으로 떠나가는 순간이 있다면 언젠가는 힘들고 지쳐서 막차를 타고 돌아오는 날도 있을 것이다. 비록 며칠 못 머물고 또다시 떠나가야 하지만, 한 번씩 고향으로 찾아가 고향의 힘을 공급 받아야 다시 타향에서의 삶을 이어갈 수 있는 법이다. 돌아오는 길과 떠나는 길을 누구나 끊임없이 반복하면서 우리는 살고 있다.

떠나는 길 위에 선 내 제자들의 모습, 한편으로 섣달 그믐날 눈 내리는 밤에 막차를 기다리는 시 속의 사람들의 모습이 겹쳐진다. 힘차게 떠나갔지만 언젠가는 지친 몸을 안고 돌아오는 순간이 있을 것이다.

인생은 길 위에 있고, 그 길 위에서 때로는 쓸쓸함과 낯섦, 말 못 할 침묵을 견뎌야 한다는 사실.

막차를 기다리는 심정을 아이들은 언젠가 알게 될 것이다. 그래서 오늘도 떠나가는 아이들이 대견하기도 하지만 한편으로는 그 뒷모습이 안쓰럽기도 하다.

남신의주 유동 박시봉방

—
백
석
—

어느 사이에 나는 아내도 없고, 또,

아내와 같이 살던 집도 없어지고,

그리고 살뜰한 부모며 동생들과도 멀리 떨어져서,

그 어느 바람 세인 쓸쓸한 거리 끝에 헤메이었다.

바로 날도 저물어서,

바람은 더욱 세게 불고, 추위는 점점 더해 오는데,

나는 어느 목수네 집 헌 샅을 깐,

한 방에 들어서 쥔을 붙이었다.

이리하여 나는 이 습내 나는 춥고, 누긋한 방에서,

낮이나 밤이나 나는 나 혼자도 너무 많은 것 같이 생각하며,

딜옹배기에 북덕불이라도 담겨 오면,

이것을 안고 손을 쥐며 재 우에 뜻 없이 글자를 쓰기도 하며,

또 문밖에 나가지두 않고 자리에 누워서,

머리에 손깍지 베개를 하고 굴기도 하면서,

나는 내 슬픔이며 어리석음이며를 소처럼 연하여 쌔김질하는 것이
었다.

내 가슴이 꽉 메어 올 적이며,

내 눈에 뜨거운 것이 핑 괴일 적이며,

또 내 스스로 화끈 낯이 붉도록 부끄러울 적이며,

나는 내 슬픔과 어리석음에 눌리어 죽을 수밖에 없는 것을 느끼는
것이었다.

그러나 잠시 뒤에 나는 고개를 들어,

허연 문창을 바라보든가 또 눈을 떠서 높은 천정을 처다보는 것
인데,

이때 나는 내 뜻이며 힘으로, 나를 이끌어 가는 것이 힘든 일인 것을
생각하고,

이것들보다 더 크고, 높은 것이 있어서, 나를 마음대로 굴려 가는 것
을 생각하는 것인데,

이렇게 하여 여러 날이 지나는 동안에,

내 어지러운 마음에는 슬픔이며, 한탄이며, 가라앉을 것은 차츰 앙
금이 되어 가라앉고,

외로운 생각만이 드는 때쯤 해서는,

더러 나줏손에 쌀랑쌀랑 싸락눈이 와서 문창을 치기도 하는 때도 있

는데,

나는 이런 저녁에는 화로를 더욱 다가 끼며, 무릎을 꿇어 보며,

어느 먼 산 뒷옆에 바우 섶에 따로 외로이 서서,

어두워 오는데 하이야니 눈을 맞을, 그 마른 잎새에는,

쌀랑쌀랑 소리도 나며 눈을 맞을,

그 드물다는 굳고 정한 갈매나무라는 나무를 생각하는 것이었다.

● 　아파트 담 벽에 온통 담쟁이가 덮였다. 차를 타고 다니다 보니, 예사로 지나쳤는데 걷다가 눈에 들어온 아파트 담 벽은 한 겨울인데도 담쟁이가 두 겹 세 겹으로 무성하다. 돌 벽을 타고 기어오르던 담쟁이는 정겹다. 하지만, 담 벽이 버거울 정도로 겹겹이 진을 치고 있는 담쟁이들을 보니 낭만보다는 섬뜩함을 느꼈다.

　얼마 전에 담쟁이도 외국산이 들어와서 국산 담쟁이를 점령했다는 기사를 보았다. 한 겨울에도 어마어마한 생명력으로 벽 전체를 점령하고 있는 저 담쟁이도 예전에 보던 애기 손 같이 자그마하던 정겨운 담쟁이가 아닌 성 싶었다. 아파트 담을 끼고 걸어가면서도 마음이 어쩐지 그리 편하지만은 않다.

　토요일 점심, 아이들과 동네 밥집을 찾았다. 할머니 두 분이 추어탕 등을 파는 가게인데, 깔끔하고 구수한 고향의 맛이 나는 밥집으로, 달거리로 끊어서 밥을 먹는 혼밥족들이 자주 찾는 곳이다. 연말이라 그런지 평소 때와는 달리 식당 안이 한산했다. 가운데 테이블에

구부정한 할머니 손님 한 분이 앉아 계셨다. 조용하게 식사를 하던 중 마음씨 좋은 주인 할머니가 손님 할머니 앞자리에 앉아서 손님에게 말을 건넸다.

"이 아파트에 사십니꺼?"

"응⋯⋯."

손님은 짧게 자르듯이 대답하고는 묵묵부답으로 밥만 먹고 있었다. 한참 뒤에 주인 할머니가 또 말을 붙였다.

"우리 할머니가 백 살까지 살았심더. 엄마가 팔십이 넘도록 모셨는데, 고생 많이 했심다. 할매가 참 별났거든요, 근데 돌아가실 때가 되니깐 참 희안하데예. 아픈 데는 하나도 없었는데, 고마 밥을 안 먹는 기라예."

주인 할머니는 자신의 할머니 돌아가신 이야기를 주저리주저리 늘어놓았다. 그 말에 마음이 편해졌는지 손님 할머니가 반응을 보이기 시작했다.

"엄마가 백 살 넘은 할머니를 모셨으면, 고생 많이 했겠어. 팔십 넘으면 자기 몸도 힘들었을 텐데 말이다. 나도 백 넘은 시어머니 모시고 있어. 그래서 내가 이리 고생하잖아."

이북말인지, 서울말인지 독특한 억양으로 손님 할머니는 말을 했다. 이쪽 경상도 분은 아닌 모양이었다. 말끝에 쓸쓸함이 묻어났다.

할머니들의 정감 있는 대화를 들으면서 서울로 발령난 지 1년이 돼 가는 남편 생각이 들었다. 남편도 이러한 동네 식당에서 홀로 밥을 먹고 있을지 모를 일이다.

요즘 혼자 사는 사람들 즉, '혼족'이 많다고 한다. 일인 가구가 증가하면서 마트, 편의점, 식당 등에서 혼자 사는 사람들을 대상으로 한 마케팅이 활발하다고 한다. 남편 회사에도 가족과 동떨어져 혼자서 지내는 사람들이 꽤 많다고 한다. 혼족이 대세라고 하지만, 나는 식당에서 혼자 밥 먹는 모습을 보면 예전이나 지금이나 왠지 울컥하고 올라오는 감정을 느낀다. 20대에 자취하던 내 모습이 생각나기도 하고, 서울에서 혼자서 대학 나와 직장 다닌 동생 생각, 혼자 밥 먹을 남편 모습 등이 겹쳐져서이다.

습내 나는 춥고, 누굿한 방에서,

낮이나 밤이나 나는 나 혼자도 너무 많은 것 같이 생각하며,

딜옹배기에 북덕불이라도 담겨 오면,

이것을 안고 손을 쬐며 재 우에 뜻 없이 글자를 쓰기도 하며,

또 문밖에 나가지두 않고 자리에 누워서,

머리에 손깍지 베개를 하고 굴기도 하면서,

나는 내 슬픔이며 어리석음이며를 소처럼 연하여 쌔김질하는 것이었다.

혼자 차가운 방에서 겨우 손난로에 언 몸을 녹이며 몇날 며칠 화자는 뒹굴거린다. 슬픔과 어리석음을 되새기며 혼자서 방에 있는 사람이다.

내 가슴이 꽉 메어 올 적이며,

내 눈에 뜨거운 것이 핑 괴일 적이며,

또 내 스스로 화끈 낯이 붉도록 부끄러울 적이며,

나는 내 슬픔과 어리석음에 눌리어 죽을 수밖에 없는 것을 느끼는 것이
었다.

슬픔과 눈물, 지난날에 대한 부끄러움에 죽고 싶은 생각까지 든다
고 한다. 뭔가 힘든 일이 있나 보다. 내 젊음의 자화상을 보는 것 같
다. 유치함과 어리석음 때문에 내 생각과 행동이 너무 부끄러워서 자
책으로 가슴 치던 순간이 있었다. 이러한 감정을 겪어 본 사람들은
화자의 심정에 충분히 공감하리라. 이 시대에 혼자서 살아가는 사람
중 자신의 작은 방에서 이렇게 회한으로 가슴 치는 사람이 또 있을
거라는 생각도 한다.

혼족의 자유로움이 좋다고 하는 사람들도 있지만, 가난하고 배고
프고 추운 현실에서 혼자는 함께 있을 때보다 더 비참하고 외로울 것
이다. 춥고 외로운 방에서 혼자서 가슴 아파하는 사람을 생각하며 이
시를 읽을 때면 가슴이 저려 온다.

허연 문창을 바라보든가 또 눈을 떠서 높은 천정을 쳐다보는 것인데,

이때 나는 내 뜻이며 힘으로, 나를 이끌어 가는 것이 힘든 일인 것을 생
각하고,

이것들보다 더 크고, 높은 것이 있어서, 나를 마음대로 굴려 가는 것을
생각하는 것인데,

이렇게 하여 여러 날이 지나는 동안에,

내 어지러운 마음에는 슬픔이며, 한탄이며, 가라앉을 것은 차츰 앙금이

되어 가라앉고,

외로움과 슬픔의 시간이 지나가고 나면 서서히 내면이 고요해진다. 너무 스스로를 자책하지 말라고, 인생은 '내 뜻과 힘보다 더 크고 높은 것이 있어서 나를 마음대로 굴려 가는 것'임을 자각하게 된다. 지금의 비참함은 나의 잘못이 아니라, 운명이었다는 것이다. 운명의 수레바퀴가 나를 여기까지 데리고 온 것이니, 지금 이 순간에도 나를 사랑하고 현실을 포기하지 말 일이다. 자기 정화의 과정이 섬세하게 시에서 나타난다. 이러한 긴긴 시간의 단련을 받은 사람은 이전보다 더욱 성숙해지고 단단해진다.

삶의 연단을 거치고 나면 순금같이 아름다운 보석이 되는 법이다.

외로운 생각만이 드는 때쯤 해서는,

더러 나줏손에 쌀랑쌀랑 싸락눈이 와서 문창을 치기도 하는 때도 있

는데,

나는 이런 저녁에는 화로를 더욱 다기 끼며, 무릎을 꿇어 보며,

어느 먼 산 뒷옆에 바우 섶에 따로 외로이 서서,

어두워 오는데 하이야니 눈을 맞을, 그 마른 잎새에는,

쌀랑쌀랑 소리도 나며 눈을 맞을,

그 드물다는 굳고 정한 갈매나무라는 나무를 생각하는 것이었다.

그럼에도 불구하고 혼자 있는 저녁은 외롭다. 싸락눈까지 내리는 을씨년스러운 저녁, 외로움이 찾아올 때면 화자는 깨끗하고 바르다는 갈매나무를 생각한다. 먼 산 바위 옆에 혼자 서서 어둠 속에서 하얗게 눈을 맞고 섰을 갈매나무. 겨울을 혼자서 참고 인내하는 순수한 갈매나무를 생각하며 자신의 삶에 대한 의지를 다진다. 이 겨울이 가고 나면 따뜻한 봄바람 속에 싱그러운 꽃향기가 퍼져 나갈 것이다. 회색의 겨울은 서서히 사라지고 연초록의 생명력이 몰려올 것이다. 조금만 더 오늘 밤만 더 참고 기다리고 인내하자.

　가족과 떨어져 이 저녁 혼자서 밥을 먹고 있는 노인들, 청춘들, 남편들, 아내들, 이 시대의 혼자 사는 모든 이들에게 바치고 싶은 시이다.

묵화

—
김
종
삼
—

물 먹는 소 목덜미에

할머니 손이 얹혀졌다.

이 하루도

함께 지났다고.

서로 발잔등이 부었다고.

서로 적막하다고.

●   '묵화'는 제목에서 수묵화의 향기가 난다. 여백의 미가 물씬

피어오른다. 짧지만 여운은 길다.

    시에 담긴 이야기는 이렇다. 할머니와 소는 긴 하루를 함께 보냈

다. 외로움이 서로 닮았다. 할머니와 소는 온종일 일했다. 발잔등이
부었다.

어느새 해가 저물고 있다. 지친 소가 물을 마시고, 할머니는 소의
목덜미를 어루만진다. 할머니는 무언의 대화를 한다.

'하루 동안 고생했다이, 밤이 오는데 니도 외롭제? 나도 밤이 외로
운기라……'

밀레가 그린 그림, '만종'이 생각났다. 붉은 노을이 깔린 저녁 무렵
의 들판에 교회의 종소리가 은은히 울려 퍼진다. 하루의 노동을 마친
부부가 고요히 서서 감사의 기도를 드리고 있다. 노동과 땀으로 가득
한 하루지만 오늘 하루를 무사히 마치게 해 주심에 대한 감사를 드리
는 농부의 모습과 장엄한 저녁 들판, 은은히 퍼지는 종소리가 감동과
여운을 주는 그림이다.

김종삼의 '묵화'를 감상할 때면 밀레의 '만종'이 떠오른다. 자연 속
에서 노동하면서 소박하게 사는 사람들이 맞이하는 저녁의 고요함.
두 작품 모두 지는 해와 인생의 의미, 인간과 자연의 조화를 느끼게
한다는 점에서 공통점이 있다. 반면 '만종'에서는 대자연의 신비로움
과 감사, 경건함이 더욱 부각되는 데 비해 '묵화'는 할머니와 소의 교
감과 외로움이 더 강하게 느껴지는 것은 두 작품이 주는 차이점이다.
하나의 장면, 짧은 구절이지만 볼 때마다 깊은 감동과 여운을 준다.

2009년에 상영된 독립영화 〈워낭소리〉. 당시 초등학교에 갓 입학

한 아들과 두 살 위 딸을 데리고 영화를 보러 극장에 갔다. 다큐멘터리 영화가 잔잔히 진행되고, 여기저기서 훌쩍이는 소리가 들렸다. 나도 눈물을 닦고 있는 순간에 극장에 또랑또랑하게 울려 퍼진 아들의 소리.

"엄마, 왜 울어?"

고요하던 극장에 울려 퍼지던 아들의 천진한 이 말 한 마디에 관객 모두 '하~' 하고 웃음을 터뜨렸다. 초등학교 1학년인 아들한테는 영화가 지겹기만 하였다. 왜 사람들이 스크린을 보고 우는지 전혀 이해되지 않았던 것이다.

〈워낭소리〉는 경북 봉화의 하눌마을에 사는 최원균 할아버지와 누렁이에 대한 다큐멘터리 영화이다. 3년에 걸쳐서 촬영을 한 이 영화에는 누렁이가 죽는 1년의 과정이 고스란히 담겨 있다.

영화에서 가장 많이 나오는 장면은 너무 늙어 눈이 개진개진 젖어 있고 걸음도 잘 못 걷는 소의 추레한 모습과 소와 똑같이 늙은 할아버지의 모습이다. 허연 머리는 얼마 남지 않았고, 소와 마찬가지로 눈물 자국에 젖어 있는 흐릿한 눈, 깊게 주름진 얼굴, 고개를 들 힘도 없어서 늘 고개를 숙이고 앉아서 담배를 피우던 할아버지. 할아버지와 소는 꼭 닮았다. 할아버지는 여든 살이고 소는 나이가 40살이라고 한다. 소의 평균 수명이 15년이니 40살까지 소가 살았다는 것은 기적에 가까운 일이다. 소의 이가 없어서 사료를 못 먹이고, 짚을 썰어서 소죽을 해 먹여야 한다며 할머니는 불평이다. 소죽을 먹는 누렁이 옆에 젊은 소가 밥을 빼앗아 가는 것을 막기 위해 지키고 서서 젊은 소를 막대로 쫓는 할아버지.

몇 번이고 두들겨야만 겨우 소리가 나오는 라디오를 듣고 있는 할아버지. 할머니는 "영감도 고물, 라디오도 고물" 하면서 허허 웃는다.

농사 그만 지으라고, 소를 팔라고 성화인 자식들의 말에 할아버지는 소를 팔 것을 결심한다. 30년을 한 몸처럼 지내온 소를 팔기로 한 전날 저녁, 밥을 안 먹는 소 곁에서 할아버지도 소도 눈에 눈물이 그렁그렁하다.

평소처럼 느릿느릿 비틀비틀하면서 수레에 할아버지를 싣고 우시장을 향하는 소. 소는 다시 못 올 길을 걸어가는 자신의 운명을 아는 듯하지만 말없이 순종한다. 우시장에서 할아버지는 소 값을 턱없이 500만 원이라고 부르고, 장사치들은 그 말에 어이없어 하며 실소를 금하지 못한다. 우시장에서 눈을 끔벅끔벅하며 눈물을 흘리는 누렁이. 결국 할아버지는 누렁이를 팔지 못하고 다시 데리고 돌아온다.

소가 꼼짝 못하고 드러누워 버렸다. 아무리 찔러도 일어나질 못하는 소 옆에서 평생 달고 있던 소의 워낭과 고삐를 풀어주는 할아버지. "좋은 데 가그라이." 할아버지의 마지막 인사에 고개를 떨구고 소는 죽는다.

소는 죽기 전에 몸이 아픔에도 불구하고 유난히 많은 땔감을 해 놓았다. "영감, 할매 불 때고 살라고 땔감을 많이 해 놓고 죽었다."고 말하는 할머니. 죽기 전에 소가 할아버지에게 한 마지막 선물은 유난히 많은 땔감이었다.

소가 죽은 뒤 날만 새면 소 무덤에 가서 앉아 있다 오는 게 일이었던 할아버지도 몇 년 있다가 돌아가셨다. 죽으면 누렁이 옆에 묻어 달라고 한 할아버지의 유언처럼 할아버지와 소는 가까운 곳에 묻혔다. 누렁이 때문에 평생 소고기를 먹지 않았던 최원균 할아버지.

"소가 사람보다 낫다."는 할아버지의 말처럼 30년을 한 몸처럼 농사짓고 지냈던 소를 친구처럼, 자식처럼 생각한 할아버지와 소의 교감은 사람 이상의 우정이었다.

닭의 수명이 보통 10년인데, 튀김용 닭은 40일 정도 길러 먹는다. 삼계탕에 넣는 영계는 20일 기른 닭을 사용한다고 한다. 제 수명보다 턱없이 못 살고 죽어가는 닭들은 생명이 아니라 식품이라 해야 맞는 말일 것이다. 좁은 아파트 같은 닭장에 수많은 닭을 총총히 가둬놓고 적당한 밝기와 온도, 빨리 크는 사료를 제공하며 사육장에서 오로지 먹기 위한 목적으로 닭을 길러낸다. 그 결과 조류독감이 번지면 한꺼번에 산 채로 땅에 살처분되는 수많은 닭들, 오리들.

닭뿐 아니라 돼지, 소 할 것 없이 먹을 수 있는 것들은 모두 이런 식으로 대량 사육되는 세상이다. 진안 지방의 명물 음식 중 '애저탕'은, 어미 뱃속에서 꺼낸 돼지고기를 삶아서 먹는 음식이라고 한다. 어린 돼지의 부드러운 식감으로 사랑을 받는다고 한다. 우유를 생산 못 하는 수컷 소는 2년 정도 자라면 도축장에서 전기충격기 세례를 받아 고기로 팔려 나간다. 송아지 고기를 선호하는 서양에서는 어미 젖도 안 뗀 송아지들을 요리해 먹는다. 어린 송아지 고기를 먹기 위해 어미젖도 안 뗀 송아지를 규격화된 사이즈의 통에 가둬 놓고 키우다가 사이즈가 되면 송아지고기가 된다. 풀을 먹여야 하는 소를 빨리 키우려고 공장에서 만든 동물용 사료를 먹여 소가 광우병에 걸리자, 엄청나게 많은 소들이 땅에 생매장되기도 한다.

초등학교 때 학교 앞에서 파는 병아리를 몇 마리 사 온 적이 있었다. 몇 마리는 족제비한테 희생되고 끝까지 살아남은 놈은 두 마리. 학교 갔다 오니 아버지가 잡아서 삼계탕이 돼 있었다. 몇날 며칠을 울고 한동안 아버지와 말을 안 했다.

피스라는 개가 있었다. 어릴 적 집의 마당에는 늘 개들을 많이 길렀는데, 그 개들은 어느 정도 크고 나면 어디론가 팔려 갔다. 피스는 영특하고 귀염을 특히 많이 받은 개로 꽤 오래 같이 살았다. 그러다 어느 날 피스 역시 멀리 있는 집으로 팔려 갔다. 새벽에 컹컹 개 짖는 소리가 나서 나가 보니 피스가 줄을 끊고 집을 찾아왔다. 어머니는 "그 먼 데서 어떻게 찾아왔을꼬!" 하고 말을 했다. 그 뒤로 피스를 되찾아 왔다.

몇 년 지나 피스는 쥐약을 먹고 죽었다. 쥐약을 먹고 입에 거품을 물며 괴로워하면서 온 집안을 헤매다가 죽은 피스. 피스가 죽고 난 뒤 또 얼마나 울었는지 모른다.

예전에 소는 식구와도 같았다. 사람과 함께 일하고 같이 밥 먹고 그늘에서 쉬고 하품하다가 저녁이면 같이 잠을 잤다. 큰 눈을 끔벅끔벅할 때면 마치 사람 말을 알아듣는 것 같았던 소는, 팔려 가기 전날에 말없이 눈물을 뚝뚝 흘리곤 했었다. 물론 키워서 잡아먹었지만 예전에는 짐승도 사람들과 교감을 나누는 사이였다. 생명에 대한 존중과 따스함이 존재하였다.

요즘 애완견 같은 애완용 동물을 식구처럼 기르는 사람들이 많다. 하지만 동시에 버려지는 애완용 동물들 또한 너무 많아서 사회적 문제가 되고 있다. 동물이 인간의 이기심을 충족시키는 수단이 아닌지, 자기 편의주의로 애완용 동물을 키우다가 감당되지 않으면 일회용처럼 쉽게 버리는 세태가 안타깝다.

고된 하루 일을 끝내고 함께 일을 한 소에게 물을 먹이면서 소 목덜미를 어루만지던 할머니. 눈물 흘리는 소를 끝내 팔지 못하고 돌아오는 할아버지.

자연은 언제나 인간이 정을 준 이상으로 인간에게 보상을 한다. 하지만 요즈음은 어떠한가. 인간의 무지막지한 욕망의 희생물이 된 자연. 인간을 향한 자연의 대응 또한 자연의 보상 못지않게 인간의 예상을 훌쩍 뛰어넘는다. 그 무시무시한 자연의 보응 또한 인간이 감당해야 할 몫이다.

동해바다

—
신
경
림
—

친구가 원수보다 더 미워지는 날이 많다

티끌만한 잘못이 맷방석만하게

동산만하게 커 보이는 때가 많다

그래서 세상이 어지러울수록

남에게는 엄격해지고 내게는 너그러워지나 보다

돌처럼 잘아지고 굳어지나 보다

멀리 동해바다를 내려다보며 생각한다

널따란 바다처럼 너그러워질 수는 없을까

깊고 짙푸른 바다처럼

감싸고 끌어안고 받아들일 수는 없을까

스스로는 억센 파도로 다스리면서

제 몸은 맵고 모진 매로 채찍질하면서

●   아이들은 쉽게 친구가 된다. 한참 놀다가 무엇에 비위가 상했
는지 톡탁이며 다투다가 분이 나면 악을 쓰고 울기까지 한다. 그러다
가 조금만 있으면 언제 그랬냐는 듯이 손을 잡고 신나게 논다. 아이
들은 단순해서 앙금이라는 것이 없나 보다. 그래서 누구하고나 만나
기만 하면 친구가 된다.

   크면서 친구 사귀기가 쉽지 않다는 것을 깨닫게 된다. 판단력이 커
지면서 상대를 판단하기 때문이다. 그래서 친구 없이 혼자 다니는 아
이들도 있다. 친구란 하루 이틀 만나고 그만인 사이가 아니다. 친할
친親에 오랠 구舊, 오래 만나 친해진 사이를 가리키는 말이 친구이다.
오랫동안 보아 온 사이인데 서로 흉허물에 대한 판단이 왜 없겠는가.
가식이 있다면 그 관계는 친구라 할 수 없을 것이다. 서로의 장·단점
을 잘 알고 있지만 그럼에도 불구하고 관계를 유지하는 것이 친구이
다. 서로를 용납하는 마음이 있어야 진정한 친구가 될 수 있다.

   못난 놈들은 서로 얼굴만 봐도 흥겹다.

   '동해바다'의 시인 신경림이 쓴 '파장(罷場)'의 첫 구절이다. 물론
전체 시의 내용은 1970년대 농촌의 피폐한 현실에 대한 이야기이기

때문에 신경림 특유의 농촌 현실에 대한 울분과 비판의식이 두드러진 시이다. 하지만 이 첫 구절은 가슴에 두고두고 남아 친구에 대한 생각과 연결된다. 어린아이들처럼 서로 얼굴만 봐도 흥겨울 수 있는 친구. '못난 놈'들이기 때문에 가능한 일이 아닐까 싶다. 순박하고 단순한 사람들이기 때문에 사람에 대해서 이리저리 따지지 않고 판단도 잘 하지 않는다. 그래서 보기만 하면 흥이 나고 즐거운 것이다.

사회생활하면서 인간관계가 참 힘들다는 것을 누구나 경험한다. 어느 조직에서나 사람들에 대해서 판단을 하고 말을 퍼뜨리는 사람들이 있다. 술자리에서 어느 정도 취기가 돌면 단골 안줏거리는 사람에 대한 판단이다. 물론 그렇게 해서라도 스트레스를 해소하고 자기정화가 일어난다면 좋겠지만, 그 술자리에서 열심히 남을 도마에 올려 놓고 안줏거리로 씹는 사람들이 조직에서 영향력을 행사하는 인물들이라면 사정은 달라진다. 그들이 마음대로 '규정'하는 판단에 의해서 조직이 움직이기 때문에 그 술자리의 악영향은 매우 대단하다. 오너의 판단을 좌지우지하기 때문이다.

판단의 대상이 된 당사자가 잘못된 경우도 있겠지만, 사회생활을 해 보니 세상 사람들의 속성은 한 사람의 인간성이나 성실성보다는 '자기 편'인지 아닌지로 대상에 대한 판단이 결정되는 경우가 대부분임을 알게 되었다. 조직에서 살아남으려면 윗사람들이 있는 곳에 얼굴을 자주 내밀어야 하고, 같이 어울리며 부장들 술자리도 빠짐없이 찾아다녀야 한다. 교사 집단도 마찬가지이다. 성실히 학생들 가르치고, 현실의 온갖 제약 가운데서도 학생들에 대한 애정을 잃지 않고, 맡은 아이들을 잘 키우려고 노력을 하는 선생이, 다른 선생들과 어울리지 않고 혼자 있거나 교장, 교감의 학교 운영 방향에 대해서 비협조적이라면 학교 내에서 인정을 받는 교사로 지내기가 참 힘들어진다.

이익집단이 아닌 학교도 사회와 마찬가지이다. 학생들이 좋아서, 가르치는 것이 좋아서 선생이 된 사람도 자신이 속한 학교의 방향에 흔들림을 겪을 수밖에 없다. 겉치레의 말, 가식적인 미소, 서로의 필요에 의한 만남들. 이러한 사람들로 구성된 사회이다 보니 사람들은 누구나 내면의 공허함을 안고 살아갈 수밖에 없다.

나이 들수록 세상을 알아갈수록 친구가 더욱 소중함을 알게 된다. 나이 든 사람들은 판단과 사고가 굳어져 있기 때문에 새로운 사람을 사귀기가 어린아이들에 비해 어렵다. 또한 자신의 이익과 무관하게 시간을 내서 같이 어울린다는 것이 바쁜 현대인들에게는 쉽지 않은 일이다. 그래서 사회에 나와서 새로운 친구를 가지기가 힘이 든다. 아직 판단력이 미성숙할 때, 이해관계에 얽힐 일이 별로 없을 때 순수한 마음으로 시간을 같이 보낸 추억이 있는 옛 친구들이 편안하고 흉허물 없는 친구라는 생각이 드는 것도 그 때문이다.

밤새 바람이 불었다. 아파트 창문이 쉴 새 없이 덜컹거리며 짐승의 울음소리 같은 거센 바람이 밤새도록 잠 못 들게 하였다. 뒷날 아침에 보니 떨어져 나간 간판, 찢긴 현수막들로 거리가 어수선했다. 가다 보니 도로변에 큰 가로수가 뿌리째 뽑혀서 쓰러져 있기도 했다.

인근의 동산에는 가늘고 약한 나무들이 있지만, 뽑히거나 부러지는 일이 거의 없이 온전했다. 거리에 띄엄띄엄 서 있는 가로수는 덩치는 컸지만, 혼자서 서 있어서 비바람을 감당할 수 없었나 보다. 동산에 무리를 이루고 있는 나무들은 가늘고 약했지만 땅 밑에 서로 뿌리가 얽혀 있고 서로가 서로에게 방패막이가 될 수 있어서 거센 비바람에 도 살아남았나 보다.

폭풍 뒤의 나무를 보면서 친구의 소중함을 생각한다. 거센 비바람 속에 혼자 있다면 제 아무리 거목일지라도 부러지거나 뽑힐 수 있다. 연약하지만 뿌리를 굳게 얽어서 손을 꼭 잡고 세상사를 버틴다면, 개 개인은 약하더라도 혼자보다는 비바람 속에서 더 강력한 힘으로 버 틸 수가 있지 않을까 싶다. 친구란 그런 것이 아닐까.

TV에서 시골할머니의 우정을 방영하였다. 둘 다 남편을 떠나보내 고 혼자서 사는 시골할머니들이었는데, 언니, 동생하며 서로 정답게 지냈다. 한 마을에서 4, 50년을 같이 살아온 할머니들은 떨어져 있는 자식들보다 친인척보다 서로의 희로애락을 더 잘 안다. 서로를 잘 이 해하고 애잔히 여기는 마음이 남달라 언니, 동생처럼, 친구처럼, 기 대고 서로 위로하면서 여생을 살아가는 할머니들이었다. 장에 가서 같은 옷을 사 입고, 같은 신발을 사서 신고, 겨울밤 한 이부자리에서 도란도란 이야기하다가 잠이 드는 사이였다. 하루라도 인기척이 없 으면 어디 아픈가 서로 걱정하고 서로의 손과 발이 되어서 혼자가 아 닌 둘이서 적적한 여생을 알콩달콩하게 살아가는 두 할머니의 얼굴은 자매처럼 서로 닮아 있었다.

'남의 잘못을 꾸짖을 때 너무 엄한 기준을 적용하지 말라. 당사자가 질
책을 감당할 수 있을지 여부를 고려해야 한다. 선행으로 사람을 가르칠
때 지나치게 어려운 사례를 들지 마라. 당사자가 능히 따를 수 있는 것
이어야 한다.'
- 채근담 -

비는 우리들에게 악한 상념을 잠재우고 선한 가치들을 일깨워 준다. 비
에게도 천둥, 번개, 먹구름, 안개 같은 여러 명의 친구들이 있다. 그 중
가장 어여쁜 친구는 안개처럼 위장된 얼굴로 나타나는 운우(雲雨)다. 비
가 아닌 듯한 비와 구름이 아닌 듯한 구름이 만나 안개를 내뿜으며 만나
는 희붐한 풍정이 운우의 그윽한 자태이다.
운우는 인생들의 허물을 덮어주는, 관용을 품고 사는 나그네다. 운우를
만나면 허물과 치부가 드러나지 않아서 좋다. 사람도, 단점을 지적하
고 흠을 보는 사람보다 허물과 약한 부분을 가려주는 운우 같은 사람이
좋다.
- '비오는 날의 연가', 〈2016년 6월 크리스천투데이, '하민국 칼럼' 중에
서〉 -

인생길에서 좋은 친구를 만나고 싶다. 그러려면 내가 먼저 좋은 친
구가 되어야 할 것이다. 혹 자신에게는 너그러우면서 남에게는 너무

엄한 기준을 적용하고 있지는 않은지, 상대의 잘잘못을 따지고 너무 어려운 사례를 들어 상대가 감당하지 못하는 기준을 제시하는 까탈스러운 친구가 아닌지 생각해 볼 일이다. 상대의 단점을 지적하고 흉을 보아서 허물과 치부를 드러내는 사람이 아니라 허물을 덮어주고 약한 부분을 가려주는 윤우 같은 사람이야말로 친구가 될 수 있다.

얼마 전에 같이 일하던 동료에게 당신이 얼마나 답답한지 아느냐며 거침없이 몰아붙였다. 사실 알고 보면 나보다 훨씬 대범하게 희생을 감수하며 자신의 몫을 묵묵히 해 내는 사람이었다.

친구가 원수보다 더 미워지는 날이 많다
티끌만한 잘못이 맷방석만하게
동산만하게 커 보이는 때가 많다
그래서 세상이 어지러울수록
남에게는 엄격해지고 내게는 너그러워지나 보다
돌처럼 잘아지고 굳어지나 보다

친구의 티끌만한 잘못을 '맷방석만하게, 동산만하게' 보고 남에게는 엄격하고, 나에게는 너그러워서 돌처럼 잘아지고 굳어진 나. 두고 두고 내 약함과 어리석음에 대해서 후회하고 반성을 했다. 그럼에도 불구하고 내 곁에서 묵묵히 있어 주는 친구가 고마울 뿐이다. 좋은 친구가 되기 위해서는 끊임없이 자신을 채찍질하고 다스려야 할 것이다. 그래서 동해바다 같이 너그러워져서 넓고 깊게 감싸고 끌어안고 받아들이는 마음을 가질 수 있을 때까지, 오늘도 자신을 되돌아보고 또다시 되돌아보아야 하겠다.

산에 언덕에

— 신동엽 —

그리운 그의 얼굴 다시 찾을 수 없어도

화사한 그의 꽃

산에 언덕에 피어날지어이.

그리운 그의 노래 다시 들을 수 없어도

맑은 그 숨결

들에 숲 속에 살아갈지어이.

쓸쓸한 마음으로 들길 더듬는 행인(行人)아.

눈길 비었거든 바람 담을지네.

바람 비었거든 인정 담을지네.

그리운 그의 모습 다시 찾을 수 없어도

울고 간 그의 영혼

들에 언덕에 피어날지어이.

● 2014년 4월 16일.

나른한 일상이 고무줄 늘이는 것처럼 질기게 이어지고 있었다. 동아리 시간이 시작되기 전에 인터넷 뉴스를 검색하였다.

제주도로 수학여행 가던 배 침몰.

'무슨 말이야?'

학생 전원 구조된 듯.

'아, 다행이네……'

동아리 시간이다. 글쓰기 동아리 시간인데, 갈 데가 없어 튕겨 온 아이들 열댓 명이 사월의 햇살만큼이나 나른한 얼굴로 앉아 있다. 칠판에 제목을 쓰고 자유롭게 글을 쓰라 하고는 창가에 서 있는 나.

햇살 속에서 몸을 꼬아대던 아이가 묻는다.

"선생님, 사고 난 거 알아요?"

"수학여행 가던 배 침몰한 거? 그런데 몇 명이던가? 애들 다 구조했다던데."

"참 다행이네요."

"그러게……."

학교에서 휴대폰 소지가 금지된 터라 사고 소식을 알고 있다는 것 자체가 금지령을 어겼다는 증거이지만, 아이도 나도 그런 것을 챙기지는 않았다. '다행이다'라는 공감 뒤편으로 나른하고 일상적인 오후가 흘러갔다.

퇴근해서 집에 돌아온 순간 TV부터 켰다. 동아리 시간 이후에는 바쁜 일들이 쏟아졌고 사담을 나눌 여유 없이 시간이 흘렀다. 그 속에서 선생님들하고 나눈 몇 마디 대화.

"애들이 갇혀 있는 채로 배가 가라앉고 있대."

"구조됐다던데요?"

"오보랍니다."

TV 화면에서 모로 기울어진 선채가 물에 가라앉고 있다.

저 속에 200명 넘는 아이들이 있다고? 벌써 물이 차서 생존자가 얼마나 있을지 모른다고?

아들이 집에 들어올 때까지 비현실적인 이야기를 외쳐대고 있는 TV 화면 속의 배를 넋 놓고 바라본다. 심장 위로 큰 돌 하나가 쿵하고 얹혀져 자근자근 깔린 밑바닥부터 저려 오기 시작한다. 낯설지 않은 느낌이다.

그로부터 한 달 동안 울었다. 보는 사람이 없을 때는 마음 놓고 울었고, 누군가 옆에 있을 때는 올라오지 못한 울음이 속에서 꺽꺽거렸다. 오래된 상처를 덮어 놓았던 거적이 들춰지면서 여전히 아물지 않은 부분이 공기 속에 또다시 노출됐다고나 할까. 그때나 지금이나 시리고 쓰리고 아프다.

바다를 가르며 육지와 섬 사이를 이어 시원스레 다리를 놓았다. 다리 규모가 제법 커서 그럴 듯했지만, 둥글게 양 옆으로 장식되어 있는 구조물과 바다 위로 솟아 있는 다리가 어우러져서 한 폭의 그림과 같다. 잔잔한 남해의 바다에 옹기종기 섬들이 내려앉아 있고, 죽방염 위치라던가 바다 위로 대나무들이 촘촘히 박혀 있는 지점이 언덕에서 내려다보였다. 다리가 놓이면서 바다를 끼고 시원스레 도로가 뚫렸다. 언덕 위에 서면 바다와 섬, 다리, 좁지 않은 2차선 도로가 보인다. 손질하지 않은 뭉툭한 남해바다와 현대식 도로, 금속성의 다리에서 느껴지는 과거와 현대의 공존성, 옛날식 죽방염을 하는 듬성듬성한 대나무 자리가 주는 아련함. 게다가 노을이 바다에 내려앉기 시작할 때면 찰나의 아름다움을 주는 울고 싶은 감정까지 덤으로 보태진다. 좋은 자리에 언덕이 위치해 있다.

아버지, 어머니에게 언덕은 통곡의 자리이기도 하다. 일본에 사는 작은일본할아버지가 노쇠하여 더 이상 부모님 묘소를 돌보지 못하니, 묘가 있는 터를 아버지 명의로 해서 아버지가 묘소를 돌보고 옆의 널찍한 터는 우리 가족묘를 하자고 서로 약속을 했다던가. 어릴 적 우리가 일본할머니라고 부른, 옆집에 살던 친척할머니 내외가 묻혀 있는 묘였다. 그 옆에 봉분 없이 대리석으로 표시된 곳에 내 오빠의 묘가 있다. 18세 나이에서 멈춰 버린 채 죽은 오빠.

스무 살이 채 안 된 젊은 목숨들을 품고 있다는 점에서 TV 속 배와 언덕 위 네모난 대리석은 그대로 겹쳐진다. 대리석을 쓰다듬으며 오열하던 어머니와 TV 속 부모들의 흐느낌이 뒤섞인다. 어린 목숨들이라서 더 흔들린다. 그 흔들림 속에 이러지도 못하고 저러지도 못하고 서서 쫄딱 비를 맞고 있는 사람들. 한복판은 아니지만 가장자리에 내 발도 살짝 얹혀져 있어 그때처럼 오랫동안 내 자리가 심하게 일렁거렸다. 진원지는 깊었지만 진동은 무척 컸다.

어린 시절 오빠의 기억은 신기하게도 거의 없다. 교회학교에 지각해서 선생님이 오빠에게 노래 부르기 벌을 시켰는데, 그때 오빠는 이렇게 노래 아닌 노래를 했다.

"노래 시작했다. 노래 끝났다."

그 이상 기억은 없다. 왜 그랬을까? 아마 오빠는 언니와 나, 남동생과 어울리지 않고 장남으로 언제나 혼자서 놀았나 보다. 언니, 동생과 복닥거리던 기억은 수없이 많은데 오빠에 대한 기억은 교회학교에서 부른 짧은 한마디 노래가 다였다.

오빠는 공부를 잘 해서 인근의 큰 도시에 있는 고등학교로 진학을 했다. 매년 서울대를 50명 이상 보낸다던 그 학교에서 오빠는 1, 2등을 했다. 어느 여름날이었다. 오빠가 온 날 저녁에 아버지가 TV를 마당으로 내던졌다. 아버지는 고3이 공부해야 하는데 영화 본다고 화를 벌컥 내고 거칠게 욕을 해댔다. 아마 그길로 오빠는 짐을 싸서 하숙집으로 갔던 것 같다.

이상이 유일하게 기억나는 청소년기 오빠에 대한 장면이다. 아버지 변덕의 강도가 너무 세서 그 순간은 생생하게 기억이 나는데 그때는 아버지가 왜 그랬는지 이유를 몰랐다. 언제나처럼 온세상에 아버지만으로 가득했고, 우리 가족은 폭군의 위엄 앞에 숨죽이고 있을 뿐이었다. 한참 뒤에 나이가 들어 어머니로부터 이유를 듣고 난 다음에야 기억 속의 장면과 스토리가 아귀가 들어맞았다.

고3인 오빠가 공부를 더 이상 할 수 없을 정도로 너무 아프자 담임 선생님이 여름방학 때 일주일간 쉬고 오라고 집으로 내려보냈다고 한다. 아버지가 그 난리를 친 건 집에 내려온 날 저녁에 오빠가 주말의 명화를 봐서였다. 아버지는 언제나 열심히 일했지만 오만과 열등감으로 똘똘 뭉쳐져 있어서 시도 때도 없이 고함을 질렀다. 아버지에게 오빠가 공부를 안 하는 것은 용서가 안 되는 일이었다.

대학을 가기 위해 서울에서 공부하다 갑자기 내려와 할아버지 대신 생계를 떠맡아야 했던 아버지. 아버지는 대학 입시 날 늦잠을 자서 시험장에 가지 못했다고 했다. 친구들은 대학생이 되었는데, 자신은 재수를 하는 운명이 된 것이다. 한번 꼬인 운명은 대를 이어 매듭을 또 지었다.

그 해 겨울 오빠는 학력고사 2교시 수학시간에 답을 한 칸씩 내려 적었다. 답안지를 교체해서 다시 적을 시간은 충분히 있었지만, 감독관이 허락하지 않았다. 지금은 상상도 못 할 일이지만 그때는 감독관이 안 된다면 안 되는 것이었고, 그 교실에서 일어난 일을 하소연할 인터넷도 없었다. 자신의 결정이 절박한 한 학생의 인생을 망친다는 사실을 몰랐던 이름 모를 감독관은 오빠의 인생을 망친 결정적인 원인을 제공했다. 서울대 가야 하는 학생이 수학시간에 답을 내려 적었으니 더 이상 시험 치는 것은 무의미했다. 그길로 시험을 관두고 나왔다고 한다.

재수를 했고, 재수 하면서 하숙집에서 자해 소동이 있었다. 책상 위에 손을 얹어 놓고 손에 자해를 했다고 한다. 환청이 들린다 했고 정신병원에 입원을 하였다. 그 길로 40세까지 오빠는 정신병원에 들어갔다 나왔다를 수없이 반복했다.

40세가 되던 어느 날 기도원에서 안수기도를 받던 중에 오빠는 죽었다고 한다. 무슨 일이 일어났는지 나는 잘 모른다. 다만 18세 정신에서 박제된 40세 육체가 어느 날 이 세상에서 소리 없이 사라졌다는 사실 뿐.

45세가 된 현재의 나는 죽을 당시의 오빠보다 나이를 훌쩍 더 먹었다. 40세에 끝났지만 18세에서 박제된 채 한 걸음도 세상에 나오지 못하고 그 자리만 안타깝게 뺑뺑 돌다가 세상에서 지워진 한 아이. 세월호 배 속에서 물 밑으로 가라앉은 아이들 속에 죽은 내 오빠의 모습이 있다. 채 꽃을 피우지도 못하고 사라져 버린 꽃송이들.

존재의 이유. 이 세상에서 저들의 이유는 무엇이었을까? 지천에서 피고 흔들리는 풀무더기 속에 핀 꽃들은 여리고 아름답고 안타깝다. 꽃들이 남긴 여운은 질기게 가지를 뻗어 살아있는 자들을 휘감는다. 내 나이가 먹을수록 기억 속의 그들은 현재의 나에 비해서 너무 어린 존재들이 돼 간다. 그래서 더 안타깝다.

직업이 선생이라서 나는 오늘도 수많은 오빠와 세월호의 아이들에 둘러싸여 살고 있다. 내가 만나는 아이들 속에 내 오빠가 있고, 세월호의 아이들이 있다. 선생으로 살아가기가 버거운 까닭이다.

그리운 그의 모습 다시 찾을 수 없어도

울고 간 그의 영혼

들에 언덕에 피어날지어이.

슬픔이 기쁨에게

― 정호승 ―

나는 이제 너에게도 슬픔을 주겠다.

사랑보다 소중한 슬픔을 주겠다.

겨울밤 거리에서 귤 몇 개 놓고

살아온 추위와 떨고 있는 할머니에게

귤값을 깎으면서 기뻐하던 너를 위하여

나는 슬픔의 평등한 얼굴을 보여 주겠다.

내가 어둠 속에서 너를 부를 때

단 한 번도 평등하게 웃어 주질 않은

가마니에 덮인 동사자가 다시 얼어 죽을 때

가마니 한 장조차 덮어 주지 않은

무관심한 너의 사랑을 위해

흘릴 줄 모르는 너의 눈물을 위해

나는 이제 너에게도 기다림을 주겠다.

이 세상에 내리던 함박눈을 멈추겠다.

보리밭에 내리던 봄눈들을 데리고

추워 떠는 사람들의 슬픔에게 다녀와서

눈 그친 눈길을 너와 함께 걷겠다.

슬픔의 힘에 대한 이야기를 하며

기다림의 슬픔까지 걸어가겠다.

● 이 시대는 슬픔의 시대이다. 이 시대를 가득 메우는 슬픔.

슬픔은 못다 부른 소녀의 '거위의 꿈'이다.

슬픔은 조롱조롱 매달린 노란색 리본이다. 바다를 향해 놓여 있는
노란색 종이배이다.

슬픔은 텅 빈 교실 책상 마다 놓인 꽃다발이다.

'얘들아, 살아서 보자. 전부 사랑합니다. 여러분 사랑합니다. 살아
서 만나자.'

슬픔은 그룹 채팅방에 선생님과 반 아이들이 남긴 문자이다.

'…언니가 말야. 기념품 못 사 올 것 같아… 미안해….'

슬픔은 수학여행 선물 사 오라던 사촌동생에게 오전 9시 25분에 남긴 소녀의 문자이다.

'누나 배가 이상해. 쿵 소리가 났어. 그동안 못해줘서 미안해. 엄마한테도 전해줘. 사ㅏ 랑해….'

슬픔은 누나에게 하다만 동생의 문자이다.

슬픔은 디자이너가 되고 싶다던 소녀가 그린 빨간 줄무늬 티셔츠를 입은 자화상이다.

슬픔은 역사시간이 제일 재미있다며 역사 용어를 노래처럼 부르던 소녀의 꿈이다.

슬픔은 갑판에 올라왔다가 아래쪽 선실에서 터져 나오는 친구의 울음소리에 구명조끼도 입지 않은 채 다시 선실로 내려간 소녀의 뒷모습이다.

슬픔은 5층에서 4층으로, 4층에서 3층으로 구조를 기다리는 아이들을 찾아 내려간 선생님의 손가락에서 발견된 커플링이다.

슬픔은 "아빠, 엄마, 오빠 왜 안 와?" 하며 우는 다섯 살짜리 꼬마의 울음이다.

슬픔은 불러도 소용없는 잔잔한 바다이다. 무정하게 아름다운 햇살이다.

꿈은 젊은이들의 특권일까. 중년을 살아가는 나는 꿈꿀 자격이 없는 것일까. 아직도 내 속에는 못 다한 일에 대한 소망과 열정이 없어지지 않았지만, 한편으로는 안주하고 싶고 즐기고 싶고 누리고 싶은 마음도 똑같은 크기로 자리 잡고 있다.

그만둔다는 생각을 수십 번도 더 하면서 여전히 직장을 다니는 이유를, 돈을 벌기 위해서라고 생각하면 갑자기 인생이 서글퍼진다. 학생을 가르치는 것이 돈 때문이라면 가르치는 나도, 나에게 가르침을 받는 학생들도 불쌍한 존재가 아닐까.

누구나 먹고살기 위해 일을 하고 살아간다. 하지만 단지 살아가는 이유가 잘 먹고, 잘 살기 위해서라면 시간이 갈수록 몸이 늙어 갈수록 생물학적인 생존의 본능만 강해질 터이고, 그 사람은 결코 아름다운 인생을 산다고 할 수 없게 될 것이다.

20대에 꾼 꿈을 50대, 60대에도 꿀 수 있다면. 아니 90대까지도 꿈꾸며 살아갈 수만 있다면. 청춘의 아름다움은 나이에 있는 것이 아니라 한 사람의 마음속에 있다. 죽을 때까지 청춘이기를, 내가 떠난 자리가 남은 이들에게 싱그러운 기억이 될 수 있기를.

제 5 장

문득 달리고 싶은 날

월훈(月暈)

─
박
용
래
─

첩첩산중에도 없는 마을이 여긴 있습니다. 잎 진 사잇길, 저 모래 둑, 그 너머 강기슭에서도 보이진 않습니다. 허방다리 들어내면 보이는 마을.

갱(坑) 속 같은 마을. 꼴깍, 해가, 노루꼬리 해가 지면 집집마다 봉당에 불을 켜지요. 콩깍지, 콩깍지처럼 후미진 외딴집, 외딴집에도 불빛은 앉아 이슥토록 창문은 모과(木瓜)빛입니다.

기인 밤입니다. 외딴집 노인은 홀로 잠이 깨어 출출한 나머지 무를 깎기도 하고 고구마를 깎다, 문득 바람도 없는데 시나브로 풀려 풀려 내리는 짚단, 짚오라기의 설레임을 듣습니다. 귀를 모으고 듣지요. 후루룩 후루룩 처마깃에 나래 묻는 이름 모를 새, 새들의 온기(溫氣)를 생각합니다. 숨을 죽이고 생각하지요.

참 오래오래, 노인의 자리맡에 밭은 기침소리도 없을 양이면 벽 속에서 겨울 귀뚜라미는 울지요. 떼를 지어 웁니다, 벽이 무너지라고 웁니다.

어느덧 밖에는 눈발이라도 치는지, 펄펄 함박눈이라도 흩날리는지, 창호지 문살에 돋는 월훈(月暈).

● 　영화 중에는 시작 장면에서 광대한 우주가 보이다가 화면이 점점 좁아져서 초점이 어느 한 곳으로 집중되는 경우가 있다. 좁아지고 좁아지다가 나중에는 주인공의 방과 그 속에 있는 주인공의 모습이 클로즈업 된다. 이 시 또한 시작이 그와 비슷하다. 첩첩산중, 강기슭, 함정처럼 만들어 놓은 다리, 그 다리 밑에 감춰진 신비한 마을, 집집마다 모과 빛 불빛이 흘러나오는 창문, 그 중에서도 외따로 떨어져 있는 집 한 채, 그 집의 창문에서 흘러나오는 불빛, 방 안에 홀로 앉아 있는 노인. 시의 시작이 원경에서 점점 근경으로 좁혀져 이 시의 주인공인 노인의 외로운 모습에 초점을 맞춘다.
　화자는 밤하늘의 달처럼 높은 곳에서 멀찌감치 떨어져 노인을 바라보고 있다. 화자는 아무런 감정을 내비치지 않고 오로지 달처럼 고요하게 관조적으로 노인을 지켜보고 있을 뿐이다.

문학 속에는 관조적 태도를 보이는 작품들이 꽤 많은데, 관조적이란 현실에서 한 발짝 떨어져 고요하고 객관화된 시선으로 현실의 본질을 응시하는 태도이다.

긴긴 겨울 밤, 외딴 집에 혼자 외롭게 사는 노인은 한밤중에 잠에서 깬다. 무료함을 달래기 위해 무를 깎기도 하고 고구마를 깎기도 한다. 누군가 밖에서 찾아오는 사람이 있기라도 한 듯이 바깥의 소리에 귀를 모은다. 미세한 소리, 작은 인기척까지도 모두 놓치지 않겠다는 듯이. 간절한 심정으로 바깥에 정신을 모으고 있다.

시간이 꽤 오래 지나고 노인은 어느새 잠이 든다. 밖에서는 귀뚜라미가 떼를 지어 운다. 벽이 무너지라고 운다. 고요 속에서 벽이 무너지라 울어대는 귀뚜라미의 소리는 노인의 소리이다. 가슴 속 외로움의 아우성이다.

노인의 모습을 관찰하던 화자의 시선은 또다시 노인으로부터 멀찌감치 뒤로 물러선다. 관조적 태도로 노인을 바라본다. 어느새 창 밖에는 눈발이 흩날린다. 노인의 창문 가득 달무리가 환하게 빛난다.

조곤조곤 공손하게 이야기하는 시인의 목소리를 듣고 있으면 평화로워진다. 고독한 노인의 모습은 오히려 신비하면서 아름답기까지 하다. 마지막 장면에서 눈 내리는 밤 풍경과 창문을 비추는 달빛의 이미지가 따스하고 낭만적이기까지 하다. 시 전체의 분위기는 고즈넉하며 평화롭다.

나는 만화영화나 판타지 영화 보기를 좋아한다. 지나치게 현실적인 영화는 왠지 영화관에서 보면 손해 보는 것 같은 생각이 든다. 영화관에서는 꿈을 꾸고 싶다. 현실에서 벗어나 마음껏 상상과 환상의 세계로 여행을 떠나고 싶은 것이다. 우리가 사는 현실이 더 영화 같을 때가 있다. 믿기지 않은 일들이 연달아 일어난다. 뉴스를 보기가 겁난다. 그래서 판타지를 꿈꾸는지 모르겠다.

판타지든 만화영화든 현실에서 벗어났다는 데 공통점이 있다. 이 시의 화자의 태도에서 판타지적 시각이 엿보인다. 콩깍지처럼 후미진 외딴 집에서 혼자 사는 노인에 대한 설정, 이미지 자체가 왠지 비현실적이고 동화적이다. 더군다나 화자는 멀찌감치서 관조적으로 노인을 바라보고 있다. 현실이 힘들수록 현실을 바라보는 우리의 시선 또한 관조적일 필요가 있다. 멀찌감치 서서 판타지 영화를 보듯이 자신을 바라보면 어떨까. 하늘 높이 떠 있는 달의 시선으로 현실을 내려다보면 어떨까.

• 오우가 •

작은 것이 높이 떠서 만물을 다 비추니
밤중의 광명(光明)아 너만한 이 또 있느냐
보고도 말 아니 하니 내 벗인가 하노라

- 윤선도 -

윤선도의 시조 오우가 중 일부분이다. 작지만 높이 떠서 밝은 빛을 비추는 달. 달은 깜깜한 밤중에 세상을 내려다본다. 사람들이 무엇을 하는지도 다 알고 있다. 하지만, 다 알면서도 침묵하는 달이 좋다. 그 과묵함 때문에 시인은 달을 나의 벗이라고 노래한다. 현실의 무게가 가슴을 죄어 올 때 내 시선을 달까지 끌어올려 보자. 하늘 위에서 나를 내려다보자. 내 일은 더 이상 큰일이 아니다. 나만의 일도 아니다. 세상의 많은 이들이 나와 비슷한 아픔과 고민으로 잠 못 들고 있다.

달은 침묵하는 법도 알고 있다. 모든 것을 알고 있다. 심지어 사람들의 추악한 모습, 위선적인 작태들까지도 달은 다 보고 있다. 매와 같은 눈빛으로 현실을 직시한다. 하지만 아무 말이 없다. 어쩌면 불빛 속으로 뛰어드는 하루살이의 부질없는 날갯짓이라고 생각하며 연민과 안쓰러움으로 내려다보고 있을지도 모른다. 헛된 길에서 돌아서기를 기다리고 있는지도 모른다. 달의 침묵은 현자의 포용과 관용이다. 알고 있지만 침묵할 줄 아는 사람. 그런 사람이 곁에 있었으면 좋겠다.

• 사설시조 •

창(窓) 내고자 창을 내고자, 이내 가슴에 창 내고자

들장지 열장지 고무장지 세살장지, 암돌쩌귀 수돌쩌귀, 쌍배목 외걸쇠
를, 크나큰 장도리로 뚝딱뚝딱 박아 이내 가슴 창 내고자.
임 그려 하 답답할 제면 여닫어 볼까나 하노라.

- 작자미상 -

• 사설시조 •

한숨아 가는 한숨아 너 어느 틈으로 들어오느냐
고모장지, 세살장지, 미닫이, 여닫이에 암돌쩌귀, 수톨쩌귀, 배목걸쇠
뚝딱 박고 용모양 거북모양을 새긴 자물쇠로 깊이깊이 채웠는데 병풍
이라 덜컥 접고 족자처럼 데굴데굴 말아가지고 너 어느 틈으로 들어오
느냐
어찌된 일인지 네가 오는 밤이면 잠 못 들어 하는구나.

- 작자미상 -

사설시조는 조선 후기 서민들이 향유했던 문학이다. 예나 지금이
나 민초들의 삶은 한숨과 시름이 가실 날이 없다. 오죽 답답하면 가
슴에 창을 내고 싶다고 할까. 임이 보고 싶어 가슴이 터질 것 같은 날
에 마음의 창문을 열어젖히고 싶다. 시도 때도 없이 찾아오는 불청객

한숨, 어떻게 해서라도 한숨이 못 오게 막고 싶다. 문이란 문은 쇠 자물쇠로 꼭꼭 채워 걸어 잠그고, 병풍, 족자까지 다 동원해서 방어막을 친다. 한숨이라는 놈은 나의 이 노력을 비웃기라도 한 듯이 어느 틈엔선가 스며든다. 잠 못 드는 번뇌의 밤이 길기만 하다.

두 편의 시조 모두 마음이 답답한 사람들의 노래이다. 하지만 여유가 있다. 시를 읽고 있으면 빙그레 웃음이 난다. 자신의 삶을 바라보는 관조적 자세에서 지혜가 묻어난다. 보이지 않는 것을 보이게 설정한 발상이 기발하다. 고통스러운 가슴에 구멍을 뚫었으면 하는 생각, 한숨이 침범하지 못하도록 최선의 방어막을 구축하려는 노력이 가상하다. 기발함과 가상함 속에 여유가 있다.

마음이 아플 때 내 가슴에 창문을 냈다고 생각하고 자신에게 '창문 좀 열어 봐.' 하고 속삭여 보면 어떨까. 잠 못 자는 상념의 시간, 내게 찾아온 불청객 상념에게 '고얀 놈, 내가 그리 오지 말라 했는데, 또 왔나? 제발 저리 가면 안 되니?' 하고 중얼거려 보자.

하늘 위에서 바라보는 달의 시선이든, 날카로운 매의 눈빛이든, 여유와 익살의 시선이든 삶에 대해서 한 발짝 물러서서 거리를 두고 바라보자. 한가운데서는 도저히 보이지 않던 것들이 멀찌감치에서는 보인다.

거대한 우주 속에 놓인 작은 별 하나, 지구에서 살고 있는 미세한 존재인 나. 나에게 일어나는 일들은 거대한 우주에 비한다면 얼마나 작은 것인가. 못 잊을 일도 없고, 용서하지 못할 일도 없고, 웃지 않을 일도 없다. 믿기지 않는 일은 코미디라고 생각하고, 슬픈 일은 끝이 있는 비극이라 여기자. 힘든 일은 고난을 물리치는 영웅담이라고 생각하자.

늘 여유를 확보한 시선으로 나를 볼 일이다. 그러다보면 언젠가 뒤를 돌아다보았을 때 나도 꽤 멋진 판타지를 살았구나 느낄 때가 있지 않을까?

묘비명

— 김광규 —

한 줄의 시는 커녕

단 한 권의 소설도 읽은 바 없이

그는 한평생을 행복하게 살며

많은 돈을 벌었고

이처럼 훌륭한 비석을 남겼다.

그리고 어느 유명한 문인이

그를 기리는 묘비명을 여기에 썼다.

비록 이 세상이 잿더미가 된다 해도

불의 뜨거움 굳굳이 견디며

이 묘비는 살아남아

귀중한 사료(史料)가 될 것이니

역사는 도대체 무엇을 기록하며

시인은 어디에 무덤을 남길 것이냐.

● '그'는 일평생 한 줄의 시, 한 권의 소설도 읽지 않았다. 오직 많은 돈을 벌며 행복하게 살다가 죽었다. 유명한 문인이 그의 비석에 묘비명을 썼다. '그'의 삶을 예찬하는 글을 비석에 새겨 놓았다.

평생 세속적이며 물질적인 삶을 살았던 '그'.

시대의 양심이며 정신인 시인이 오히려 '그'를 예찬했다. 정신이 물질에 무릎을 꿇었다.

먼 훗날 시인의 거짓 예찬은 역사 속에 살아남을 것이다. 시인의 글은 귀중한 사료가 되어 역사 속에 빛날 것이다.

• 해바라기의 비명(碑銘) - 청년 화가 L을 위하여 •

나의 무덤 앞에는 그 차가운 빗돌을 세우지 말라.

나의 무덤 주위에는 그 노오란 해바라기를 심어 달라.

그리고 해바라기의 긴 줄거리 사이로 끝없는 보리밭을 보여 달라.

노오란 해바라기는 늘 태양같이 태양같이 하던 화려한 나의 사랑이라고 생각하라.

푸른 보리밭 사이로 하늘을 쏘는 노고지리가 있거든 아직도 날아 오르는 나의 꿈이라고 생각하라.

- 함형수 -

시인은 이 시에서 말하는 사람을 죽은 청년 화가 L로 설정하고 있다. 명령형 표현으로 단호한 의지를 드러낸다. 화자는 자신의 무덤 앞에 생명력이 없는 차가운 빗돌을 세우지 마라 한다. 대신, 노오란 해바라기를 심어 달라 한다. 하늘 향해 타오르는 해바라기 사이로 푸른 보리밭이 보고 싶다고 한다. 해바라기는 태양 같이 열정적이던 나의 사랑이며, 푸른 보리밭 위를 나는 노고지리는 여전히 잠들지 않은 나의 꿈이라고 생각해 달라 한다. 죽음 이후에도 여전히 꿈을 간직한 채 자유로이 날고 싶은 소망을 노래하는 시이다.

어릴 적 어머니와 아버지는 아버지가 사 모으는 책 문제로 늘 다투었다. 아버지는 방앗간에서 노동을 하는 틈틈이 돈만 생기면 책 사기에 바빴다. 아버지 방은 책들로 빽빽이 둘러싸여 학자나 문인의 방 같았다. 어머니는 아버지의 현실감 없음이 불만이었다. 먹고살기도 힘든데 책 사는 데 쓸 돈이 어디 있느냐는 질책이었다. 게다가 선천적으로 몸이 약한 아버지가 낮에 노동을 하고 밤에 책을 읽는 사실에 대한 우려감의 표현이기도 했다. 아버지는 옛날로 치면 가난한 선비였다. 어머니는 그러한 선비정신의 뒷바라지에 지친 평범한 아낙이었다.

박지원의 소설 《허생전》에서 가난한 살림에도 밤낮 책만 읽는 선비, 허생에게 허생의 처가 꾸짖는다.

"당신은 평생 과거를 보지 않으니 글을 읽어 무엇 합니까?"

"나는 아직 독서를 익숙히 하지 못하였소."

"그럼 장인바치 일이라도 못 하시나요?"

"장인바치 일은 본래 배우지 않았는 걸 어떻게 하겠소."

"그럼 장사는 못 하시나요?"

"장사는 밑천이 없는 걸 어떻게 하겠소."

처는 왈칵 성을 내며 소리쳤다.

"밤낮으로 글만 읽더니 기껏 '어떻게 하겠소?' 소리만 배웠단 말씀이오? 장인바치 일도 못 한다, 장사도 못 한다면, 도둑질이라도 못 하시나요?"

소설에서 허생은 그 길로 집을 나가 큰 부자에게 돈을 빌려 장사를 하여 엄청난 부를 이룬다. 그 돈으로 빈민을 구제하고 이상국을 건설한 뒤, 허생 본인은 본연의 선비로 돌아온다. 소설 속에서는 정신적 가치가 세속적, 물질적 가치를 시원하게 갖고 노는 형국이다.

아버지는 학구적이고 끈기 있었지만 돈 버는 재주는 타고나지 않았다. 게다가 언제나 입버릇처럼 '상놈의 세상'을 한탄했다. TV 속 정치인들이나 어용학자들, 주변의 시의원들, 졸부들을 보며 쯧쯧 혀를 찼다. 아버지는 언니나 나에게 몸가짐, 옷차림을 단속했다. 이마를 까고 머리를 뒤로 올려 묶는 것은 천하다고 금했다. 짧은 치마, 몸에 붙은 옷은 물론 근처에도 가면 안 되었다. 칼라를 올린 일본식 기모노 같은 옷도 금기대상이었다. 남들은 아무도 따지지 않는 것을 꼬장꼬장 따졌다. 여든이 넘은 지금도 아버지는 사십이 넘은 나의 옷이나 머리 모양이 마음에 안 들면 혀를 찬다. TV에서 연예인들의 과한 옷매무새는 노인에게 얼마나 천인공노할 일인가. 부끄러움과 고상함을 상실한 세상과 짝이 맞지 않는 절름발이로 아버지는 평생을 사셨다.

아버지의 영향을 나도 받았다. 남자 고등학교에서 과한 노출을 하는 옷을 입고 다니는 여선생들에게 혀를 찬다. 남선생들끼리 하는 성적인 농담이나 속된 표현들에 강한 거부반응이 일어난다. 장사치 같이 돈 계산만 하고 있는 선생들에 분노한다. 학교에서 늘 주식만 들여다보는 사람, 아파트 값 계산만 하는 사람, 담임수당비, 특별수업비 계산만 하는 사람…… 교육 현장에서도 세속화는 엄연히 존재한다. '역사는 도대체 무엇을 기록하며 / 시인은 어디에 무덤을 남길 것이냐' 하는 시인의 한탄이 절로 나오는 세상이다. 아이들은 도대체 무엇을 배우며 선생은 어디에 가치를 둘 것인가.

수업시간에 김광규의 '묘비명'과 함형수의 '해바라기의 비명 - 청년 화가 L을 위하여'를 비교하여 감상문을 적게 한다. 물질적 가치로 부귀영화를 누렸던 '그'와 물질과 권력에 정신을 판 '문인', 빗돌 없는 초라한 무덤이지만 죽어서도 변함없이 꿈꾸기를 원했던 '청년 화가'. 세 인물의 삶에 대해 정형화된 결론을 내리기보다는 다양성을 열어둔다. '그'와 '문인'을 옹호하는 학생의 항변에도 그 기발함에 박수를 친다. 정답이란 없는 것이다. 다만 현실이 아닌 교육 현장에서는 세속화, 물질화된 세상, 위선적 세상에 대한 비판의식은 있어야 하지 않을까 싶다. 죽어도 변치 않은 열정을 품고 산 사람에 대한 경외감은 가르쳐야 하지 않을까 싶다.

젊은 날에 고인이 된 가수, 김광석이 부른 노래 '일어나'의 가사이다.

검은 밤의 가운데 서 있어 한치 앞도 보이질 않아
어디로 가야 하나 어디에 있을까
불러 봐도 소용 없었지
인생이란 강물 위를 뜻없이 부초처럼 떠다니다가
어느 고요한 호숫가에 닿으면 물과 함께 썩어가겠지
일어나 일어나 다시 한 번 해보는 거야
일어나 일어나 봄의 새싹들처럼

끝이 없는 말들 속에 나와 너는 지쳐가고
또다른 행동으로 또다른 말들로 스스로를 안심시키지
인정함이 많을수록 새로움은 점점 더 멀어지고

그저 왔다갔다 시계추와 같이 매일매일 흔들리겠지

일어나 일어나 다시 한 번 해보는 거야

일어나 일어나 봄의 새싹들처럼

가볍게 산다는 건 결국은 스스로를 얽어매고

세상이 외면해도 나는 어차피 살아 살아 있는 걸

아름다운 꽃일수록 빨리 시들어가고

햇살이 비치면 투명하던 이슬도 한순간에 말라버리지

일어나 일어나 다시 한 번 해보는 거야

일어나 일어나 봄의 새싹들처럼

일어나 일어나 다시 한 번 해보는 거야

일어나 일어나 봄의 새싹들처럼

죽음 이후에 더 그리워지는 존재들이 있다. 죽었지만 영원히 청년으로 살아가는 사람들이 있다. 그들이 뿌린 생명의 씨는 지금도 누구의 가슴 속에서 조용히, 하지만 강인하게 싹이 트고 있다.

생명의 서(序)

—
유
치
환
—

나의 지식이 독한 회의를 구하지 못하고

내 또한 삶의 애증을 다 짐지지 못하여

병든 나무처럼 생명이 부대낄 때

저 머나먼 아라비아의 사막으로 나는 가자.

거기는 한 번 뜬 백일(白日)이 불사신같이 작열하고

일체가 모래 속에 사멸한 영겁(永劫)의 허적에

오직 알라의 신(神)만이

밤마다 고민하고 방황하는 열사(烈沙)의 끝.

그 열렬한 고독의 가운데

옷자락을 나부끼고 호올로 서면

운명처럼 반드시 '나'와 대면케 될지니

하여 '나'란 나의 생명이란

그 원시의 본연한 자태를 다시 배우지 못하거든

차라리 나는 어느 사구(沙丘)에 회한 없는 백골을 쪼이리라.

● 　살다 보면 지독한 회의가 몰려드는 순간이 있다. 자신이 가진 것이 자신의 구원에 아무런 도움이 되지 않는다. 오직 독한 회의와 애증의 무게에 짓눌려 생명이 병든 나무처럼 나의 생명이 시들어 가고 있다.

그 순간. 아라비아 사막으로 떠나야 한다. 불같이 내리 쬐는 태양만이 존재하는 곳, 모든 생명체들이 사라지고 없는 열대의 끝으로 걸어가야 한다.

열렬한 고독 속에 옷자락을 나부끼며 섰는 순간, 운명처럼 '나'와 만나게 될 것이다.

내 원시의 생명과 마주치게 될 것이다.

진학지도를 하다 보면 한 반에 많아야 네, 다섯 명 정도가 확고한 꿈이 있다. 어떤 해에는 한, 두 명도 안 될 때도 있다. 진로를 정했다고는 하지만 자신이 좋아하고 잘할 수 있는 것보다는 주변 사람들이 좋다고 생각하는 진로를 자기 꿈이라고 생각하는 학생들도 많다. 내가 가장 좋아하는 것, 내가 가장 잘하는 것이 무엇인지 학생들은 잘 모른다. 열정과 비전도 별로 없고, 그저 안정적이고 수입이 많은 직장을 선호할 뿐이다. 자신에 대한 탐구를 할 기회가 없었는지 모를 일이다.

아들은 중학교 2학년이 되면서 '자아'가 생기자 기존에 하던 것들에 대해서 반항심을 보이기 시작한다. 방학 때는 온종일 꼼짝 않고 방 안에서 휴대폰만 들여다보고 있다. 부모로서 견디기 힘든 일이기도 하다. 수십 번씩 올라오는 잔소리를 삼킨다. 형성되기 시작한 '자아'에 대한 탐구시간이 필요할 것 같다. 그러다가 시기를 놓쳐서 인생 망친다는 말을 주변에서 많이 한다. 부모인 나는 기다리는 쪽을 선택했다. 물론 아들에 대해 화가 날 때가 많다. 하지만, 최대한 참고, 최대한 기다리기. 그것이 내가 선택한 무모하고, 대책 없는 사춘기 아들 키우는 방법이다.

중·고등학교 시절의 나에 대해 떠올려 본다. 아들과 똑같이 반항하고 불만이 많았다. 뭐라도 하고 싶은데, 딱히 할 수 있는 것은 없어서 늘 폭발 직전이었다. 사실 무엇을 하고 싶은지도 몰랐다. 어머니와 신경전이 잦았고, 몇날 며칠 밥을 먹지 않고 버티던 고집불통이었다. 그에 비한다면 밥은 먹어 주는 아들이 고마울 지경이다.

사춘기 시절뿐만 아니라 살아가는 과정 전체가 '자아'를 탐구하는 여정이다. 사십 중반이 넘은 지금도 나는 내가 누구인지 알아가고 있고, 내가 하고 싶은 것이 무엇인지 탐구하고 있다. 학생들에게 "청춘은 나이와 상관없다. 10대라고 할지라도 꿈이 없으면 노인네이다. 60대, 70대라 할지라도 꿈이 있다면 청춘이다. 선생님은 지금도 꿈을 꾸고 있다. 꿈이 있는 한 누구나 청년의 시절을 살고 있는 것이다." 이렇게 말을 하면, 아이들이 농담인지 진담인지 환호성을 보낸다. 글을 쓰는 작업도 나를 탐구하는 작업이며, 내 꿈을 찾아가는 과정이라 생각한다. 아직도 내 가슴을 뛰게 하는 무언가를 찾기 위해 헤매고 있는 나는 여전히 사춘기를 보내고 있다.

나의 지식이 독한 회의를 구하지 못하고
내 또한 삶의 애증을 다 짐지지 못하여
병든 나무처럼 생명이 부대낄 때

살다 보면 생명이 병든 나무처럼 부대낄 때가 많다. 내가 아는 지식이 내 삶에 아무런 해결책을 제시하지 못하고, 애정과 증오 사이에서 수도 없이 방황할 때가 얼마나 많은가. 중심을 잡고 살기가 어려울 때가 많다. 주변에서 편안하게 안정적으로 살아가는 사람들을 보면 부럽기 그지없다. 외부에서 오는 힘든 일이건 내면에서 솟아나는 갈등이건 간에 혼자서 감당하기 힘들어 생명이 부대낄 때마다 편안하게 살아가는 주위 사람들을 보면서 언제나 부러움을 느꼈다. 나 빼고 다들 너무 잘 사는 것 같았다.

하지만 뉴스를 보면 얼마나 문제 많은 세상인가. 어느 날 갑자기 생각지 못하게 누군가 자살했다는 소식을 듣는다. 전혀 그럴 것 같지 않은 사람이었다. 어쩌면 흔들림 없는 겉모습은 위장인지도 모를 일이다. 화려한 보호색 옷으로 자신을 숨긴 채 다들 그렇게 고독하게 살아가는지도 모를 일이다.

　고인이 된 가수 신해철이 평소에 자신의 묘비명으로 꼽은 곡이라는 '민물장어의 꿈'이다.

　　좁고 좁은 저 문으로 들어가는 길은

　　나를 깎고 잘라서 스스로 작아지는 것뿐

　　이젠 버릴 것조차 거의 남은 게 없는데

　　문득 거울을 보니 자존심 하나가 남았네

　　두고 온 고향 보고픈 얼굴 따뜻한 저녁과 웃음소리

　　고갤 흔들어 지워버리며 소리를 듣네

　　나를 부르는 쉬지 말고 가라 하는

　　저 강물이 모여드는 곳 성난 파도 아래 깊이

　　한번이라도 이를 수만 있다면 나 언젠가

　　심장이 터질 때까지 흐느껴 울고 웃다가

　　긴 여행을 끝내리

　　미련없이 익숙해 가는 거친 잠자리도

　　또다른 안식을 빚어 그마저 두려울 뿐인데

　　부끄러운 게으름 자잘한 욕심들아 얼마나 나일 먹어야

　　마음의 안식을 얻을까

하루 또 하루 무거워지는 고독의 무게를 참는 것은

그보다 힘든 그보다 슬픈

의미도 없이 잊혀지기 싫은 두려움 때문이지만

저 강물이 모여드는 곳 성난 파도 아래 깊이

한번이라도 이를 수만 있다면 나 언젠가

심장이 터질 때까지 흐느껴 울고 웃으며

긴 여행을 끝내리

아무도 내게 말해 주지 않는

정말로 내가 누군지 알기 위해

신해철은 "'민물장어의 꿈'은 내가 죽으면 뜰 것이다. 내 장례식장에서 울려 퍼질 곡이고, 노래가사는 내 묘비명이 될 것이다."라고 말을 했다고 한다. 그의 말처럼 의료사고로 홀연히 세상을 떠난 뒤, 그의 장례식장에 이 노래가 울려 퍼지고 이 곡은 그의 죽음 이후에 재조명되고 있다.

살아생전 그가 얼마나 고독했는지, 얼마나 자신을 찾기 위해서 몸부림쳤는지가 고스란히 느껴진다.

'아무도 말해 주지 않는 나'를 찾기 위해 치열하게 싸웠던 그의 열정이 존경스럽다. 치열하게 살다간 이들을 보면 오늘도 나는 가슴이 뛴다.

생명이 사멸한 열사의 끝에서 자신의 참모습과 대면하고자 인생을 걸었던 시인의 열정을 배우고 싶다. 내가 누구인지, 내가 사는 이유가 무엇인지. 언제, 어떤 모습으로 죽음이 올지 모르지만, 종말의 순간조차도 여전히 철저하게 고민하고 철저하게 '나'가 누구인지 탐구하는 사람이 되고 싶다.

동승

— 하
종
오 —

국철 타고 앉아 가다가

문득 알아들을 수 없는 말이 들려 살피니

아시안 젊은 남녀가 건너편에 앉아 있었다

늦은 봄날 더운 공휴일 오후

나는 잔무 하러 사무실에 나가는 길이었다

저이들이 무엇 하려고

국철을 탔는지 궁금해서 쳐다보면

서로 마주 보며 떠들다가 웃다가 귓속말할 뿐

나를 쳐다보지 않았다

모자 장수가 모자를 팔러 오자

천 원 주고 사서 번갈아 머리에 써 보고

만년필 장수가 만년필을 팔러 오자

천 원 주고 사서 번갈아 손바닥에 써 보는 저이들

문득 나는 천박한 호기심이 발동했다는 생각이 들어서

황급하게 차창 밖으로 고개 돌렸다

국철은 강가를 달리고 너울거리는 수면 위에는

깃털 색깔이 다른 새 여러 마리가 물결을 타고 있었다

나는 아시안 젊은 남녀와 천연하게

동승하지 못하고 있어 낯짝 부끄러웠다

국철은 회사와 공장이 많은 노선을 남겨 두고 있었다

저이들도 일자리로 돌아가는 중이지 않을까

●   화자는 국철을 타고 사무실로 가고 있었다. 아시안 젊은 남녀
가 함께 탔다. 화자는 그들을 관찰하였다. 그러다가 그들을 흘낏거리
는 자신에 대해 반성하였다. 그 순간, 그들은 그의 동승자가 아니었
다. 낯선 이방인이었다. 화자는 그들을 철저하게 타인으로 취급하며
천박한 호기심으로 바라보고 있었다.

창밖으로 보이는 강가의 풍경. 다른 색의 깃털을 가진 새들이 사이
좋게 물결을 타고 있었다. 서로 다른 존재들이었지만 평화롭게 공존
하고 있었다. 부끄러웠다.

새 학기가 시작되면 반 아이들의 분위기는 어색하다. 일주일간은

그지없이 교실이 조용하다. 작년에 같은 반이었던 친구들 몇 명끼리 속닥인다. 작년에는 별로 안 친했던 관계여도 같은 반이었다는 이유로 새 학기가 되면 친해지는 경우도 있다. 하지만 그것도 잠깐. 일주일이 지나고 2주일, 한 달, 시간이 흘러가면 교실 분위기가 조금씩 달라진다. 얼어 있던 수업시간도 점차 활기를 띠기 시작하고, 자습시간에도 떠들기 시작한다. 선생들은 애들이 친해지기 전에 반 분위기를 잡는 것이 관건이다. 일 년 동안 편하게 지내려면 학기 초인 3월에 분위기를 잘 잡아 놓아야 한다. 학생들끼리 너무 사이가 좋아 수업시간, 자습시간 가릴 것 없이 마냥 떠들어 대면 골치가 아프다. 차라리 낯섦과 긴장감 감돌던 3월이 좋았다. 선생의 입장이야 어쨌든 간에 학생들은 3월보다 4월이 더 시끄럽고 5월에 봄 소풍과 체육대회를 치르고 나면 학기 초의 엄숙함은 온 데 간 데가 없어진다.

고등학생도 저학년일수록 애들끼리 쉽게 친해진다. 중학생보다는 초등학생, 초등학생보다는 유치원 애들이 더 쉽게 친해진다. 나이가 적을수록 친해지기가 쉬워진다. 중학교에서 갓 올라와 아는 학생이 별로 없는 1학년 학생들은 1년 만에 서로 꽤 친해진다. 학기가 올라갈수록 끼리끼리 모이는 경우가 생기고 반이 바뀌어도 전에 반 아이들끼리 몰려 다니는 경우도 있다. 고3이 되면 물론 입시 때문에 친구 사귈 시간이 없기도 하지만 그것보다 한 살 더 나이가 들었다는 사실이 친구 만들기의 장벽으로 작용한다. 고등학교 3학년 때 새롭게 친구가 되는 경우는 별로 없다.

그래도 고등학교 시절의 친구들이 대학교나 사회 친구들보다 격의 없다. 어른이 된다는 것은 삶의 테두리가 정해진다는 것이지 않을까 싶다. 직장이 생기고 생활의 수준이 정해지고 가족이 생기면 점점 삶의 테두리는 담장이 높이 올라간다. 타인을 받아들이기가 점점 더 힘들어진다. 그렇다 보니 비슷한 사람들끼리 사교집단이 생기고 교육 수준, 재산 수준이 비슷비슷한 사람끼리 어울리며 산다. 자신이 속한 그룹 이외의 사람들은 다 낯선 이들이다. 같은 땅에 사는 민족끼리도 서로가 낯선데, 하물며 다른 나라에서 온 인종과 말이 다른 사람들은 오죽할까.

하종오 시인의 다른 시 '원어(原語)'이다.

• 원어(原語) •

동남아인 두 여인이 소곤거렸다
고향 가는 열차에서
나는 말소리에 귀 기울였다
각각 무릎에 앉아 잠든 아기 둘은
두 여인 닮았다
맞은 편에 앉은 나는
짐짓 차창 밖 보는 척하며
한마디쯤 알아들어 보려고 했다

획 지나가는 먼 산굽이

나무 우거진 비탈에

산 그늘 깊었다

두 여인이 잠잠하기에

내가 슬쩍 곁눈질하니

머리 기대고 졸다가 언뜻 잠꼬대하는데

여전히 알아들을 수 없는 외국말이었다

두 여인이 동남아 어느 나라 시골에서

우리나라 시골로 시집왔든 간에

내가 왜 공연히 호기심 가지는가

한참 자고 난 아기 둘이

칭얼거리자

두 여인이 깨어나 등 토닥거리며 달래었다

한국말로,

울지 말거레이

집에 다 와 간데이

- 하종오 -

'원어'의 사전적 의미는 번역하거나 고친 말의 본디 말이다. '내가
왜 공연히 호기심 가지는가'라는 표현에서 '동승'의 천박한 호기심에
대한 반성이 이 시에도 드러난다. 외국인을 바라보는 시선을 천박한

호기심이라 한 이유는 무엇일까. 호기심이란 자신과의 차이를 두는 것이다. 기준은 자신이고 자신과 다른 남에 대한 차이는 차별에 가깝다. 이 시는 타인의 시선으로 외국인을 차별한 자신에 대한 반성에서 한 단계 더 나아간다.

자신들의 원어로 잠꼬대 하던 동남아인 두 여인은 칭얼거리는 아기 때문에 잠을 깨서는 잠결에 한국말로 아기를 달랜다. 시인은 두 여인에게 측은함을 느낀다. 원어 대신에 아기에게는 타국어를 쓸 수밖에 없는 여인들. 그들은 낯섦의 일상 속에서 살아야 되는 사람들이다. 싫든 좋든 타인들의 공간 속에서 일상을 살아내야만 하는 존재들이다.

동남아 여인들에 대한 호기심이 측은함과 공감으로 바뀔 수 있는 힘은 무엇일까. 같은 열차를 타고 가면서 같이 보낸 시간이다. 함께 한 시간만큼 서로에 대한 이해는 깊어진다. 굳이 다가서려 애쓰지 않아도 같은 공간에서 같이 보낸 시간만으로 동승의 조건이 갖추어진다. 해결책은 여기에 있지 않을까 싶다.

어머니가 일본인인 지석이, 한국말을 잘 하지 못한다. 고3인데, 국어시간에 국어사전을 내 놓고 단어를 하나하나 찾고 있다. 성적이 좋을 리 없다. 최하위권이다. 다른 과목도 따라갈 리가 없는데도 결석 한 번 없이 수업시간에 자는 일 한 번 없이 학교를 다니는 지석이였다. 3년 동안 지석이는 학교에서 무슨 생각을 하며 무엇을 얻고 갈까. 한편 대견하기도 하고 선량한 눈빛을 보면서 안쓰럽기도 한 아이를 기억한다. 말이 잘 안 통하는 데다가 과묵하고 소심한 성격이라 다른 아이들과 잘 섞이지 못하지만, 한 반의 아이들은 지석이와 동승하는 법을 알고 있는 것 같다. 지석이를 낯설게 바라보지 않고 편하게 대한다. 지석이도 그런 아이들 속에 편하게 앉아 있다. 그 모습을 보면 아이들이 고맙다.

이 땅에서 우리와 같이 살아가는 타인들이 생각보다 많다. 외국인들은 물론 탈북민들도 마찬가지이다. 서로에 대한 낯섦과 어색함, 배타심을 없앨 수 있는 방책은 시간의 묘약이다. 같이 부대끼며 살아간 시간의 길이만큼 서로를 이해하고 가까워질 수 있다.

학군 때문에 유동인구가 많은 아파트에서 살고 있다. 인근에 새로 짓는 아파트도 많지만 학군이 좋아서 새 학기가 되면 나고 드는 사람들이 많은 동네이다. 20년 가까이 살아도 같은 라인의 아파트 사람들이 익숙하지 않다. 20년 전부터 살고 있던 터줏대감 7층의 아주머니는 처음 이사 올 때부터 독특했다. 푸근한 얼굴과 몸매가 사람 좋아 보이는 수수한 아주머니는 보는 사람마다 큰 소리로 인사를 했다. 아이들에게까지 일일이 이름을 물어본다. 엘리베이터를 타는 순간 아주머니가 들어오면 아주머니에게 어른, 아이 할 것 없이 말을 하게 된다. 정확히 말하자면 아주머니가 모든 사람들에게 말을 건넨다. 낯선 어른들이 말을 거는 것을 귀찮아하는 사춘기 딸, 아들도 이 아주머니에게는 먼저 인사를 한다. 묻는 말에 선선히 기분 좋게 대답한다. 어색한 침묵이 감돌던 엘리베이터에 아주머니가 들어서자마자 훈훈해진다. 낯선 이웃들에게 스스럼없이 말을 붙이지 못하는 스스로를 돌아보게 하는 분이다.

　서로에 대한 무장 해제가 필요한 세상이다. 불신과 두려움이 만연할수록 벽을 깨려는 노력 또한 치열해져야 할 것이다. 어차피 '동승'하여 함께 가는 세상 아닌가. 오늘도 거울을 보며 완고해지는 마음에 힘을 빼는 연습을 해 본다.

희미한 옛사랑의 그림자

—
김
광
규
—

4.19가 나던 해 세밑

우리는 오후 다섯 시에 만나

반갑게 악수를 나누고

불도 없는 차가운 방에 앉아

하얀 입김 뿜으며

열띤 토론을 벌였다

어리석게도 우리는 무엇인가를

정치와는 전혀 관계없는 무엇인가를

위해서 살리라 믿었던 것이다

결론 없는 모임을 끝낸 밤

혜화동 로터리에서 대포를 마시며

사랑과 아르바이트와 병역 문제 때문에
우리는 때묻지 않은 고민을 했고
아무도 귀 기울이지 않는 노래를
누구도 흉내 낼 수 없는 노래를
저마다 목청껏 불렀다
돈을 받지 않고 부르는 노래는
겨울밤 하늘로 올라가
별똥별이 되어 떨어졌다
그로부터 18년 오랜만에
우리는 모두 무엇인가가 되어
혁명이 두려운 기성세대가 되어
넥타이를 매고 다시 모였다
회비를 만 원씩 걷고
처자식들의 안부를 나누고
월급이 얼마인가 서로 물었다
치솟는 물가를 걱정하며
즐겁게 세상을 개탄하고
익숙하게 목소리를 낮추어
떠도는 이야기를 주고받았다
모두가 살기 위해 살고 있었다
아무도 이젠 노래를 부르지 않았다
적잖은 술과 비싼 안주를 남긴 채

우리는 달라진 전화번호를 적고 헤어졌다

몇이서는 포우커를 하고 갔고

몇이서는 춤을 추러 갔고

몇이서는 허전하게 동숭동 길을 걸었다

돌돌 말은 달력을 소중하게 옆에 끼고

오랜 방황 끝에 되돌아온 곳

우리의 옛사랑이 피 흘린 곳에

낯선 건물들 수상하게 들어섰고

플라타너스 가로수들은 여전히 제자리에 서서

아직도 남아 있는 몇 개의 마른 잎 흔들며

우리의 고개를 떨구게 했다

부끄럽지 않은가

부끄럽지 않은가

우리는 짐짓 중년기의 건강을 이야기했고

또 한 발짝 깊숙이 늪으로 발을 옮겼다

● 　젊은 시절, 불도 없는 차가운 방에서 열띤 토론을 하였다. 정치와는 관계없는 무엇인가를 위해 살리라 믿었다. 때 묻지 않은 고민, 때 묻지 않은 노래를 불렀다.

18년이 지난 뒤 그들은 다시 만났다. 모두들 '무엇인가' 되어 있었다.

돈 이야기, 정치 이야기를 가벼운 안줏거리로 삼는 그들은 어느새 혁명이 두려운 기성세대가 되었다.

적잖은 술과 비싼 안주를 남긴 채 향락을 즐기러 간다.

예전에 걷던 동숭동 길에는 플라타너스 가로수가 변함없이 서 있다.

부끄럽지 않은가. 부끄럽지 않은가.

마른 잎을 흔드는 플라타너스의 속삭임에 그들은 잠깐 고개를 떨군다. 소시민으로 살아가는 현재의 모습이 부끄럽다. 하지만 그것도 잠시, 희미한 양심의 외침을 귓전으로 흘린다. 중년의 건강을 이야기하며 늪과 같은 일상 속으로 발을 내딛는다.

군대를 갔다 와서 학교를 찾아오는 졸업생들의 얼굴에는 취업에 대한 걱정으로 가득하다. 고등학교 시절 입시 준비와 마찬가지인 제2의 수능을 준비하는 듯하다. 좁은 취업의 문을 뚫기 위해서 고등학교 시절 이상으로 애쓰는 모습이 안쓰럽다.

명문대를 대학원까지 졸업하고 기간제로 학교에 들어온 여선생이 있다. 서른이 훌쩍 넘은 나이에 결혼할 생각이 없고, 별다른 하고 싶은 꿈도 없다 했다. 고등학교 때 내내 1등을 했고, 명문대에 진학하여 대학원까지 졸업했지만, 별 목표가 없다. 오랜 객지 생활이 싫어서 부모님과 함께 살고 있다 했다.

30대 초에 결혼한 다른 여선생은 20개월 된 아기가 있다. 시어머니가 아기를 보고 자신은 피신 겸해서 바깥 활동을 한다고 했다. 명품가방, 화려한 옷에 관심이 많다. 월말이면 카드값 계산이 한창이다.

남편 수입도 상당하고 양가 부모님도 여유 있는데, 관심은 어떻게 하면 돈을 모을까에 쏠려 있다.

2, 30대뿐만 아니라 10대들도 마찬가지이다. 꿈이 없이 무기력하고 직장의 선택 기준은 오직 돈이다. 학교에서 학원으로, 학원에서 독서실로 맴을 돌다가 새벽이 돼서야 집에 가는 아이들. 자신이 진정 원하는 일이 무엇인지 생각할 겨를이 없다. 공부하는 목적이 뭐냐 물으면 한결같이 돈을 잘 벌기 위한 직장이나 안정적인 직장을 얻기 위해서라고 대답한다. 진로 상담을 하다 보면 어른인지 애인지 구별이 되지 않는다. 안정적이고 돈벌이 잘 되는 직장, 학부모나 학생이 똑같이 원하는 것이다. 마치 애 늙은이들 같다. 그렇다고 학생들을 탓할 수는 없다. 자기 자신에 대해 탐구할 시간과 여건을 주지 않은 현실의 결과이다. 이 시대의 10대들은 울러맨 가방의 무게만큼 무거운 중년의 삶을 살고 있다. 아파트식 닭장 속에 갇혀서 움직이지 못하고 사육되는 닭들 같은 존재들이다. 똑같이 정량화되어 찍어내는 상품들이다. 넓은 들판을 가로지르던 야생성을 잃어버린 채 똑같은 조건, 똑같은 사료를 공급 받으며 대량 생산되는 상품들 같은 아이들이다.

얼마 전에 남편은 고등학교 은사 분을 만나고 온 이야기를 했다. 막 정년퇴임을 하신 분인데, 책도 내고 열심히 강연도 하는 등 퇴임 때까지 열정적으로 활동하셨다. 국정교과서 채택 반대 일인 시위를 6개월 동안 매일 하기도 했다 한다. 퇴임 후에 집필 활동을 할 계획이라고 하셨다. 그 은사님은 타 고등학교에 강연을 하러 자주 간다고 하는데, 강연 때마다 만나는 학생들의 모습에 한탄을 하였다 한다. 졸음기 가득한 두 눈에서는 열정이라고는 찾아 볼 수 없고 꿈과 비전을 아무리 이야기하여도 무반응인 학생들. 애 늙은이들의 무기력한 모습은 60대지만 청년으로 살아가는 선생님에게 더 없이 안타까운 존재들이었다.

"문송합니다."라는 말이 있다. '문과라서 죄송합니다.'의 줄임말이다. 전공을 물어보는 면접관에게 면접생이 하는 말이라고 한다. 그만큼 인문계열 졸업생이 취업이 안 된다는 뜻이다. 남학교라서 더 그런지 모르겠지만 이과 쏠림 현상은 하루 이틀의 문제가 아니다. 현재 문과 반이 이과 반보다 1반이 적은데 1반을 더 줄여야 될 지경이다. 문과 반을 선택한 학생도 수학에 자신이 없어서 어쩔 수 없이 문과 반을 선택한 경우가 대부분이다. 왜 이과를 선택하는가? 취업이 잘 되기 때문이다. 결국 돈의 문제이다. 취업이 어려운 현실에서 문과생들이 뚫어야 할 현실의 벽은 너무 높기만 하니 학생들의 그러한 선택에 대해 뭐라 할 수 없는 실정이다.

건이는 천생 문과 학생이다. 철학도에 가까운 정신세계를 가지고 있다. 1학년 때 교내 글쓰기 대회에서 상을 받았다. 논리적이며 내용에 깊이도 있어 기대가 되던 학생이다. 서울대 법대를 나온 삼촌 영향으로 법학 지식도 상당하고 철학에도 관심이 많아 사상가들의 책을 많이 읽었다. 그런 건이가 자연 반을 간다고 했다. 인문 반에서 공부하면 충분히 상위권도 가능한 성적이지만 자연 반에 가서 상위권에 갈 실력은 되지 못했다. 수학, 과학 과목이 타 학생들과 비교했을 때 떨어졌다. 성적도 성적이지만 근본이 인문적 두뇌를 가진 학생이었다. 결국 자연 반에 갔다가 고3때 인문 반으로 옮겨야만 했다. 다른 학생들은 2학년 때 배운 사회탐구 과목을 고3에 자기 혼자서 독학을 했다. 워낙 인문 쪽으로 감각이 있는 학생인지라 턱걸이로 서울에 있는 대학은 갈 수 있을 정도의 점수를 받았다.

건이의 자질을 1학년 때부터 알았던 터라 결과가 썩 만족스럽지는 못하다. 훨씬 더 잘할 수 있었던 학생이었다. 그마저도 건이처럼 뒤늦게라도 과를 바꿀 수 있는 용기가 있는 학생은 몇 되지 않는다. 적성에 맞지 않고 수학문제가 너무 어려워서 손도 대지 못한다 하더라도 기어이 이과를 고수하는 학생들이 한둘이 아니다. 먹고살기 위해 적성과 소질이 뭔지도 잃어버린 10대 중년들이다.

학창시절의 친구들을 만난다. 40대 중턱을 넘어선 그들은 모두 무엇이 되어 있다. 들고 있는 가방, 몸에 걸친 옷들을 서로 훔쳐보며 살림의 정도를 가늠한다. 가족 이야기, 돈, 건강, 여가생활 이야기에 시간 가는 줄 모른다. '때 묻지 않은 고민, 누구도 흉내 낼 수 없는 노래'를 부르던 예전의 모습은 찾아 볼 수가 없다. 아니 어쩌면 애초에 순수한 삶에 대한 열정은 없었는지 모를 일이다.

7080 세대들의 향수는 이미 상품화되었다. 영화, 대중가요, 노래방, 식당 등의 마케팅 전략이 70, 80년대의 향수를 자극하는 방향에

맞추어 진다. 불안정 속에서도 낭만이 존재했고 풍요의 가능성이 열려 있던 시대. 미화되거나 감수성으로 덧입혀진 추억의 그림자 속에서 이 시대 중년들은 과거의 박제된 낭만과 사랑을 떠올린다. 향수를 즐기기 위해 아낌없이 지갑을 연다.

어느샌가 애국심과 민족정신을 담은 영화들이 많아졌다. 국가와 민족의 이데올로기 또한 상품화된 시대이다. 치열한 시대정신, 생존을 위한 투쟁, 삶에 대한 열정은 삶과 죽음의 다큐멘터리라기보다는 감성과 낭만의 껍데기로 정교하게 포장된 상품에 가깝다. 과거의 '희미한 옛 사랑의 그림자'는 상품성 있는 싸구려 대중문화로 전락했다.

10대든 2, 30대든 4, 50대, 그 이후의 모든 세대든 중요한 것은 현재적 삶이다. 세속화, 정형화된 꿈도 아니고 과거의 낭만과 향수도 아닌 현재의 삶에 꿈과 열정이 존재하느냐가 중요한 문제이다.

취업, 재테크, 노후준비 이면에 '돈을 받지 않는 노래, 누구도 흉내 낼 수 없는 노래'가 존재하느냐 되짚어 볼 일이다.

부끄러움의 경적도 사라진 지 오래된 채 브레이크 없는 욕망의 늪으로 질주하는 현대인들. 뭔가 근본적인 출발점부터 재고해 봐야 하지 않을까 싶다. 인간이 동물과 다른 점은 노래할 수 있다는 사실이다. 속물적 삶이 아니라 그보다 더 상위에 있는 가치들을 추구하는데 인간의 존엄성이 있다.

나도 시대에 역행해서 돈과 무관한 가치를 추구하면서 살 위인은 되지 못한다. 하지만 문득 멈춰 서서 주위를 둘러보면 내가 뭐하고 있나? 잘 하고 있는 걸까? 하는 의구심이 가시지 않는다.

부끄럽지 않은가. 부끄럽지 않은가.

오늘도 가슴 밑바닥에서 시인의 희미한 목소리가 들려온다.

숲

— 정희성 —

숲에 가 보니 나무들은

제가끔 서 있더군.

제가끔 서 있어도 나무들은

숲이었어.

광화문 지하도를 지나며

숱한 사람들을 만나지만

이 메마른 땅을 외롭게 지나치며

낯선 그대와 만날 때

그대와 나는 왜

숲이 아닌가.

●　　숲의 나무들이 각각 서 있어 독립적 존재처럼 보인다.

제각각인 듯하지만 멀리서 보면 하나이다. 숲을 이루고 있다.

우리들은 어떠한가. 우리들은 제각각 따로 떨어져 살아간다.

서로가 서로에게 낯설다. 하나가 되지 못한다.

나무들이 부럽다. 우리는 왜 하나이지 못할까.

경주에서 난 지진의 여파로 경남 전체가 흔들렸다. 퇴근 후 집에 있는데 '쿵!' 하는 소리와 함께 집 전체가 흔들렸다. 처음에는 밖에 무슨 사고가 난 줄 알았다. 진동이 몇 초간 이어지자 이게 말로만 듣던 지진이 아닌가 하는 생각이 비로소 들었다. 난생 처음 경험해 본 지진이었다. TV를 트니 지진이 일어났다 했다. 가족들에게 이리저리 안부 전화를 돌렸다. 여진이 다시 일어날 수 있다고 했다. 낡은 아파트의 14층에 사는 나는, 곧 일어날 수 있다는 여진 대비를 하였다. 얼마 후 아까보다 더 크게 흔들리기 시작했고, 지진대피요령도 무시한 채 흔들리는 와중에 계단으로 뛰쳐나갔다. 건물 밖에 나와 보니 사람들이 꽤 많이 나와 있었다. 집에 들어가지 못하고 아파트 공원으로 대피했다. 공원에는 발 디딜 틈 없이 사람들이 모여 있었다. 정자에 옹기종기 모여 앉은 사람, 바위에 나무에, 곳곳에 가족 단위로 나오거나 나처럼 혼자 나온 사람들이 모여 있었다. 두 시간 이상을 공원에서 대피하였다. 밤이 깊어지자 여전히 불안함을 가진 채 사람들은 더 이상 밖에서 대피하지 못하고 집으로 돌아갔다.

마침 가족들이 각각 흩어져서 집에 없던 터라 혼자서 지진을 경험하였다. 불안함에 섣불리 집에 못 들어가고 공원에서 기다리는 동안 새삼 옆에 있는 이웃들이 소중하게 생각되었다. 함께 있다는 사실만으로 안도감을 느꼈고, 재잘거리는 말을 들으면서 일상의 평온함이 제자리를 잡는 듯했다. 평소에는 인사도 잘 안 하는 낯선 얼굴들이었지만, 같은 처지로 같은 공간에 모여 있다는 사실에서 공동체의 힘을 느꼈다. 혼자 감당해야 할 짐을 나눠 가졌다는 든든함으로 불안한 시간을 담담하게 보낼 수 있었다.

우리는 평소에 의식을 하든 안 하든 같이 사는 존재들이다. 공동의 운명을 나눠 가진 존재들이다. 나의 행복과 다른 사람의 행복은 밀접하게 연결돼 있다. 나의 불행은 곧 다른 사람들의 불행이기도 하다. 나무들처럼 홀로 서 있는 듯이 느껴지지만 사실 우리는 뿌리와 뿌리를 얽어 맨 채 숲을 이루며 살아가는 존재들이다.

• 까치밥 •

고향이 고향인 줄도 모르면서
긴 장대 휘둘러 까치밥 따는
서울 조카아이들이여
그 까치밥 따지 말라
남도의 빈 겨울 하늘만 남으면

우리 마음 얼마나 허전할까

살아온 이 세상 어느 물굽이

소용돌이치고 휩쓸려 배 주릴 때도

공중을 오가는 날짐승에게 길을 내어 주는

그것은 따뜻한 등불이었으니

철없는 조카아이들이여

그 까치밥 따지 말라

사랑방 말쿠지에 짚신 몇 죽 걸어 놓고

할아버지는 무덤 속을 걸어가시지 않았느냐

그 짚신 더러는 외로운 길손의 길보시가 되고

한밤중 동네 개 컹컹 짖어 그 짚신 짊어지고

아버지는 다시 새벽 두만강 국경을 넘기도 하였느니

아이들아 수많은 기다림의 세월

그러니 서러워하지도 말아라

눈 속에 익은 까치밥 몇 개가

겨울 하늘에 떠서

아직도 너희들이 가야 할 머나먼 길

이렇게 등 따숩게 비춰 주고 있지 않으냐

- 송수권 -

지금도 간혹 까치밥을 볼 때가 있다. 가을에 감을 모두 따지 않고 날짐승의 먹이로 일부러 남겨 놓는 것이 까치밥이다. 송수권 시인은 까치밥을 장난삼아 따는 조카아이들에게 이야기하는 형식으로 메시지를 전한다. 할아버지는 돌아가시면서 사랑방 말쿠지에 짚신 몇 개 걸어두셨다. 할아버지가 남긴 짚신은 외롭게 길을 떠나는 사람의 몫이 되기도 하고, 아버지가 두만강 넘어갈 때 유용하게 사용되기도 했다. 할아버지는 누군가가 필요할 때 쓰라고 자신의 짚신들을 걸어두고 가신 것이다.

마찬가지로 까치밥 또한 가난한 시절이었지만, 사람뿐 아니라 날짐승의 배고픔까지 감싸 안았던 할아버지, 할머니들의 배려와 사랑이었다. 그들의 사랑과 배려는 두고두고 후대들에게 아랫사랑으로 따스하게 비춰질 것이었다.

사람뿐 아니라 미물까지 배려하고 함께 나누며 살려고 했던 옛사람들의 배려와 공존의 정신을 일깨우는 시이다.

오늘날 현대인들에게는 자연과 사람에 대한 배려가 있을까. 무한 가속도로 질주하는 현대 문명의 끝에는 환경 파괴와 전쟁의 포악함만 남겨질 것이 아닐까. 뒷 세대들에 대한 배려와 다 함께 살아가기 위한 공존의 정신이 그리워지는 시대이다.

입시철이 다가오면 1, 2학년 학생들은 수능 떡값을 낸다. 학생회에서 결정되어 수년간 내려오는 전통으로, 3학년 선배들을 격려하기 위해 떡을 사 주는 것이다. 해가 갈수록 처음의 취지는 무색해지고 학생들 입에서 "왜 우리가 떡값을 내야 하나?"는 불평이 심해진다.

"안 주고 안 받으면 되지 않느냐." 하는 말도 나온다. 말이 많아지자 올해는 수능떡을 사지 않기로 했다는 말이 돌았다. 3학년 학생들이 난리였다. "우리는 2년간 떡값을 냈는데, 왜 하필 우리 때부터 없애느냐?"며 억울하다는 것이다. 충분히 이해가 되지만 이 학생들이 1학년 때 같은 불평을 했던 학생들이었다.

결국 올해도 변함없이 3학년들에게 수능떡이 전해졌다. 후배들 입장에서는 심각하게 문제를 제기한 것은 아니었고 으레 나오는 불평이어서 수능떡을 사야 한다는 대의에 대해서는 결국 다 동의를 하게 되었다. 그 과정을 지켜보면서 한편으로 씁쓸했다. 학생들에게 "너희들이 뿌린 씨가 후배들에게 혜택이 될 수 있다." 말을 하면 아이들은 우리도 손해 보고 살았는데, 후배들이 고생 안 하게 될까 봐 오히려 억울하다는 반응을 보이기도 한다. 나의 희생과 배려가 후배들에게 혜택이 되어 돌아간다는 섭리가 억울하다는 것이다. 아이들의 모습은 어른들의 모습의 반사판이지 않을까.

장하준의 《사다리 걷어차기》라는 책이 있다. 선진국들이 경제 발전을 도모하던 시기에 보호관세와 정부 보조금을 통해 산업을 발전시켰다. 하지만 지금은 후진국들에게 자유무역을 강요하고 보조금 철폐를 요구한다. 과거 자신들은 여성·빈민·유색 인종에 대해 투표권조차 주지 않았지만 지금은 후진국에게 민주주의의 발전이 경제 발전의 원동력이라고 주장한다. 또한 자신들은 특허권과 상표권을 침해하면서 후진국들에게 지적재산권 보호를 선진국 수준으로 할 것을 강요한다는 것이다.

사다리를 타고 올라갔던 선진국들이 다 올라간 뒤에는 뒤의 나라들이 올라오지 못하게 사다리를 걷어차는 행위를 하고 있다는 점을 분석한 책이다. 국가 간의 문제만은 아니다. 우리 주변에서 사다리 걷어차기는 얼마든지 널려 있다.

학교에서 해마다 제기되는 문제 중 하나가 '인수인계의 문제'이다. 업무에 대한 인수인계가 잘 되지 않는다. 마찬가지로 학년이나 담임 업무 또한 인수인계가 잘 되지 않아 학생들이 피해를 보는 경우도 비일비재하다. 해마다 자신이 맡은 해에 최고의 성과를 내기를 바라는 마음뿐이다. 뒤에 맡은 사람에게 이전의 내용이 전달되지 않고, 자신이 터득한 노하우는 절대 공개하지 않는다. '그 사람이 해야만 한다.'는 말을 듣기 위해 움켜쥐고 있는 사람들이 한둘이 아니다. 작은 조직도 이와 같은데 보다 큰 조직들을 오죽하겠는가!

그대와 나는 왜
숲이 아닌가.

각자 제각기 따로 사는 존재들. 그것이 가장 잘 사는 방법인지 묻고 싶다. 나이가 들수록 아쉬움이 많아진다. 언젠가는 거동을 하는 데도 누군가의 손길이 필요할 때가 있을 것이다. 혼자 사는 인간은 없고, 설상 있다 한들 그 사람은 세상에서 가장 불행한 존재이다. 서로 다른 '나'가 모여 숲을 이룰 때, 그곳에 아름다움이 존재하고 또

다른 생명을 품을 수 있는 넉넉함이 생겨난다.

고향집에 걸려 있던 까치밥이 그립다.

사람이 꽃보다 아름다워

—
정
지
원
—

단 한 번일지라도

목숨과 바꿀 사랑을 배운 사람은

노래가 내밀던 손수건 한 장의

온기를 잊지 못하리

지독한 외로움에 쩔쩔매도

거기에서 비켜서지 않으며

어느 결에 반짝이는 꽃눈을 달고

우렁우렁 잎들을 키우는 사랑이야말로

짙푸른 숲이 되고 산이 되어

메아리로 남는다는 것을

강물 같은 노래를 품고 사는 사람은 알게 되리

내내 어두웠던 산들이 저녁이 되면

왜 강으로 스미어 꿈을 꾸다

밤이 길수록 말없이

서로를 쓰다듬으며 부둥켜안은 채

느긋하게 정들어 가는지를

누가 뭐래도 믿고 기다려주며

마지막까지 남아

다순 화음으로 어울리는 사람은 찾으리

무수한 가락이 흐르며 만든

노래가 우리를 지켜준다는 뜻을

● '사람이 꽃보다 아름다워'라는 노래가 있다. 가수 안치환이 불러 인기를 끌었던 노래이다. 이 시는 안치환 노래의 원작이다. 원작시가 있다는 사실을 잘 모를 정도로 시보다 노래가 유명하다.

정지원 시인은 1990년대에 이 시를 썼다. 당시는 국가보안법으로 표현의 자유가 억압되는 시절이었다. 정부의 탄압에 항거하던 거리 공연을 본 뒤 시인은 시를 썼다고 한다.

지독한 외로움에 쩔쩔매도 비켜서지 않고 사랑을 품고 사는 사람들. 꽃보다 아름다운 사람과 그들이 부르는 노래에 대한 예찬이다.

재운이는 1학년 때 우리 반 반장이었다. 말끝마다 "왜 그래야 하는 데요?"를 달고 있었다. 학교, 선생님, 반 아이들 모두에게 늘 불만이 많은 반장이었다. 수업시간에는 매시간 흥미 없는 표정으로 앉아 있다가 잠을 잔다. 골치 아픈 반장이었다. 제일 좋아하는 것은 체육시간이다. 축구를 가장 열심히 한다. 반장 선거에서 공약이 체육대회에서 축구를 우승하겠다는 것이었다. 포지션을 짜고 작전을 지시하고 경기 중에는 누구보다 열심히 뛰었다. 결국 4강에 올라가지 못하고 패했다. 재운이는 반의 다른 아이들이 못 받쳐 줘서라고 생각했다.

3학년 때도 반장이었지만 여전히 수업시간에 잠만 잔다. 반장으로서 반 분위기를 이끌겠다는 생각은 아예 없다. 자습을 할 때는 누구보다 열심히 한다. 아이들이 떠들면 신경질을 낸다. 반장으로서의 책임감을 중요하게 생각했던 나는 재운이를 많이 혼냈다. 내 말을 듣는 태도는 깍듯하다. 선생님 앞에서는 으레 그래야 한다고 스스로 생각하는 모양이었다. 하고 싶은 것도 많고 욕심도 많은 아이지만 이 나라의 교육제도가 아이의 웃음을 앗아간 듯 보인다. 그래도 3년 동안 찡그리면서도 묵묵히 제자리를 지켜주는 것이 대견하다.

민우는 머리에 혹이 있다고 했다. 혈관이 얽혀 있는 민감한 부분에 혹이 자리 잡고 있기 때문에 수술도 불가능하다고 했다. 머리에 충격을 가해서도 안 되고 무리해서도 안 된다는 아이였다. 하지만 민우는 누구보다 열심히 공부를 했다. 공부를 잘 하지 않았지만 수업시간, 야간 자습시간에 반듯한 자세로 진지하게 공부를 하였다. 3년 동안 자세 한 번 흐트러진 적이 없었다. 걱정도 되고 안쓰럽기도 하지만 본인이 공부하고 싶다고 한다. 얼굴은 언제나 밝다. 보고만 있어도 눈물이 나는 아이이다.

민준이는 1학년 때 늘 혼자만 있었다. 아이들이 자기를 왕따 시킨다고 생각했다. 가끔씩 엉뚱한 말을 하고 행동이 느렸다. 책을 많이 읽고 선생님한테는 늘 진지하게 상담을 요청한다. 심리조사에서 자살 위험군으로 뽑힌 학생이었다. 늘 자살할 생각을 한다고 했다. 외부의 문제보다는 내면의 짐이 더 큰 것 같았다. 자신의 머릿속에 온갖 집을 짓고 스스로를 그 집에 가둬서 피해자라고 생각하는 경향이 있었다. 하지만 상담을 하면 스스로의 생각을 정리하려는 듯이 어른스럽게 말을 한다. 자기는 괜찮다고. 3학년에 와서 살이 많이 쪘다. 현실을 인정하고 마음잡고 공부하려는 태도가 보인다. 생각보다 공부가 쉽지 않은 듯 보이지만 얼굴은 1학년 때보다 한결 여유가 있고 편안해 보인다. 3년 동안 많이 자랐다.

태현이와 정민이는 같은 중학교에서 올라온 단짝 친구이다. 둘 다 명랑하고 곱상한 얼굴에 외모에도 꽤 신경을 쓰는 아이들이었다. 태현이는 언제나 웃는 얼굴로 상냥하게 대답을 하는 아이였다. 중학생의 티를 아직 벗어 버리지 못한 밝고 구김살 없는 모습이 보기 좋은 아이였다. 정민이는 머리 모양을 생명처럼 생각하였다. 시도 때도 없이 거울 앞에 가서 스타일을 확인한다. 학교 규정 상 앞머리가 눈썹을 덮거나 옆머리가 귀를 덮어서는 안 되었다. 정민이는 꿋꿋하게 옆으로 살짝 넘기는 앞머리를 고수하였다. 입학 성적이 꽤 좋았는데 성적이 갈수록 떨어졌다. 본인은 무척 스트레스를 받겠지만 선생님에게는 언제나 다음 시험에서 1등 할 거라고 큰소리를 쳤다. 자기 스스로에게 하는 암시처럼 보였다.

태현이와 정민이는 3학년 때 반이 갈렸다. 서로가 없어서 다소 쓸쓸해 보이기도 했다. 태현이는 갓 입학했을 때의 명랑함을 찾아볼 수 없다. 많이 주눅이 들고 지친 표정이었다. 씩 웃으며 말을 하는 폼이 많이 단단해졌음을 알 수 있다. 늠름한 청년티가 엿보인다. 정민이는 여전히 다음 시험에서 잘 할 거라고 큰소리 친다. 수업시간에도 제일 크게 대답한다. 머리 스타일에 신경 쓰는 것은 변함이 없다. 자습시간에 복도에 나가서 혼자서 노래 부른다. 한마디 하자 들렸냐며 눈을 동그랗게 뜬다. 긍정적인 마인드를 잃지 않으려고 애를 쓰는 모습이 기특하다.

준혁이는 형이 우리학교 출신으로 서울대에 간 학생이었다. 언제나 말이 없고 공부만 하였다. 옆의 아이들이 아무리 떠들어도 꼼짝하지 않았다. 3학년에 와서도 마찬가지였다. 생각보다는 성적이 많이 오르지 않았다. 바위처럼 꿋꿋하던 표정에 절박함과 초조함이 엿보인다. 수능시험 치기 한 달 전에도 변함없는 자세로 공부를 한다. 옆의 아이와 이야기하면서 씩 웃는다. 3년 만에 보는 웃음이다. 그동안 고생 많았노라고 어깨를 두드려 주고 싶다.

규혁이는 만능 스포츠맨이었다. 중학교 때 학교 대표 축구선수로

도대회에서 상을 탔다. 훤칠한 키에 수줍게 웃은 표정이 귀여운 아이였다. 운동선수가 되고 싶었지만 가족의 만류로 인문계 고등학교에 진학하였다. 진로 문제로 1학년 때 고민을 많이 하였다. 성적도 꽤 잘 나왔다. 2학기에 체대로 진로를 선택하고 정규수업 후에는 체육학원을 다녔다. 밝고 긍정적으로 보이던 아이였는데 심리검사에서 자살 위험군으로 결과가 나왔다. 겉모습과 달리 속은 여리고 예민한 아이였다. 체육학원을 다니지만 정규 수업시간에는 누구보다 열심히 공부를 한다. 많이 지쳐 보이지만 웃으면서 인사를 하는 모습이 예쁘다.

1학년 때 눈 똥그랗게 뜨고 선생님 시선을 피해서 재잘대던 아이들이 이제 어느덧 졸업을 앞두고 있다. 음지에서 피어오른 꽃들처럼 지친 표정들이다.

힘들 때 내밀던 누군가의 손수건 한 장, 그 온기와 사랑 속에서 지독한 외로움에 쩔쩔매도 그 외로움에서 비켜서지 않는 법을 배운 대견한 아이들이다. 그들이 서로에게 받은 위로와 사랑이 숲이 되고 산이 되어 메아리로 남기를 바란다.

살아온 날들보다 살아갈 날이 더 많은 아이들. 무수한 가락을 흐르며 만든 아이들의 노래가 다순 화음으로 어울려서 그들이 가는 길에 등불이 되기를 기도한다.

산문시 1

— 신 동 엽 —

스칸디나비아라든가 뭐라구 하는 고장에서는 아름다운 석양 대통
령이라고 하는 직업을 가진 아저씨가 꽃리본 단 딸아이의 손 이끌고
백화점 거리 칫솔 사러 나오신단다. 탄광 퇴근하는 광부들의 작업복
뒷주머니마다엔 기름 묻은 책 하이덱거 럿셀 헤밍웨이 장자 휴가여
행 떠나는 국무총리 서울역 삼등대합실 매표구 앞을 뙤약볕 흡쓰며
줄지어 서 있을 때 그걸 본 서울 역장 기쁘시겠오 라는 인사 한 마디
남길 뿐 평화스러이 자기 사무실문 열고 들어가더란다. 남해에서 북
강까지 넘실대는 물결 동해에서 서해까지 팔랑대는 꽃밭 땅에서 하
늘로 치솟는 무지개빛 분수 이름은 잊었지만 뭐라군가 불리우는 그
중립국에선 하나에서 백까지 다 대학 나온 농민들 추럭을 두대씩이
나 가지고 대리석 별장에서 산다지만 대통령 이름은 잘 몰라도 새

이름 꽃 이름 지휘자 이름 극작가 이름은 훤하더란다. 애당초 어느 쪽 패거리에도 총 쏘는 야만엔 가담치 않기로 작정한 그 지성 그래서 어린이들은 사람 죽이는 시늉을 아니 하고도 아름다운 놀이 꽃동산처럼 풍요로운 나라. 억만금을 준대도 싫었다 자기네 포도밭은 상처 내는 미사일기지도 땡크기지도 들어올 수 없소 끝끝내 사나이나라 배짱 지킨 국민들. 반도의 달밤 무너진 성터가의 입맞춤이며 푸짐한 타작소리 춤 사색뿐 하늘로 가는 길가엔 황토빛 노을 물든 석양 대통령이라고 하는 직함을 가진 신사가 자전거 꽁무니에 막걸리병을 싣고 삼십 리 시골길 시인의 집을 놀러가더란다.

● 　시인이 꿈꾸는 나라에 대한 이야기이다.

자전거에 막걸리 병을 싣고 시인의 집에 놀러 가는 석양 대통령, 기름 묻은 책을 작업복 뒷주머니에 꽂은 채 퇴근하는 탄광 광부들. 뙤약볕 내리쬐는 삼등대합실에서 기차를 기다리는 국무총리.

이들이 사는 나라는 상하귀천 없이 모두가 평등한 나라이다. 자유와 예술의 향기가 가득한 나라이다.

1960년대 발표된 작품이니 시인이 이 시를 쓴 지 반세기 정도가 지났다. 지금 세상은 어떤 모습일까. 시인의 꿈은 얼마나 이루어졌을까.

'자라고 보낸 학교는 아닐 텐데, 네 성적에 잠이 오냐.', '네 얼굴에 공부 못하면 NO 답!', 'CCTV 작동 중, 잠은 죽어서 자라', '성공해야 저 여자가 내 여자다!', '삼십 분 더 공부하면 내 남편 직업이 바뀐다', '행복은 성적순이 아닐지 몰라도 성공은 성적순이다', '개같이 공부해서 정승같이 놀자', '학벌이 돈이다 지금 이 순간에도 적들의 책장은 넘어가고 있다', '공부하기 싫어지면 두 사람을 생각해라. 나의 아버지와 나의 라이벌을', '공부를 포기하고 싶어지면 두 사람을 생각해라. 나의 어머니와 나를 비웃는 자를'.

중·고등학교의 급훈이다. 대부분의 급훈이 성공을 하기 위해서 공부를 해야 하고, 돈과 원하는 것을 얻기 위해서는 남들을 이겨야 한다는 것이다. 남들을 제치고 올라서야만 이루어지는 꿈. 돈과 권력을 향해 질주하는 꿈. 소수의 성공이 다수의 행복을 보장하지는 않는다. 성공한 몇 안 되는 소수가 되기 위해서 오늘도 아이들은 학원으로 독서실로 내몰린다.

이렇게 경쟁 구도 속에서 치열하게 자란 아이들이 살아갈 미래를 생각해 본다. 신동엽 시인이 50년 전에 꿈꾸던 나라는 50년 이후인 지금 얼마나 실현되었는가. 앞으로 50년 뒤 지금의 아이들이 중추적인 사회의 동력이 되었을 때는 세상은 또 얼마나 좋아질까. 혼자만의 성공이 아닌 다 함께 행복한 미래는 없는 걸까.

'배워서 남 주자', '하루에 한 번쯤은 하늘을 바라보자', '아침 먹고 오세요. 몸을 사리지 말고 몸을 살리자', 'ALL FOR ONE, ONE FOR ALL', '더불어 사는 우리, 사과 속의 씨앗은 셀 수 있지만 씨앗 속의 사과는 셀 수 없다', '서로 돕고 사랑하며 서로 배우자', '나도 쓸모가 있을 걸!', '가는 곳마다 나보다 한 발 먼저 간 시인이 있음을 발견한다', '그림자가 있는 곳에는 반드시 밝은 빛이 있다', '사랑은 무엇보다 자신을 위한 선물이다', '함께 가자 우리, 별처럼 반짝이는 사람이 되자. 너 별로, 내 마음의 별로'.

남들과 경쟁하여 이기는 길을 독려하는 삭벌한 급훈 대신 교실마다 이런 급훈이 걸리면 어떨까. 남을 위하고 자신을 소중히 하며 자연과 사람을 사랑하자는 것이 학교 교육의 본질이 되면 어떨까. 아이들의 책가방에 두꺼운 문제집이 가득한 대신, 시집이 소설집이 사상집이 가득하면 좋겠다.

'과거를 보되 진사 이상 벼슬을 하지 마라', '만석 이상의 재산은 사회에 환원하라', '흉년기에 땅을 늘리지 마라', '과객을 후하게 대접하라', '주변 백 리 안에 굶어 죽는 사람이 없게 하라', '시집 온 며느리는 삼 년간 무명옷을 입어라'.

조선시대부터 경주 지방의 유력 가문이었던 경주 최부잣집 가문을 지키는 육언六言이다. 기업의 사훈이 이렇다면 어떨까.

'백성에게 누명을 씌운 관리는 엄벌하되 임금에게 험담한 백성은 용서하라', '나라를 다스리는 법은 믿음을 보이는 것이 가장 중요하다', '내가 꿈꾸는 태평성대는 백성이 하려고 하는 일을 원만하게 하는 세상이다'.

세종대왕이 남긴 말들이다. 나라의 권력자가 이런 정신을 근간으로 나라를 운영한다면 얼마나 좋을까.

'나는 우리나라가 세계에서 가장 아름다운 나라가 되기를 원하지 가장 강한 나라가 되기를 원하지 않는다. 내가 남의 침략에 가슴 아팠으니 내 나라가 남을 침략하는 것을 원하지 않는다. 우리의 부(富)력이 우리의 생활을 풍족히 할 만하고, 우리의 강(强)력이 남이 침략을 막을 만하면 족하다. 오직 한없이 가지고 싶은 것은 높은 문화의 힘이다. 문화의 힘은 우리 자신을 행복하게 하고, 나아가서 남에게 행복을 주기 때문이다.'

김구 선생이 남긴 말이다. 높은 문화의 힘을 이루어 우리와 남을 행복하게 만드는 것이 국정 운영 방향이면 어떨까.

학교든, 기업이든, 정치이든 모든 사람이 다 함께 행복하게 사는 것이 목표가 되는 세상이면 좋겠다.

겨울인데 미세먼지로 덮여 하늘이 온통 뿌옇다. 시리도록 파란 겨울 하늘을 본 지 오래되었다. 방학인데도 아이들은 아침부터 무거운 가방을 메고 학교로, 학원으로 걸어간다. 덥수룩한 머리에 부은 얼굴이 부스스하다. 놀이터에서 노는 꼬마아이들의 모습을 보기가 힘들다. 학원 가방을 울러매고 이 학원, 저 학원 다니느라 꼬마들도 바쁘다. 뿌연 하늘색만큼이나 아이들의 어깨도 무겁다. 하늘도 거리도 지나가는 아이들의 모습도 온통 잿빛인 세상이다.

• 서시(序詩) •

죽는 날까지 하늘을 우러러

한 점 부끄럼이 없기를,

잎새에 이는 바람에도

나는 괴로워했다.

별을 노래하는 마음으로

모든 죽어 가는 것을 사랑해야지

그리고 나한테 주어진 길을

걸어가야겠다.

오늘 밤에도 별이 바람에 스치운다.

- 윤동주 -

　부끄러움을 노래한 시인 윤동주. 그는 암담한 시대를 부끄러워했고, 부끄러운 시대에 부끄럽게 사는 자신의 모습을 끊임없이 부끄러워했다. 우리가 만들어 갈 미래의 첫 페이지에 이 시가 실렸으면 한다. 우리의 부끄러움과 반성이 미래를 위한 서시^{序詩}여야 할 것이다.

　남들 탓을 한다고 시대의 부끄러움이 사라지는 것은 아니다. 시대의 부끄러움은 곧 나의 부끄러움이다.

　역사를 바꾸는 힘은 부와 명예를 누렸던 중앙의 지성에게서 나온 것이 아니었다. 뒷골목에서 고개를 푹 숙이고 강의를 들으러 가던 수줍은 청년이 역사를 바꾸었다. 시대의 변두리에서 자신의 삶을 끊임없이 성찰하고 바로 살려고 고민한 한 청년의 고백이 시대를 이끈 양심이었다. 오늘 내가 스스로에게 하는 부끄러운 고백이 역사를 바꾸는 힘이 될 수 있다.

오늘도 별을 노래하는 마음으로 모든 죽어가는 것을 사랑하자.

나의 길을 걸어가자.

동주에 대해 상상한다.

젊은이다운 명랑함과 함께 진지함, 순수함을 가진 청년이었으며, 어두운 나라의 현실에 대한 걱정을 안고 평범하게 살아가던 일본 유학생, 윤동주.

어쩌다 사상범으로 몰려서 투옥되고 감옥에서 죽었으며, 죽음 이후에 발간된 시집으로 많은 사람들의 기억 속에서 다시 살아난 청년.

시대 앞에서 자신이 할 수 있는 역할을 끊임없이 고민하던 젊은이의 고뇌에는 어떠한 속물성이나 이기심도 섞이지 않았다. 젊은이다운 꿈을 꾸고, 젊은이답게 고뇌하며 살았다. 소심하고 평범한 한 청년의 꿈과 고뇌가 시대를 넘어 많은 이들에게 감동을 주었다. 살아생전 별로 이룬 것은 없었지만 진실함과 순수함만으로 위대한 인물의 반열에 오른 것이다.

동주의 삶을 고찰하면서 문득 오늘 내가 하는 생각 역시 어쩌면 충분히 글이 되고 별이 될 수 있을 거라는 생각을 하였다. 한 인간의 진솔한 고백이 순백의 양심을 지닐 수 있다면 세상 어느 것보다 가치 있다는 사실을 알았다.

세월호 사건을 겪으면서 교사로 살아가는 나의 평범한 일상이 한순간에 엄청난 비극의 현장으로 바뀔 수 있음을 알았다. 그 절체절명의 순간에 나는 무엇을 선택할 것인가. 이 시대를 살아가는 선생으로서 나의 역할에 대해 수없이 자문을 했다. 그러다 보니 매일 만나는 사람들이 더없이 귀한 존재로 다가왔다. 학생들 한 명 한 명이 마지막까지 내가 보듬어야 할 귀중한 존재였다. 모두가 귀중한 생명이고 사랑스러운 주인공들이었다. 학생들만이 아니었다. 나의 가족, 동료, 이웃들 모두 나와 함께 가는 소중한 이들이었다. 크고 화려한 사람들이 아니라 평범한 존재들이지만 그들이 만들어 가는 이야기에는 의미 없이 지나칠 사연은 하나도 없다는 것을 알았다. 그러한 상념들이 글을 쓰게 한 시발점이 되었다.

동주의 착한 삶이 위대한 문학이 되었음을 기억하면서 나도 삶에 대해 진솔하고 싶었고, 더 늦기 전에 오랜 꿈이었던 글을 쓰는 일을 시작하고 싶었다.

'잎새에 이는 바람'까지 외면하지 않고 괴로워할 수 있는 시인의 양심을 가질 수 있기를 소망하면서 나에게 주어진 오늘을 감사하게 살아가며 주위의 사람들을 사랑할 수 있기를 기도하였다.

미숙하고 두서없는 기도가 책 한 권이 되어 나왔다.

오랫동안 격려하면서 기다려 준 가족들과 친구들에게 무한히 감사한다.

더불어 내 삶의 궤적이 누군가의 밤을 밝히는 등불이 될 수 있기를 기도한다.

• 이 책에 실린 시와 노래가사 저작권 •

1장

외할머니의 뒤안 툇마루 • 서정주, ⓒ (사)한국문예학술저작권협회

머슴대길이 • 고은, ⓒ (사)한국문예학술저작권협회

여우난골족 • 백석, ⓒ (주)남북저작권센터

엄마 걱정 • 기형도, ⓒ (사)한국문예학술저작권협회

추억에서 • 박재삼, ⓒ (사)한국문예학술저작권협회

춘천은 가을도 봄이지 • 유안진, ⓒ (사)한국문예학술저작권협회

엄마야 누나야 • 김소월, 저작권 소멸작

남으로 창을 내겠소 • 김상용, 저작권 소멸작

별 헤는 밤 • 윤동주, 저작권 소멸작

2장

너를 기다리는 동안 • 황지우, 《게 눈속의 연꽃》, 1998, 문학과지성사, ⓒ 문학과지성사

거룩한 식사 • 황지우, 《어느 날 나는 흐린 주점에 앉아 있을거다》, 1998, 문학과지성사, ⓒ 문학과지성사

꽃 • 김춘수, ⓒ (사)한국문예학술저작권협회

꽃을 위한 서시 • 김춘수, ⓒ (사)한국문예학술저작권협회

장수산1 • 정지용, 저작권 소멸작

저문 강에 삽을 씻고 • 정희성, ⓒ (사)한국문예학술저작권협회

땅끝 • 나희덕, ⓒ (사)한국문예학술저작권협회

설일 • 김남조, ⓒ (사)한국문예학술저작권협회

제망매가 • 월명사, 저작권 소멸작

상처적 체질 • 류근, 《상처적 체질》, 2010, 문학과지성사, ⓒ 문학과지성사

3장

생의 감각 • 김광섭, ⓒ (사)한국문예학술저작권협회

소나기 • 이면우, ⓒ 이면우

어떤 기쁨 • 고은, ⓒ (사)한국문예학술저작권협회

참 좋은 말 • 천양희, ⓒ (사)한국문예학술저작권협회
알 수 없어요 • 한용운, 저작권 소멸작
비 오는 날의 수채화 • 강인원, ⓒ (사)한국음악저작권협회
너에게 묻는다 • 안도현, ⓒ (사)한국문예학술저작권협회
연탄 한 장 • 안도현, ⓒ (사)한국문예학술저작권협회
귀천 • 천상병, ⓒ (사)한국문예학술저작권협회
풍장1 • 황동규, ⓒ (사)한국문예학술저작권협회

4장
먼 후일 • 김소월, 저작권 소멸작
사평역에서 • 곽재구, ⓒ (사)한국문예학술저작권협회
남신의주 유동 박시봉방 • 백석, ⓒ (주)남북저작권센터
묵화 • 김종, ⓒ (사)한국문예학술저작권협회
동해바다 • 신경림, ⓒ (사)한국문예학술저작권협회
산에 언덕에 • 신동엽, ⓒ (사)한국문예학술저작권협회
슬픔이 기쁨에게 • 정호승, ⓒ (사)한국문예학술저작권협회

5장
월훈 • 박용래, ⓒ (사)한국문예학술저작권협회
묘비명 • 김광규, ⓒ (사)한국문예학술저작권협회
해바라기의 비명(碑銘)-청년 화가 L을 위하여 • 함형수, 저작권 소멸작
일어나 • 김광석, ⓒ (사)한국음악저작권협회
생명의 서 • 유치환, ⓒ (사)한국문예학술저작권협회
민물장어의 꿈 • 신해철, ⓒ (사)한국음악저작권협회
동승 • 하종오, ⓒ 하종오
원어 • 하종오, ⓒ 하종오
희미한 옛사랑의 그림자 • 김광규, ⓒ (사)한국문예학술저작권협회
숲 • 정희성, ⓒ (사)한국문예학술저작권협회
까치밥 • 송수권, ⓒ (사)한국문예학술저작권협회
사람이 꽃보다 아름다워 • 정지원, 《내 꿈의 방향을 묻는다》, 2003, 문학동네, ⓒ 문학동네
산문시1 • 신동엽, ⓒ (사)한국문예학술저작권협회
서시 • 윤주, 저작권 소멸작